Arena-Taschenbuch
Band 51127

Weitere Bücher von Beatrix Gurian im Arena Verlag:
Liebesfluch
Prinzentod
Höllenflirt
Nixenrache
Dann fressen sie die Raben
Der süße Kuss der Lüge
Stigmata
Glimmernächte
Sommernachtsfunkeln

Beatrix Gurian (Beatrix Mannel)
studierte Theater- und Literaturwissenschaften in Erlangen, Perugia und München. Danach arbeitete sie zehn Jahre als Redakteurin beim Fernsehen. Seitdem schreibt sie Romane für Kinder, Jugendliche und Erwachsene, die in mehr als zehn Sprachen übersetzt wurden. Für ihre aufwändigen Recherchen reist sie um die ganze Welt. Außerdem unterrichtet sie kreatives Schreiben für alle Altersstufen. Sie lebt mit ihrer Familie in München.
www.beatrix-mannel.de

Beatrix Gurian

Lügenherz

Arena

Für Larissa und Janosch

MIX
Papier aus verantwortungsvollen Quellen
FSC® C110508

1. Auflage im Arena-Taschenbuch 2018

Covergestaltung und Umschlagtypografie: g&i Niklas Schütte
unter Verwendung eines Fotomotivs von shutterstock.com
(© www.shutterstock.com/Nr. 296382827, © massimofusaro)
Gesamtherstellung: Westermann Druck Zwickau GmbH
ISSN 0518-4002
ISBN 978-3-401-51127-6

Besuche uns unter:
www.arena-verlag.de
www.twitter.com/arenaverlag
www.facebook.com/arenaverlagfans

Wo Liebe wächst, gedeiht Liebe,
wo Hass aufkommt, droht Untergang.
Mahatma Ghandi

1. Ally

Ferdi kommt tatsächlich immer näher zu mir her. Ich halte kurz die Luft an und drücke mir die Daumen. Wann immer ich ihn sehe, möchte ich zu ihm hinrennen und mich in seine Arme werfen. Natürlich unterdrücke ich diesen Impuls, denn ich fürchte, in seinen Augen wäre das ungefähr so passend, als ob Berta von »Two and a Half Men« Brad Pitt anbaggern würde. Allerdings sehe ich doch etwas besser aus als Berta und jünger bin ich natürlich auch. Aber selbst wenn ich traumschön und sozial kompatibel wäre und jederzeit über jeden Mist süß lächeln könnte, bliebe ich in meiner Berufsschulklasse trotzdem ein Alien. Ich habe anfangs alles versucht, um das zu ändern – allerdings ohne Erfolg, und deshalb muss ich damit leben, dass mich alle wie eine Außerirdische behandeln.

Wenn die wüssten, dass ein Blick von Ferdi genügt, um mein Herz ins Stolpern zu bringen, fänden sie mich sicher noch merkwürdiger. Denn Ferdi ist alles, was ich nicht bin: beliebt und sportlich und schlecht in der Schule. Aber ich kann's nicht ändern, er gefällt mir trotzdem und deshalb habe ich mir etwas ausgedacht, in der Hoffnung, ihn so endlich kennenlernen zu können.

Ich suche seine Augen und sein besonderes Lächeln, das jedes Mal irgendwelche Schalter in meinem Hirn umlegt und dafür sorgt, dass mein Puls, meine Atmung schneller werden und mich in meinem Bauch merkwürdige Engelswesen mit den Flügeln kitzeln. Und ich wundere mich ständig, dass dieses Lächeln nicht alle umhaut. Es ist ein bisschen spöttisch, ein bisschen geheimnisvoll und ein bisschen, als hätte er gerade etwas unfassbar Süßes gegessen – kurzum einfach der Hammer.

Ich habe versucht, einen Anhänger aus Silber zu schmieden, der den Zauber seines Lächelns widerspiegelt, aber unser Lehrer, der eingebildete Landgraf, meinte dazu hämisch, das sei keineswegs die Essenz eines Lächelns, sondern bloß ein lächerlicher Haufen Silber. Zum Glück wissen weder der Landgraf noch Ferdi von meinen unmöglichen Fantasien, ich würde mich sonst zum Gespött der ganzen Schule machen.

Er kommt noch näher zu mir. Ich bin so gespannt, was er sagen wird. Die anderen starren schon zu uns her. Ich kann sie geradezu tuscheln hören – *Ferdi spricht mit dem Alien.* Dabei habe ich es letzte Woche nur knapp überlebt, ihn zu fragen, ob er nicht das Model für meinen neuen Silberschmuck sein möchte. Ich muss Fotos für einen Wettbewerb machen und ich hoffe, er kommt jetzt zu mir, um Ja zu sagen, auch wenn die Chancen dafür mehr als schlecht stehen.

»Hallo, Ferdi«, sage ich und finde, dass es für meine Verhältnisse echt locker klingt.

»Hi, Ally. Du, machen wir's kurz, das wird nichts. Ehrlich gesagt finde ich deinen Schmuck ziemlich, ähh, entschuldige, scheußlich. Sorry, du.«

Mir wird ganz komisch. Ich merke, wie mir das Blut in die Wangen schießt. Das Wort *scheußlich* hallt in meinen Ohren, während er dasteht und so wundervoll lächelt wie immer.

»Oh, ja, tut mir leid«, antworte ich. Spinnst du, Ally, *tut mir leid,* was ist das denn für ein Mist? Sag ihm, wie gemein das gerade war!

Jetzt hebt er den Blick und starrt mich geringschätzig an. »Ich weiß nicht, was dich auf die Idee gebracht hat, dass ich mich mit diesem abscheulichen Zeug fotografieren lassen würde.«

Das laute Hämmern in meinen Ohren muss schuld daran sein, dass ich ihn merkwürdige Sachen sagen höre.

»Was?«

»Mehr hab ich dazu nicht zu sagen. Und noch was, Ally: Bitte lass mich in Zukunft einfach in Ruhe. Meine Freundin mag es nicht, wenn du mich immer so anstarrst. Du bist echt peinlich.«

Ich gerate ins Taumeln, das war entschieden eine Keule zu viel.

»Aber, aber . . .« Ich beiße mir auf die Zunge, um nicht zu heulen, aber meine Augen füllen sich trotzdem mit Tränen. Reiß dich zusammen, Ally!

»Tut mir wirklich leid«, stammle ich und renne vom Schulhof in unser Klassenzimmer. Dort lasse ich mich auf meinen Platz fallen und versuche, mich zu beruhigen, doch in meinen Ohren rauscht es und ich höre immer wieder Ferdis Stimme: *abscheulich, abscheulich, abscheulich.*

Landgraf kommt zusammen mit den anderen rein und hält wie immer Vorträge, aber ich bin nicht in der Lage, dem Unterricht zu folgen. Obwohl ich die ganze Zeit wusste, wie lächerlich meine Hoffnungen waren, hatte ich mir doch so sehr gewünscht, dass ihm meine Sachen gefallen. Und dass er mich dann in meiner Werkstatt besucht und entdeckt, dass ich die Frau seines Lebens bin . . .

Okay, Ally, das waren echt dumme Fantasien, ungefähr so realistisch wie die Mädels, die auf einen Sieg bei DSDS hoffen, aber aussehen wie eine Fünf-Sterne-Vogelscheuche und so schön singen wie ein Waldkauz. Die Enttäuschung sitzt trotzdem tief und Ferdis Worte fühlen sich auch jetzt noch wie Nadelstiche an. Wie kann jemand nur so gemein sein?

Die Gedanken in meinem Kopf fahren Achterbahn und mir fällt plötzlich ein, dass er mir meinen Schmuck noch nicht zurückgegeben hat. Vielleicht will er mich ja doch noch mal sehen, vielleicht hat ihn seine Freundin gezwungen, so etwas zu sagen? Ja genau, Ally, und die Sterne fallen vom Himmel ...

Trotzdem zerre ich mein Handy aus der Tasche und lege es vor mich auf den Tisch. Ist mir egal, was Landgraf dazu sagen wird. Vielleicht simst Ferdi mir noch, um einen Termin für die Übergabe zu machen. Ich starre auf das Display meines Handys und flehe es an, eine neue SMS anzukündigen. Ich mache Deals mit einer Schicksalsmacht, mit Gott, mit der Gerechtigkeit oder was auch immer: Wenn ich es schaffe, eine Minute lang nicht zu atmen, dann meldet er sich, sagt, es tue ihm leid und dass seine dämliche Freundin ihn dazu gezwungen hat, so abfällig über meine Entwürfe zu reden. Nein, ich muss es schon zwei Minuten schaffen.

Ich halte die Luft an. Dreißig Sekunden, vierzig, fünfzig, eine Minute. Ich muss husten, verdammt. Es klingt mehr wie ein ersticktes Röcheln. Landgraf schaut mich stirnrunzelnd an, ich wende den Blick ab und starre wieder auf mein Handy. Und obwohl ich so kläglich versagt habe, scheint das Schicksal Erbarmen mit mir zu haben – eine SMS. Mit zitternden Fingern öffne ich die Nachricht.

Sie ist nicht von Ferdi, sondern von Mila. Wenn ich nicht so traurig wäre, müsste ich über meine schwachsinnige Erwartung lachen und dann froh sein, von Mila zu hören, denn sie mag mich seltsamerweise. Und sie würde ganz bestimmt niemals so etwas Gemeines zu mir sagen.

Sie will wissen, ob ich heute Abend zu einer Flashmob-Aktion in der U-Bahn-Station Giselastraße mitkommen will. Das fragt sie nur, weil sie mich noch nicht gut genug kennt, sonst wüsste sie, dass ich eher sterben würde, als da hinzugehen. Sie ist viel cooler als ich. Bis vor Kurzem wusste ich nicht mal, was Flashmob überhaupt ist. Eine Spontanparty, bei der jemand im Internet postet, wo am Abend die Party steigt, und alle, die Lust haben, gehen hin. Mila weiß so was, obwohl sie in einem öden Vorort von Augsburg wohnt und ich in München.

Hey, wär doch chillig, bei dir zu übernachten, schreibt sie weiter. *Hab keinen Bock mehr, danach zurück nach Augsburg zu fahren. Wie sieht's bei dir aus? Oder hast du schon was anderes vor?*

Wenn es nicht so extrem demütigend wäre, würde ich gerade am liebsten den Kopf auf den Tisch legen und heulen, denn die traurige Wahrheit ist nämlich die: Ich habe nichts vor. Seit ich Ferdi den Schmuck gegeben habe, warte ich auf seine Antwort und habe mir jeden Abend freigehalten für den Fall, dass er für die Fotoaufnahmen zu mir kommen würde. Und auch wenn ich mir hunderttausendmal gesagt habe, dass die Wahrscheinlichkeit so hoch ist wie die, dass Obama über Nacht ein Weißer wird, konnte ich trotzdem nicht damit aufhören zu hoffen.

Lena, meine allerbeste Freundin, die mir das alles sicher ausgeredet hätte, ist für ein Jahr in Neuseeland und sonst ist da außer Mila nur noch mein genialer Superbruder, und mit dem rede ich nie über Jungs. Ich hab's wirklich versucht mit den Mädels in meiner Klasse, aber in Cliquen rumzuhängen, gibt mir das Gefühl zu ersticken und shoppen ist schon gar nicht mein Ding. Und während sich die anderen dreimal hintereinander »Sex and the City« reinziehen, gehe ich am liebsten in alte Schwarz-Weiß-Schnulzen.

Ich versuch's noch mal mit Luftanhalten und starre auf mein Handy. Diesmal schaffe ich neunzig Sekunden. Aber es passiert nichts. Mein Bauch fühlt sich so leer an, als hätte ich seit Wochen nichts gegessen, und trotzdem sticht es bei jedem Atemzug darin, als hätten böse Feen ihn mit Nadeln gespickt. *Abscheulich!*

Noch eine SMS. Wieder Mila. Sie will wissen, ob es okay ist, wenn sie zu mir kommt, weil sie sonst anders planen muss.

Ich zwinge mich, kurz darüber nachzudenken. Ich mag nicht, dass jemand in meinem Bett schläft, der vorher bei 'ner Flashmob war. All diese Bazillen in meinem Bett . . . Nein, danke.

Aber ich möchte Mila nicht kränken, denn wenn ich ablehne, denkt sie bestimmt, ich würde sie nicht wirklich mögen. Schließlich macht sie diesen Vorschlag zum ersten Mal. *Gehe nicht mit zur Party, aber komm du doch später zu mir und bring deinen Schlafsack mit. Bis heute Abend!,* schreibe ich ihr zurück.

»Scarlett, legen Sie das Handy weg. Sie sollten sich lieber auf den Deutschunterricht konzentrieren oder glauben Sie, dass Sie das nicht nötig haben?«

Landgraf hat sich angeschlichen und steht jetzt so nah vor mir, dass ich in seine glockenblumenblauen Augen schauen und sein limonenartiges Männerparfüm riechen muss. Er lächelt, als hätte ich ihn amüsiert, und so hat er was von Kurt Russell, als der noch ganz jung war. Ich kenne viele alte Filme, weil meine Oma früher ein Kino in der Türkenstraße hatte. Mein Bruder Jury und ich sind dort quasi aufgewachsen; wahrscheinlich mag ich deshalb auch diese alten Schnulzen.

Kurt alias Landgraf scheint auf eine Antwort zu warten, denn er steht immer noch vor mir. Für einen Berufsschullehrer sieht er relativ gut aus, die Mädels in meiner Klasse himmeln ihn alle an. Alle außer mir.

Er schüttelt seine hellbraune Mähne, die meiner Meinung nach geradezu lächerlich lang ist, und fährt sich dann so affig durch die Haare, dass jeder die Gelegenheit hat, seine Bizepse zu bewundern. Wie blöd manche Männer sind, als ob einen Bizepse allein anmachen würden. Angeblich ist der Landgraf auf Höhlenklettern spezialisiert, was ich ungefähr so gern tun würde, wie mich freiwillig in einem Erdloch begraben zu lassen.

Ich gebe vor, mein Handy wegzuräumen, und starre durch Landgraf hindurch. So lange, bis er schulterzuckend wieder nach vorne geht und mich in Ruhe lässt.

Es ist sicher gut, wenn Mila heute Abend kommt und mich auf andere Gedanken bringt. Oder wär's doch besser, aus dem Chaos, das durch meinen Körper brodelt, irgendwas zu machen? Vielleicht einen Ring aus alten Ketten, die ich vorher irgendwie sprenge.

Auf alle Fälle muss ich etwas tun, um zu verhindern, dass Ferdis gemeiner Kommentar mein Herz in Stücke zerteilt. Das werde ich ihm nicht erlauben.

2. Mila

Gerade als ich total verschwitzt und mit einem Summen in den Ohren die Treppen zur Giselastraße hinaufsteige, höre ich von Weitem die Polizeisirenen. Gut, eben noch rechtzeitig. Ich laufe rüber Richtung Hohenzollernplatz, wo ich eine U-Bahn nach Untersendling nehme, um zu Ally zu kommen.

Schade, dass sie nicht mitgegangen ist. Es war irre, alle haben getanzt und geraucht und gelacht. Es waberte so viel Gras durch die Luft, dass man allein davon schon völlig high wurde, und für ein paar Stunden habe ich fast vergessen, wie beschissen mein Leben ist.

Mir ist schon klar, dass Ally lieber ihre frischen Wunden lecken wollte, aber ich finde es trotzdem schade; zu zweit hätte der Abend bestimmt noch mehr Spaß gemacht. Sie gefällt mir, und auch wie sie lebt, passt perfekt zu meinem Plan: Sie wohnt mit siebzehn schon alleine in einer zur Wohnung umgebauten Hinterhofgarage und denkt sich absolut irren Schmuck aus. Darüber habe ich sie schließlich auch gefunden. Nachdem ihr Name ständig fiel, habe ich *Scarlett Müllerhans* im Internet gegoogelt und ihre Homepage gefunden, auf der sie ihre abgefahrenen Piercings anbietet.

Aber auch nachdem ich zwei Bauchnabelpiercings gekauft hatte, blieb sie so verschlossen wie 'ne Auster. Erst als ich einen silbernen Erinnyen-Anhänger in Auftrag gegeben habe, wurde sie etwas redseliger, denn das hat ihr wesentlich mehr Spaß gemacht als die Piercings. Sie wusste sogar, dass die griechischen Rachegöttinnen aus den Blutstropfen entstanden sein sollen, die bei der Entmannung des großen Uranos auf die Erde getropft sind. Das wiederum hat mir so gut gefallen, dass ich den Anhänger seitdem immer an einem schwarzen Lederband um meinen Hals trage. Es war diese Furcht einflößende Kreation – ein Tropfen, aus dem sich eine Fratze hervorwindet –, die mich darin bestärkt hat, dass mein Plan funktionieren kann.

Manchmal war ich nahe dran, Ally in alles einzuweihen, aber das Risiko war mir dann doch zu groß. Obwohl sie komplett anders ist als die anderen, die in der engeren Wahl waren, kann ich mir nicht noch mal so ein Fiasko wie mit Tom erlauben.

Zum Glück mag ich Ally wirklich, das macht alles einfacher.

Als ich am Kolumbusplatz aussteige, kommt es mir vor, als wäre ich auf einem fremden Planeten gelandet. Nur die Laternen werfen ihr fades Licht auf die verödeten Bürgersteige. Irgendwie ist die Gegend hier ein bisschen unheimlich. Schnell strecke ich den Finger nach Allys Klingelschild aus.

»Na, so spät noch unterwegs?«, ertönt da ihre Stimme aus der Dunkelheit hinter dem Tor. Ich zucke zusammen. Ihr bleiches Gesicht scheint in der Dunkelheit zu mir herzuschweben, weil ihre sonst ganz in Schwarz gekleidete Gestalt mit der Nacht verschmilzt. Sie öffnet das Tor und versucht, mich anzulachen, aber es misslingt kläglich. »Hi«, sagt sie und ich weiß nicht, ob ich sie umarmen soll. Auch so was Komisches mit Ally – bei anderen Menschen bin ich immer sicher, ob sie das mögen.

Sie dreht sich um und geht über den Hof zu ihrer Wohnung, von der ich wünschte, ich hätte auch so eine. Das Ganze war früher mal ’ne große Garage, die dann umgebaut wurde. Man merkt deutlich, dass dieser Raum nicht als Wohnung gedacht war, weil die Decken so niedrig sind und es nur ein winziges Fenster gibt. Ich finde, es riecht auch immer noch ganz schwach nach altem Öl. Aber trotzdem: Es sind ihre eigenen vier Wände und darum beneide ich Ally.

Es gibt nur einen einzigen großen Raum, in dem auch so was wie ein Bad untergebracht ist. Das Klo ist zwar im Hof, doch das gehört ganz allein Ally und nur sie hat einen Schlüssel dafür.

Wenn man in die Wohnung reinkommt, steht auf der einen Seite der Holztisch mit den Werkzeugen, an dem Ally ihren Schmuck entwirft. Unter dem Tisch ist eine Gasflasche, die sie für die Flamme zum Löten braucht. Dann kommt ein halbhohes schwarzes Billyregal mit dem Zweiplattenherd vom Flohmarkt, oben drauf ein Stapel pieksauberes Geschirr. Auf der anderen Seite des Raums befinden sich das Waschbecken und die Duschkabine, die sie dort nachträglich eingebaut hat. Und daneben steht die bayerisch bemalte Truhe, die Ally von ihrer Oma geerbt hat. In die hat ihr Bruder Jury sie früher mal beim Versteckspielen eingesperrt und dann den ganzen Tag lang drin vergessen. Seitdem hasst Ally enge dunkle Räume. Den Rest der ehemaligen Garage verdeckt ein glitzernder meerblauer Perlenvorhang, hinter dem sich zwischen Vorhang und Wand ein riesiges Eisenbett quetscht. Dadurch wirkt es wie eine Insel.

Heute ist es relativ schummrig, sonst hat Ally immer die starke Neonbeleuchtung an. Die braucht sie zum Arbeiten oder um ihre Wohnung zu schrubben, was sie andauernd macht. Ich finde das vollkommen irre. Mein Zimmer sieht komplett anders aus. Mama nennt es nur »die Walachei«, das »Schlachtfeld«, oder wenn sie, was nur selten vorkommt, sehr wütend ist: »der Saustall«.

Ally putzt aber nicht nur wie eine Verrückte, sie arbeitet auch wie eine Besessene. Die Piercings macht sie zum Geldverdienen, doch ihr Herz hängt an anderen Sachen. Künstlerischem Zeug. Letztes Mal hat sie mir gezeigt, was sie für einen polnischen Silberwettbewerb geschmiedet hat. Es waren hauchfeine Silberplättchen, Abdrücke von Barbiepuppengesichtern. Sie hat mir erklärt, was sie sich dabei gedacht hat, und das war eine Menge, und trotzdem habe ich nur die Barbiepuppenköpfe gesehen, die nach der Abdruckprozedur aussahen, als hätte man sie grün und blau geschlagen.

Aber heute ist alles anders bei Ally. Es ist für ihre Verhältnisse total unordentlich, denn es stehen zwei leere Bierflaschen rum. Ally trinkt normalerweise keinen Alkohol, aber jetzt reicht sie mir wortlos ein Bier mit Schnappverschluss aus ihrem derart sauberen kleinen Kühlschrank, dass man darin glatt eine OP durchführen könnte, und macht sich selbst eines mit einem lauten Plopp auf.

»Was ist denn los?«, frage ich deshalb, dabei weiß ich das ja längst.

Sie zuckt mit den Schultern und sieht dabei so aus, als ob sie das Gewicht von tausend Kilo Silber mit hochziehen müsste. »Ferdi, du weißt schon, der mit dem wunderbaren Lachen, hat gesagt, dass mein Schmuck abscheulich ist.« Zu mehr reicht es nicht, ihre Stimme bricht ab.

Okay, denke ich erleichtert, das hätte ich nicht besser planen können. Eine Liebesbeziehung hätte doch sehr gestört, gratuliere ich mir und versuche, angesichts Allys nass schimmernder Augen traurig auszusehen.

»Na, er ist ja auch ein Experte, oder?« Ich proste ihr durch die Luft zu. »Ich hoffe, du hakst diesen Idioten endlich ab. Solche Typen passen zu Mädchen, die wie Cheerleader rumlaufen und laut kreischend über ihre BH-Größe reden.«

Ally reißt ihre Augen weit auf, trotzdem tropft eine Träne herunter und sie versucht zu lachen. »Glaubst du echt?«

Ich denke, jetzt sollte ich sie in den Arm nehmen. Ich stelle das Bier ab und lege meinen Arm um sie.

»Du bist eine Romantikerin. Du hast Ferdi idealisiert. Dabei sind die Männer alle Schweine. Das Einzige, was im Leben wirklich zählt, sind Freundinnen.«

Sie rutscht von mir weg, als hätte ich etwas Unanständiges gesagt. »Das verstehst du nicht«, flüstert sie. »Ich glaube, wir sind da sehr verschieden.«

»Nein, das sind wir nicht. Ich habe nur schon ein bisschen mehr Erfahrung als du.«

Sie richtet sich auf und rutscht noch weiter weg. Es ist ganz klar, sie will nicht weiter mit mir darüber sprechen. Das habe ich verbockt. Das mit den Männern und Schweinen war zu hart. Verdammt!

»Lass uns über was anderes reden. Wie war's denn auf deiner Flashmob-Party?«, fragt sie, nachdem sie einen großen Schluck runtergekippt hat, aber ich habe nicht den Eindruck, dass es sie wirklich interessiert. Sie wirkt jetzt nicht mehr nur unglücklich, sondern auch nervös und mustert mich dauernd.

Ich proste ihr zu. »Es war heiß und laut und voll.«

»Auch ein Albtraum also«, sagt sie und lächelt mich zum ersten Mal heute Abend an. Dabei wird ihr Gesicht ganz weich. Also, wenn ich Ferdi wäre, würde ich mich sofort in sie verlieben. »Und wo ist dein Schlafsack?«, fragt sie.

»Ups, den hab ich vergessen.«

Ihre Augenbrauen ziehen sich zusammen, sie stellt das Bier ab und beißt sich auf ihre vollen Lippen. Was ist denn jetzt los?

»Ich will dich nicht anmachen, falls es das ist, was du denkst!«, erkläre ich ihr. »Jungs sind zwar manchmal ziemlich blöd, aber ich stehe nicht auf Mädchen.«

Hey, meldet sich eine kleine Stimme in meinem Kopf, jetzt wäre geradezu die perfekte Gelegenheit, es ihr zu sagen.

»Darum geht's mir nicht. Ich hab bloß nicht genug Bettzeug.«

»Soll ich wieder gehen?«, biete ich an, dabei fahren um diese Zeit nur noch Bummelzüge zwischen München und Augsburg, die hundert Jahre brauchen.

Sie zögert, ich fasse es nicht. Was ist bloß los mit ihr?

»Du kannst dich da drüben duschen.« Sie deutet auf die Duschkabine.

Sie spinnt. Warum sollte ich jetzt noch duschen? Verwirrt schaue ich Ally an, doch während ich darüber nachdenke, komme ich zu dem Schluss, dass das sogar eine ganz hervorragende Gelegenheit wäre, unauffällig die Saat zu legen. Sie würde die Narben sehen, aber ganz sicher nichts sagen. Es würde ihr zu denken geben und den Boden bereiten ...

Sie wischt die Hände an ihrer schwarzen Jeans ab und schaut mich dann unsicher grinsend an. »Ich meine, da unten in der U-Bahn war sicher eine Milliarde Bazillen in dem Gedrängel, oder nicht? Und die will ich nicht in meinem Bett haben.« Sie schluckt, als müsste sie gleich heulen, und zuckt dann mit den Schultern. Ich weiß nicht, wer von uns beiden eher ein Rad abhat, sie oder ich.

»Ist schon okay«, beruhige ich sie, weil ich nun Gefallen an dem Plan gefunden habe.

»Handtücher habe ich und ein frisches T-Shirt kann ich dir auch leihen.«

»Hast du auch noch Desinfektionsmittel zum Duschen und Gurgeln für mich?«, frage ich grinsend und hoffe, mein Kommentar entspannt diese merkwürdige Situation ein bisschen.

Sie lächelt. »Danke, dass du's so cool nimmst. Mein Bruder Jury macht darüber auch immer Witze und findet, ich sollte in Therapie, aber das denke ich ja auch von ihm.«

Sie klappt die Truhe auf und reicht mir ein duftendes weißes Handtuch und ein T-Shirt. »Ich geh solange spazieren«, schlägt sie vor.

»Nein, bleib doch!« Mist, was kann ich nur sagen, um sie zu überzeugen, dass sie nicht weggeht? »Ich hab Angst, hier so ganz allein.« Etwas Besseres fällt mir nicht ein. Sie muss hierbleiben, sonst funktioniert mein Plan nicht.

»Angst?« Sie zuckt mit den Schultern. »Ich habe mich noch nie so sicher gefühlt wie hier. Man hat alles im Blick und hört, wenn jemand kommt. Ich habe vor ganz anderen Sachen Angst: vor Bazillen und engen Räumen . . .«, sie flüstert nur noch, »und jetzt neu im Angebot: Angst, nie den Mann zu kriegen, in den ich verliebt bin. Vielleicht sollte ich mal eine Anhängerserie zum Thema Angst machen.« Ein Schatten huscht über ihr Gesicht. »Sieht so aus, als hätten wir alle vor etwas anderem Angst.«

»Also, ich glaube nicht, dass Angst soo verschieden ist«, widerspreche ich. »Es gibt doch Sachen, die allen Angst machen: Schlangen, Spinnen, Serienkiller. Krieg. Dieter Bohlen.« Ich grinse sie an.

Sie lächelt zurück, schwach zwar, doch sie lächelt. »Da hast du recht, aber ich glaube, dass jeder auch noch so was wie eine persönliche *Top Ten der Angst* hat. Meine Mutter hat eine Mundgeruchpanik und ich wette, mein Bruder leidet unter starker HSP.« Jetzt grinst sie zum ersten Mal heute Abend richtig breit.

»HSP?«

»Hairstyleparanoia! Angst, dass seine widerspenstigen Haare nicht perfekt gestylt sind.« Sie kritzelt etwas auf einen Block, dann steckt sie sich den Stift in ihre Haare, wie um klarzumachen, dass sie nicht darunter leidet. Dabei frisiert sie ihre Haare so, dass sie überhaupt nicht zu ihrem Outfit passen: Sie flechtet ihre blonde Mähne zu einem dicken Zopf rund um ihren Kopf, was sie aussehen lässt wie diese Präsidentin irgendwo im Osten, deren Name mir nie einfällt. Und dazu diese schwarzen Klamotten aus Leder und Spitze und Seide.

Ich habe es einmal riskiert und sie in der Schule beobachtet, als ich noch nicht ganz sicher war, ob sie die Richtige ist. Und dabei ist mir aufgefallen, wie sehr sie sich von den anderen Goldschmiedinnen unterscheidet. Die tragen sogar im Hochsommer Schwarz, aber das sind dann öde Twinsets aus gewebter Seide oder ärmellose Rollkragenpullover und dazu brave Pagenköpfe oder strenge Ballerinenknoten im Nacken.

»Was ist?«, fragt Ally und mir wird klar, dass ich sie angestarrt habe.

»Ich beneide dich«, antworte ich.

»Weil Ferdi meine Sachen abscheulich findet?«

»Natürlich nicht.« Ich bin wirklich ein Trottel, was für ein Fettnapf! »Hör mal, das war doch alles sowieso eher in deiner Fantasie. Ist doch nicht schlecht, dass du sein wahres Gesicht kennengelernt hast, oder? Ich bin sicher, du kommst darüber hinweg. Mit dem Beneiden habe ich natürlich etwas anderes gemeint. Während ich für dieses sinnlose Abi lernen muss, wohnst du hier allein und kannst sogar schon deinen eigenen Schmuck entwerfen.«

Nun wird sie endlich mal richtig lebendig. »Mila, kann ja sein, dass ich in Bezug auf Ferdi ein bisschen gesponnen habe, aber eins weiß ich sicher: Man muss nicht alles machen«, sie fuchtelt mit den Händen durch die Luft, um das zu unterstreichen, »was Eltern von einem wollen. Wenn du etwas ändern willst, dann ändere etwas. Überleg dir Argumente und rede mit ihnen. Hey, wenn du kein Abi willst, dann mach's nicht.«

»Du hast keine Ahnung! Das geht vielleicht in deiner Familie, aber meine Mutter würde . . .«

Ally stöhnt auf. »Ja, Mütter, die nerven immer.«

»Du verstehst das nicht. Meine Mutter ist sehr speziell.«

Ally verdreht die Augen. »Wenn du etwas ändern willst, dann musst du auch mit einer *speziellen* Mutter darüber reden.«

Okay, klar, sie versteht nicht das Geringste – wie auch, bei ihrem Familienhintergrund. Also muss ich mit etwas richtig Hartem kommen, um sie auf meine Seite zu ziehen und mir ihr Verständnis zu sichern.

»Als ich mal von zu Hause abgehauen bin, nachdem ich wieder einmal umsonst versucht hatte, mit meinen Eltern zu reden, da . . .«, jetzt die richtigen Worte wählen, feure ich mich an, »da hat meine Mutter versucht, sich die Pulsadern aufzuschneiden.«

Ally sackt etwas in sich zusammen. »Oh, das . . . das ist ja schrecklich«, murmelt sie und schaut mich unsicher an.

Ich sollte gleich noch eins draufsetzen, um sicherzugehen, dass mein Plan aufgeht. »Mein Vater war nicht da und so hab ich sie gefunden, blutüberströmt, aber gerade noch rechtzeitig . . .« Plötzlich wird mir ganz heiß, durchströmt mich wieder die Angst, die ich damals hatte, und die Wut auf meine Mutter.

Ally kommt näher. Nun weiß *sie* nicht, ob sie mich umarmen soll, diesmal nehme ich ihr die Entscheidung einfach ab und klammere mich an sie, als wäre sie meine Rettung. Ist sie ja auch!

Ihre Schultern werden hart unter der Berührung, sie versteift sich. Ich gebe eine Art Schluchzen von mir. Sie entspannt sich, drückt mich, löst sich dann und geht einen Schritt zurück. Ich tue schnell so, als würde ich eine Träne abwischen, und starre auf den Boden.

»Und dann, was geschah dann?«, fragt sie.

»Nichts, wir reden nicht darüber, sondern tun alle so, als wäre nichts passiert.« Das zumindest stimmt. Meine ganze Familie tut so, als wäre alles in Ordnung, dabei ist nichts in Ordnung. Gar nichts. Aber meine Mutter steckt lieber den Kopf in den Sand, als den Dingen auf den Grund zu gehen. Sie will gar nichts wissen und ich schätze mal, sie würde den Kopf lieber im Sand lassen und daran ersticken, als irgendwas infrage zu stellen oder zu ändern.

Ally streicht sich über ihre breite Nase. »Tut mir echt leid. Soo leid. Und ich heule rum, bloß weil Ferdi mein Schmuck nicht gefällt. Aber das mit deiner Mutter ist wirklich etwas anderes, das ist irgendwie . . .« Sie rudert mit den Händen in der Luft und sucht nach Worten.

»Ja, du hast recht, ganz genau das ist es!«, stimme ich ihr voller Inbrunst zu.

Sie schaut einen Moment lang verblüfft zu mir her und dann grinsen wir uns beide an, vollkommen anders als bisher, so auf die Art: Ich verstehe dich aus tiefstem Herzen und ohne Worte. Ein warmes Gefühl breitet sich in meinem Bauch aus. Ich glaube, wir sind gerade Freundinnen geworden.

Und obwohl ich besser daran arbeiten sollte, das gleich noch weiter zu vertiefen, höre ich schon die klare Frauenstimme von Papas TomTom, wie sie sich triumphierend in meinem Kopf breitmacht und ständig wiederholt: »Sie haben Ihr Ziel erreicht. Sie haben Ihr Ziel erreicht.«

Dabei ist »erreicht« voll übertrieben, denn das hier ist nur der erste Schritt. Aber es heißt doch, jeder Weg zum Ziel beginnt mit dem ersten Schritt. Und es folgt auch gleich der zweite. Ich knöpfe meine Caprijeans auf.

3. Ally

Während sich Mila auszieht, um unter die Dusche zu steigen, tue ich so, als würde ich ein Silberblech durch die Walze ziehen. Dabei kann ich in aller Ruhe darüber nachdenken, wie unsensibel ich bin. Klar, Ferdi war fies, aber das, was Mila da zu Hause erlebt hat, ist einfach grauenhaft. Während mein einziges Problem darin besteht, wie ich die Kohle meiner Eltern aus meinem Leben raushalten kann und wie es mir gelingen könnte, ein Mal, nur ein einziges Mal, meinen genialen Bruder auszustechen, hat Mila ein Psychowrack als Mutter. Das muss viel schlimmer sein als eine Staranwältin. Die kann man wenigstens anschreien, wenn man sauer ist. Aber einen Psycho?

»Hast du hier irgendwo Duschgel?«, ruft Mila aus der Dusche und zwingt mich so, zu ihr hinzusehen.

»Steht oben auf dem Kabinenrand.« Und während ich das sage, wird mir klar, dass Mila da nicht hinkommt – ich bin zwei Köpfe größer als sie.

»Warte, ich hol's dir.« Von hier unten schaffe selbst ich das kaum, ich erwische es gerade so mit den Fingerspitzen.

Mila zieht eine Tür der Duschkabine auf und streckt mir ihre Hand entgegen. Und obwohl sie sie sofort zurückzieht, sehe ich es doch und muss nach Luft schnappen.

Narben. Narben von Schnitten, und zwar vom Handgelenk bis zur Schulter. Ich muss mich verguckt haben. Doch nicht Mila. Mila und Ritzen, das passt doch gar nicht!? Mila ist stark, kennt sich aus, weiß alles und hatte einen Freund. Also warum?

Ich starre durch das Plastik der Duschkabine und wünsche einerseits, ich könnte es noch mal nachprüfen, andererseits wünsche ich mir, ich hätte das nie gesehen. Fast stolpere ich, als ich zu meinem Bett gehe, dann lasse ich mich einfach drauffallen – ich mit meinem elenden Sauberkeitsfimmel.

Langsam drehe ich meinen Kopf zur Duschkabine, die durch den Perlenvorhang hindurchschimmert. Mila wollte ganz bestimmt nicht, dass ich das sehe. Aber warum hat sie mir den Arm dann hingehalten – oder hat sie diese Narben etwa an beiden Armen . . .?

An meiner alten Schule gab es zwei Mädchen, die sich geritzt haben. Meine Eltern hatten mich gezwungen, auf diese katholische Mädchenschule zu gehen, weil sie mich vor Drogen und Übergriffen schützen wollten. Sie dachten, es wäre eine gute Wahl. Doch ich schätze mal, es gab dort mehr Essgestörte als in einer gemischten Schule. Als das mit dem Ritzen rauskam, haben die beiden Mädchen die Schule verlassen. Und weil ich nicht wusste, ob sie deshalb hatten gehen müssen oder ob sie freiwillig weg sind, hatte ich damals kurz überlegt, ob das für mich auch 'ne Methode sein könnte, um von der Schule wegzukommen. Aber ich hatte viel zu viel Schiss, dass die Wunden sich entzünden könnten. Außerdem hasse ich Schmerz – ich würde mir ja nicht mal ein Piercing stechen lassen.

»Wo ist denn das Handtuch?«, ruft Mila, die das Wasser abgedreht hat.

Ich suche nach dem allergrößten Handtuch, das ich habe, vielleicht will sie sich richtig verhüllen, um sich vor meinen Blicken zu schützen. Ich tausche die Handtücher aus und reiche ihr das neue.

Sie rubbelt sich trocken, ich versuche, nicht hinzusehen, aber dann schiele ich doch zu ihr hinüber – und bin erleichtert. Denn der rechte Arm ist unversehrt. Die Narben sind nur links. Sie sind verheilt, aber rot und ziemlich wulstig.

Mila legt sich das Handtuch lässig um wie eine Toga und macht gar keine Anstalten, die Schnitte zu verdecken.

»Du hast sie sowieso gesehen, ich habe nicht daran gedacht und jetzt ist es zu spät.« Sie schüttelt ihre nassen schwarzen Haare wie ein Hund. »Tut mir leid, dass du's gerade heute entdeckt hast, wo es dir selbst so beschissen geht.«

Ich habe keine Ahnung, was ich sagen könnte, was angebracht wäre. Versuche, mir vorzustellen, was Lena nun getan hätte. ›Ist mir egal, was du mit deinem Arm machst‹, klingt uninteressiert, irgendwie asozial. Aber zu fragen ›Warum machst du das?‹, ist wahrscheinlich auch nicht angebracht.

Mila lässt sich neben mich auf das Bett sinken. »Du fragst dich bestimmt, warum ich das getan habe.«

Ich nicke und versuche, nicht auf ihre Arme zu starren.

»Die Wahrheit ist, ich hab schon damit angefangen, lange bevor Mama so durchgeknallt ist. Du siehst ja, es sind alte Narben. Ich dachte auch, ich wäre drüber weg . . .« Sie beisst sich auf die Unterlippe und stöhnt, bevor sie sich einen Ruck gibt und weiterredet. »Aber dann ist etwas passiert – und dann ist es noch einmal passiert und deshalb habe ich wieder damit angefangen, aber das . . . das erzähle ich dir wann anders. Okay?«

»Klar.« Ich würde gern den Arm um sie legen oder ihren Rücken tätscheln, aber ich traue mich nicht. Ich habe keine Ahnung, ob das okay wäre. Ich hatte nie viele Freundinnen und von Lena weiß ich, dass sie so was auf den Tod nicht ausstehen kann.

»Ich find's super«, murmelt Mila, »dass du keinen Aufstand deswegen machst. Die meisten regen sich total auf, deshalb trage ich immer lange Ärmel oder im Sommer auch Stulpen, obwohl mich an der Schule deshalb alle für ein Emu halten.« Mila rutscht näher zu mir und kuschelt sich an mich.

Ich werde aus Verlegenheit total steif, was sie sofort wieder von mir abrücken lässt.

»Tut mir leid«, sagt sie und in ihrer Stimme liegt so viel Schmerz, dass ich mich in Grund und Boden schäme und wieder zu ihr hinrutsche.

»Hey . . .«, sage ich und ringe um Worte. »Hey . . .«

»Ich steh auf Jungs, falls du deshalb Angst hast, und es ist auch nicht ansteckend, das Ritzen.«

»Ich habe keine Angst vor dir«, stammle ich und finde keine Worte für das komische Gefühl in meiner Brust. »Ich weiß bloß nicht, also, ich kenn mich nicht so gut aus mit so was.«

»Was meinst du mit *so was?«* Mila legt ihre Hand auf meine und versucht, mir ins Gesicht zu sehen, doch ich weiche ihr aus. Ich bin mit dieser Situation total überfordert.

»Mit . . .« Ich muss sehr tief durchschnaufen, bis ich es schaffe, es zu sagen, bis ich mich traue, es zuzugeben – vor mir selbst zuzugeben. »Mit so was wie Freundschaft.« Ich hebe den Kopf und starre sie herausfordernd an.

»Davon hab ich auch keine Ahnung.« Mila verdreht die Augen und kichert. »Dann sind wir also bloß zwei Aliens, die sich gefunden haben.« Sie beugt sich zu mir, küsst mich rechts und links auf die Wange und zum Schluss auf den Mund. Einfach so.

Ich schnappe nach Luft. Meine Lippen prickeln, als hätten sie Brennnesseln gestreift, aber dann wird dieses Stechen warm und süß. Unwillkürlich berühre ich meine Lippen mit den Fingerspitzen und bin erstaunt, dass sie sich wie immer anfühlen.

»Freunde?«, fragt Mila und hält mir ihre Handfläche hin.

»Freundinnen!«, antworte ich, schlage ein und zu meinem großen Erstaunen spüre ich nicht den Wunsch, mir sofort die Hände zu waschen. Stattdessen bleiben wir so sitzen und schweigen. Und obwohl das mit Ferdi passiert ist, fühlt sich zum ersten Mal heute alles gut an.

4. Mila

Heute übernachte ich zum fünften Mal bei Ally und heute muss ich einen Schritt weiterkommen. Vier Tage lang ging es immer wieder um Ferdi und ihren Schmuck. Aber beim letzten Mal haben wir endlich mal etwas anderes gemacht und einen uralten Schwarz-Weiß-Film angeschaut, wo die Frauen dauernd ihre extrem geschminkten Augen weit aufreißen und dann hysterisch lachen. Könnte sein, dass es einer mit Bette Davis gewesen ist, denn auf die steht Ally total. Sie hat mir erzählt, dass sie sich beim Kreieren ihres Schmucks immer fragt, ob und wann Bette Davis ihn tragen würde. Typisch Ally! Andere würden sich – wenn überhaupt – fragen, was Victoria Beckham oder Heidi Klum dazu sagen würde.

Jedenfalls ging's in dem Film um unglückliche Liebe, wie fast immer in diesen alten Schmachtfetzen, und Ally hat einen Heulkrampf bekommen und wollte von mir wissen, ob ich glaube, dass sie jemals einen finden wird, der sie so liebt, wie sie ist.

Und gerade als ich sie so weit hatte und endlich mit *meinem* Schicksal loslegen wollte, klingelte es an Allys Tür und ihr eingebildeter, aber leider verdammt gut aussehender Bruder stand draußen am Tor. Obwohl Ally immer so tut, als fände sie ihn lästig und grauenhaft, konnte ich deutlich fühlen, wie sehr sie sich über seinen Besuch gefreut hat. Noch bevor er über den Hof bis zur Wohnung gekommen war, hat sie sich hektisch das verheulte Gesicht gewaschen und sich plötzlich aufgeplustert und mich dann so stolz präsentiert, als wäre ich ihr Hund. Ich war kurz davor, sie zu fragen, ob ich Männchen machen soll.

Jury hat so getan, als würden ihn Allys neueste Schmuckkreationen interessieren, aber in Wirklichkeit hat er mich ziemlich misstrauisch abgecheckt. Es hat ihn gewundert, dass ich da war, und das wiederum hat mich nervös gemacht. Kennt er mich von irgendwoher? Immerhin hat er angeblich ein fotografisches Gedächtnis – und das könnte sich als äußerst fatal erweisen. Er studiert Jura und Medizin, weil ihn ein Studium allein nicht ausfüllt, und dann geht er auch noch zum Kitesurfen und Klettern (oder Bouldern, wie er das nennt) und ist deshalb durchtrainiert und braun gebrannt.

Wenn ich Ally wäre, würde ich diesen Perfektling abgrundtief hassen. Auch weil er der Sohn ist. Ich weiß, Väter lieben ihre Söhne mehr, weil sie der definitive Beweis ihrer Potenz sind. »Ein Haus bauen, einen Sohn zeugen«, hieß es doch früher und ich bin sicher, insgeheim denken sie alle immer noch so. Vielleicht wäre zu Hause auch alles anders, wenn ich ein Junge wäre.

Jedenfalls fand ich Jury dermaßen unerträglich, dass ich dann bald gegangen bin, ohne zum Ziel gekommen zu sein. Später hat Ally mir noch gemailt, aber da war sie schon wieder mies drauf, weil ihr Bruder nichts zu ihren Entwürfen für den Silberwettbewerb gesagt hat. Jury hätte mich aber ziemlich sexy gefunden. Ich würde in sein Beuteschema passen, meinte Ally. *Mila, du bist klein und zierlich, dunkelhaarig und du warst frech zu ihm. Das gefällt ihm, weil es ihn langweilt, dass die meisten Mädchen ihn anhimmeln.*

So ein Unsinn! Ich war nur so ätzend, weil ich ihn loswerden wollte. Das Komische ist, dass ich seitdem das Gefühl habe, jemand würde mir folgen. Allys Bruder könnte mir tatsächlich gefährlich werden. Was, wenn er rauskriegt, wer ich wirklich bin?

Auf der Zugfahrt von Augsburg nach München hatte ich

heute ständig den Eindruck, dass mich jemand anstarrt, doch immer, wenn ich mich umgedreht habe, war niemand zu sehen. Und eben auf dem Weg zu Ally hatte ich auch dauernd so ein Kribbeln im Nacken. Aber warum sollte ihr Bruder mir folgen? Er würde mich eher zur Rede stellen, als mir nachzuspionieren. Außerdem sieht er so dermaßen unverwechselbar aus mit den breiten Schultern, dem schwarzen kurzen Haar und seinem braunen Teint, den würde ich schon von Weitem sofort erkennen. Ein letztes Mal drehe ich mich um, wieder ist kein Mensch zu sehen.

Endlich stehe ich vor Allys Tor. Als ich klingle, kommt sie sofort rausgeschossen und winkt mir zu. Sie trägt ihre dunkelblaue Goldschmiedeschürze und aus ihrem Haarzopf hängen blonde Strähnen wirr um ihren Kopf. Sie wirkt total zerknittert, so als ob sie die ganze Nacht nicht geschlafen hätte.

»Stress?«, frage ich. »Etwa eine Großbestellung Bauchnabelpiercings für die Mannschaft vom 1. FC Bayern?«

Ihre Mundwinkel verziehen sich etwas, aber sie lacht nicht wirklich. Sie dreht sich wortlos um und geht rein. Drinnen ist ein einziges Chaos, so habe ich ihre Werkstatt noch nie gesehen.

»Hey, was ist denn hier los?«

»Einer meiner Lehrer hat heute meinen Entwurf für eine Brosche in der Luft zerrissen.« Es sprudelt nur so aus ihr heraus, dabei geht sie die ganze Zeit auf und ab und rauft sich die Haare. »Die Brosche wäre nicht mal retro, sondern nur epigonenhaft. Ich wusste überhaupt nicht, was das ist, und musste erst mal nachschauen. Das sind Leute, die sich an andere drankleben, Trittbrettfahrer ohne eigene Ideen.« Ally kickt gegen ihre Werkbank. »Der spinnt doch, ich bin kein Trittbrettfahrer! Und jetzt habe ich bis Montag Zeit, um mir etwas Neues zu überlegen. Dabei sind Broschen sowieso schon so was von spießig.«

Sie wirft sich auf ihren Drehhocker und starrt missmutig auf die Werkzeuge, die überall herumliegen. Dann nimmt sie einen dicken Borstenpinsel und kehrt damit die Arbeitsfläche in den Lederschurz, der am Tisch angebracht ist, damit nur ja kein Milligramm Gold oder Silber verloren geht.

Ich muss sie beruhigen, auch wenn ich merke, wie mein Herz schneller schlägt, weil mir dämmert, dass heute meine große Chance gekommen ist.

»Ich dachte, ihr seid auf der Schule, um zu lernen! Müsst ihr denn jetzt schon so perfekt sein?«

»Nein, müssen wir nicht!« Sie feuert den Pinsel auf den Tisch. »Aber er hat mir angeboten, bei der Sonderausstellung ›Junge Talente‹ von der bayerischen Handwerkskammer mitzumachen. Da stellen sonst nur Schüler der Kunstakademie aus. Das sind die richtig tollen, die echten Künstler. Und es wäre für mich eine Riesenchance, wenn ich das schaffen würde.«

»Aber wozu das denn?«

»Na hör mal, man steht im Katalog, man wird ausgestellt, das ist doch das Größte.«

»Machen die nicht nur so blödes Kunstzeugs, das eh keiner kauft? Ich glaube, du willst das alles nur wegen deiner Eltern, damit die dich ernst nehmen und du neben Jury gut dastehst.«

Ihre Augen blitzen auf, dann zuckt sie mit den Schultern, als hätte es keinen Sinn, mit mir darüber zu reden. Verdammt, ich hätte meinen Mund halten sollen, denn eigentlich bin ich mir ganz sicher, welcher Lehrer diese Gemeinheit von sich gegeben hat. Und das wiederum wäre der perfekte Einstieg für mich und meine Geschichte.

»Zeig mir doch mal den Entwurf.«

»Geht nicht, den hab ich verbrannt.«

»Schade, vielleicht war der Entwurf super und der Typ hat einfach keine Ahnung.«

Ally tippt sich mit dem Zeigefinger an die Stirn. »Von wegen! Der Landgraf sitzt mit in der Jury, der kennt sich aus, das ist schließlich sein Job!«

Bingo, jetzt muss ich sofort einhaken. Sein Name ist zum ersten Mal gefallen. Doch wenn sie wirklich so viel von seinem Urteil hält, dann wird alles viel komplizierter, als ich dachte.

»Landgraf?«, frage ich und verleihe meiner Stimme ein tonloses Zittern.

»Sag ich doch, hörst du mir gar nicht zu, oder was?« Sie zieht einen Bleistift aus ihrem zerfledderten Haarkranz und kritzelt damit etwas in ein Skizzenbuch, ohne mich anzusehen.

Das läuft unterirdisch schlecht, sie ist immer noch wütend, und hat deshalb gar nichts mitgekriegt.

Ich schweige also und hoffe, sie merkt, dass sie etwas Falsches gesagt hat. Nach einer halben Ewigkeit hebt sie den Kopf und schaut mich an.

»Tut mir leid. Ich bin sauer. Aber wieso fragst du? Kennst du den Landgraf denn?«

Ich denke an alles, was dieses miese Arschloch zu verantworten hat, und schaffe es, meine Augen zum Schwimmen zu bringen und schweigend zu nicken.

Sie setzt sich aufrechter hin und wirft mir fragende Blicke zu.

Ich hab sie.

Jetzt nur nichts falsch machen. Mein Herz schlägt, als wäre ich kilometerweit gerannt. Ich atme tief ein und aus. Es ist okay, dass mir das schwerfällt. Aber es muss sein.

»Ich habe mal einen gekannt«, sage ich ganz leise, »der mit Höhlenklettern zu tun hatte, aber das ist sicher ein anderer.«

Ally schüttelt den Kopf. »Nein, nein, der Landgraf an unserer Schule, der heißt mit Vornamen Tobias und geht mit gestörten, nein, verhaltensauffälligen Jugendlichen zum Klettern in Höhlen – hab ich jedenfalls gehört.«

Ich bin sicher, ich bin bei seinem Vornamen bleich geworden, denn mir ist wirklich schlecht. Kotzübel.

»Tobias?« Nur noch ein Flüstern kommt aus meinem Mund und dann fange ich an zu schwitzen.

»Was ist denn mit dir los? Mila!« Ally steht auf, geht um den Tisch, legt ihren Arm um mich und jetzt muss ich wirklich anfangen zu heulen. Es schüttelt mich am ganzen Körper.

»Mit *gestörten* Jugendlichen«, bringe ich stotternd hervor und versuche, mich wieder zu fassen. Aber es ist, als ob ein Damm gebrochen wäre. All das Elend, das er angerichtet hat, fließt aus mir heraus, und das ist ganz anders als beim Ritzen, wo der Schmerz mit dem Blut zusammen herausströmt und dich erlöst. Das hier tut weh, soo weh. Und es hört nicht auf, nur weil es wehtut.

5. Ally

Ich umarme sie, so fest ich kann, obwohl Rotz aus ihrer Nase läuft, der von ihren Tränen weggespült wird. Irgendwann reiche ich ihr Taschentücher und versuche, sie weiter festzuhalten. Aber sie hört gar nicht mehr auf. Es ist, als ob ich den Stöpsel aus einer übervollen Badewanne gezogen hätte – und alles nur wegen dem Landgraf! Was mag da bloß passiert sein?

Ich schaue auf mein Gekritzel und denke mal wieder, wie gut es ist, dass Mila in mein Leben gekommen ist. Ein schändlicher Gedanke angesichts der Tatsache, dass ihr etwas Furchtbares zugestoßen sein muss. Aber das bringt mich auf den Teppich, zurück dahin, was Leben sein sollte. Scheiß auf diese Ausstellung! Ist doch egal, ob ich ein Epigone bin oder nicht.

Ich streiche Mila ein paar Haare von der klebrigen Wange, halte mit der anderen ihre zuckende Schulter fest und drücke sie dann trotz ihres verklebten Gesichts an mich. Obwohl sie weiterweint, merke ich, wie gut sie riecht, nach Gummibärchen, Waschmittel und Meer. Ich kann sogar noch darüber nachdenken, woher diese besondere Mischung wohl kommt, während ich wie ein Volltrottel »Schschsch« und »Alles wird gut« in ihre Haare murmle. Als ob ich eine Ahnung vom Leben hätte – ausgerechnet ich, die noch nicht mal einen Freund hatte!

Nachdem sich ihr Körper wieder beruhigt hat, lasse ich sie langsam los, fast schon ein bisschen bedauernd – ich mag diesen angenehmen Duft, der ihrer Haut entströmt. Dann hole ich den Mülleimer, entsorge die vielen Taschentücher und hoffe, sie bemerkt es in ihrem Kummer nicht.

»Tut mir leid, dass ich hier so rumrotze«, sagt sie leider doch und endlich hat sie wieder eine, wenn auch leise, Stimme.

Ich werde knallrot. Was für ein Mensch bin ich eigentlich? Wieso kann ich diesen Bazillenwahn nicht mal eine Sekunde abstellen? Noch nicht mal dann, wenn es Mila schlecht geht?

»Hey, das macht doch nichts«, beeile ich mich zu sagen. »Willst du mit mir darüber reden?«, frage ich und habe Angst, sie könnte Nein sagen und gleichzeitig habe ich Angst, sie könnte Ja sagen und ich würde damit nicht klarkommen. Alleine sein ist irgendwie einfacher.

Mila schüttelt vehement den Kopf. Also nein? Doch dann sucht sie meine Augen und der Blick aus ihren dunkelgraublauen Augen ist so flehentlich, dass sogar mir klar wird, sie will, dass ich ihr alles aus der Nase ziehe.

»Es geht also irgendwie um den Landgraf, ja?«, fange ich an und hoffe, dass ich alles richtig mache.

Mila nickt, putzt sich noch einmal die Nase und wischt sich mit dem Handrücken über ihre verquollenen Augen. Dann holt sie tief Luft. »Es fing damit an, dass meine Mutter ausgeflippt ist, als sie das mit dem Ritzen mitbekommen hat. Und weil ich nicht mit ihr reden wollte, hat sie bei so einer dämlichen Psychoberatungsstelle Hilfe gesucht.« Sie atmet tief durch. »Die haben sie dann an den Landgraf verwiesen. Angeblich hat er so große Erfolge mit seiner Arbeit erzielt, besonders bei schwierigen Jugendlichen.« Mila verzieht ihre Oberlippe zu einem verächtlichen Kräuseln, das sie wie eine verbitterte alte Frau wirken lässt. *»Man arbeitet gern mit ihm,* haben sie gesagt. Ha!«

Mein Bauch krampft sich zusammen, wenn ich darüber nachdenke, in welche Richtung dieses Gespräch gehen könnte.

»Er sieht ja für so einen alten Knacker nicht übel aus und

am Anfang war er auch sehr freundlich. Ich habe mir deshalb nichts dabei gedacht, als er mir gleich nach dem zweiten Mal in der Gruppe vorgeschlagen hat, dass wir beide allein in die Engelweghöhle gehen könnten.«

Mila schluckt ein paarmal, als ob ihr Hals trocken wäre.

»Willst du ein Wasser oder lieber gleich ein Bier?«

Sie schüttelt den Kopf, aber langsam, als ob Bleikugeln darin herumrollen würden. »Später. Die ersten Male, als wir alleine unterwegs waren, war er echt okay, hat mir mal an den Hintern gefasst oder an die Brust, aber immer wie aus Versehen. Weißt du, man muss da so einen Ganzkörperanzug anziehen, den Schlaz, der sich bei mir immer verheddert hat. Außerdem seilt man sich in Höhlen auch an und legt Gurte um, man muss sich also gegenseitig helfen und anfassen . . .« Sie wirft mir einen verzweifelten Blick zu. »Es, ich, also ich hab's nicht kommen sehen«, stottert sie, doch dann sprudelt alles nur so aus ihr heraus. »Verstehst du, dieses Getatsche kam mir nie komisch vor. Aber dann, es war der pure Wahnsinn, so eng und schwierig zu klettern, und als wir fast schon wieder draußen waren, da ist er über mich hergefallen. Hat so getan, als würde ich das auch wollen, als fände ich es super. Ich hab mich gewehrt, ihn sogar mit einem Steigeisen ins Gesicht geschlagen, aber das hat ihn bloß amüsiert. Ich hatte keine Chance, der Mistkerl ist verdammt stark.«

Milas Stimme zittert und in ihren Augen schwimmen schon wieder Tränen. Ich weiß nicht, was ich sagen soll. Ich möchte sie trösten, möchte meiner Wut freien Lauf lassen, meine Verwunderung ausdrücken. Aber meine Kehle ist wie zugeschnürt. Kein Wort kommt mir in den Sinn, kein Satz, der erklären würde, was mir gerade durch den Kopf geht. Wie versteinert sitze ich da und versuche, aus den Worten Bilder zu machen. Landgraf, wie er über Mila herfällt . . .

»Ich dachte, dabei würde es bleiben, aber er hat gesagt, er würde behaupten, dass ich suizidgefährdet bin und in eine Klapse gehöre, wenn ich nicht wieder mit ihm . . . klettern gehe.«

»Nein!«, flüstere ich und würde am liebsten meine Ohren verschließen. Redet Mila gerade wirklich von Landgraf? Ich mag ihn nicht besonders, aber ich kann mir einfach nicht vorstellen, dass dieser wichtigtuerische Blödmann so etwas macht – so etwas unvorstellbar Schlimmes. Doch ein Blick auf Mila genügt, um mich vom Gegenteil zu überzeugen. Das hätte ich ihm nie, nie, nie zugetraut. Übelkeit steigt in mir auf, ich muss schlucken. Mein Hals fühlt sich plötzlich ganz wund an. »Bist du . . .«, ich räuspere mich, »bist du danach zur Polizei gegangen und hast ihn angezeigt?«

Mila schüttelt den Kopf. Dann reißt sie ihren Ärmel hoch und schreit mich an. »Glaubst du wirklich, dass sie so einer glauben?« Sie wedelt mit ihrem vernarbten Arm vor mir herum, dann hört sie abrupt auf und drückt ihre Fingernägel so fest in eine Narbe, dass sie aufspringt.

Sie schaut zu, wie Blut heraustropft, und wird wieder ruhiger. »Schau sie dir an, die irre Mila! Wer sollte mir schon glauben? Einer, die komplett meschugge sein muss, einer, die absolut keine Gründe hat, sich zu ritzen! Warum sollte man mir glauben? Wo ich doch scheinbar eine liebende Mutter und all das habe!« Mila fängt wieder an zu weinen.

Ich hole eine sterile Wundauflage und will sie ihr auf den Arm legen. Mila schlägt meinen Arm und die Kompresse weg und brüllt: »Und du mit deinem Sauberkeitswahn! Für dich bin ich doch auch nur ein Haufen Dreck, sonst nichts.«

Sie rennt zur Tür. Einen Moment lang schaue ich ihr fassungslos nach, dann stürme ich hinter ihr her. Ich darf sie auf keinen Fall gehen lassen! »Mila, warte, du bist doch meine Freundin. Ich bitte dich, Mila, bitte bleib, lass uns reden.«

Ich hole sie ein, nutze es schamlos aus, dass ich größer bin als sie, lege die Arme um sie und halte sie fest, damit sie nicht abhauen kann. Abgesehen von meiner Größe bin ich auch viel stärker als sie, denn beim Drahtziehen und Hämmern braucht man viel Kraft. Plötzlich wimmert Mila und mir wird klar, dass auch ich ihr gerade Gewalt antue. Entsetzt lasse ich sie los, aber da klammert sie sich an mir fest. »Danke, Ally. Danke, dass du für mich da bist«, flüstert sie.

Wir gehen eng aneinandergedrückt wieder rein. Ich kann ihr Herz fühlen, das wie wild hämmert, und ich spüre, wie sich ihre weiche, füllige Brust hektisch hebt und senkt. Ich frage mich, wie sich das für Landgraf angefühlt haben muss – und schaffe unwillkürlich Platz zwischen uns. Mila ist so weich und zart – wie konnte dieser Dreckskerl das nur so ausnutzen? Meine Beine zittern, fast als hätte er mir das Gleiche angetan, als hätte Landgraf nicht nur Mila, sondern auch mich vergewaltigt.

»Ich sollte uns ein Trostessen kochen«, schlage ich vollkommen hilflos vor. »Oder wir bestellen uns Pizza.«

»Ich habe keinen Hunger«, murmelt Mila.

»Ich auch nicht, aber wir sollten etwas Gutes für uns tun!«

»Hasst du mich jetzt?«, fragt Mila und klebt jetzt doch die Kompresse auf ihren Arm.

»Wie kommst du denn darauf?«

»Ich hatte den Eindruck, du stehst auf Landgraf.«

Ich merke, wie mir das Blut ins Gesicht schießt. »Blödsinn! Ferdi ist der Einzige, für den ich mich jemals interessiert habe. Der Landgraf nervt als Mensch, aber bis heute fand ich ihn ziemlich gut in dem, was er unterrichtet. Natürlich ist er jetzt für mich gestorben.«

Mila verzieht ihre Lippen zu einem spöttischen Grinsen. »Glaub mir, ich kann dich verstehen, der hat schon was.«

»Bist du irre?«, brause ich auf. »Landgraf ist für mich erledigt! Und ich finde wirklich, du solltest ihn anzeigen.«

»Wie denn? Das ist unmöglich! Es gibt ja keine Beweise. Ich hätte mich damals innerhalb von vierundzwanzig Stunden medizinisch untersuchen lassen müssen. Aber ich bin einfach nach Hause und habe mich ewig lange unter die Dusche gestellt. Ich konnte nicht anders, ich musste das alles abspülen. Am liebsten hätte ich mir die Haut abgeschabt. Und erst danach wurde mir klar, dass ich genau das Falsche getan und alle Beweise vernichtet hatte. Selbst meine blauen Flecken hätte er damals mit dem Klettern erklären können. In den Höhlen ist es manchmal so eng und steinig, da kriegt man schon mal 'ne Schramme ab, deshalb muss man ja auch den Anzug anziehen.« Sie putzt sich wieder ihre Nase. »Ich habe versucht, mit meiner Mutter zu reden, doch die hat das Ganze abgetan. Und zur Krönung noch die Frage in den Raum gestellt, ob ich ihn nicht provoziert hätte. O-Ton meine Mutter! Aber eigentlich war sie davon überzeugt, dass ich mir alles nur eingebildet oder sogar komplett ausgedacht habe. Ich würde mich zu wichtig nehmen, hat sie gesagt.« Milas Gesicht verzieht sich zu einer Fratze, dann deklamiert sie mit einem kalten bösen Ton: *»Nicht die ganze Welt dreht sich um dich, Mila!«*

Ich weiß nicht, was ich sagen soll. Was ist das nur für eine schreckliche Mutter? Will wegen einer Lappalie Selbstmord begehen, aber glaubt ihrer Tochter nicht, dass diese missbraucht worden ist! Ich bin sicher, so bescheuert Mams auch ist, sie würde mir bedingungslos glauben und extrem wütend werden, wenn ich ihr so etwas anvertrauen würde. Sie ist Anwältin und hätte den Landgraf richtig fertiggemacht.

»Aber es ist nicht okay, dass er damit durchkommt.«

Mila zuckt mit den Schultern und wiederholt mit der gleichen Stimme: »Nicht die ganze Welt dreht sich um dich . . .«

Eine kurzen Moment lang überlege ich, ob Mams mir wirklich zuhören würde oder ob das nur so ein Wunschgedanke von mir ist. Nein, entscheide ich, sie wäre froh, wenn ich überhaupt mit ihr reden würde. Sie würde sofort die ganze Polizei aufmischen, wenn nötig die teuersten Anwälte einkaufen, einen Riesenwirbel machen und mein Leben damit komplett ruinieren – aber ganz sicher auch das von Landgraf.

»Und er muss trotzdem bestraft werden!«

Mila entspannt sich etwas. »Du bist echt süß, Ally. Glaub mir, in meinen Träumen habe ich ihm schreckliche Dinge angetan. Doch wie sollte man im echten Leben einen wie den schon drankriegen?«

»Keine Ahnung, aber es muss doch einen Weg geben.« Ich stelle meine alte Espressokanne und einen Topf auf den Herd. »Wir brauchen einen Kaffee und wir brauchen einen Plan. Meine Oma, die mit dem Kino, hat behauptet: ›Es gibt immer einen Weg.‹«

Mila lacht. »So eine Oma hätte ich auch gern gehabt.«

»Na ja, sie hat ihr Kino trotzdem verloren, die Leute mochten keine alten muffigen Programmkinos. Oma hat nicht kapiert, dass die Zeit für Popcorn-Kinocenter gekommen war. Kurz nachdem sie das Kino in der Türkenstraße verkaufen musste, ist sie gestorben.« Ich fülle Kaffeepulver in die Kanne und Wasser und schalte den Herd ein.

»Oh, das tut mir leid.«

Jetzt drehe ich mich um und lache Mila an: »Da war sie achtzig Jahre alt. Nein, im Ernst, Oma hatte trotzdem recht. Immer, wenn ich einen Plan habe, dann wird es auch was.«

Ich hole die Milch aus dem Kühlschrank, schütte sie in den Topf und lege den Schneebesen bereit.

»Manche Pläne scheitern trotzdem, es kommt immer irgendwie anders, als man denkt.« Mila wird richtig laut. »Viele Sachen kann man nicht planen!«

Gerade will ich ihr widersprechen, als mir einfällt, dass Mila ja auch ohne einen Plan in mein Leben gekommen ist, einfach so. »Hmm, ja, das stimmt. Manchmal gibt es aber auch Geschenke, da kriegt man etwas, ohne dass es geplant gewesen wäre.«

Mila reißt ihre Augen auf und blitzt mich an. »Glaubst du, der Landgraf war ein Geschenk für mich, oder was?«

Verdammt noch mal, warum ist es nur so schwer, sich zu unterhalten? Andauernd kann man falsch verstanden werden.

»Nein, natürlich nicht, das meinte ich nicht«, versichere ich ihr hastig. »Ich meinte dich! Du warst ein Geschenk für mich, bist einfach so in mein Leben reingeschneit. Oder hatte da vielleicht doch jemand einen Plan?«

Mila kommt näher, greift nach dem Schneebesen und schlägt wie eine Verrückte auf die dampfende Milch ein. »Wie meinst du denn das?«

»Keine Ahnung – Gott, das Schicksal oder die Erinnyien.« Der Espresso steigt laut gurgelnd nach oben und ich hole zwei Latte-macchiato-Gläser, um ihn einzuschenken.

Mila schüttet sich fünf Löffel Zucker in ihr Glas, ich zwei, dann setzen wir uns an meine Werkbank und schlürfen schweigend den Kaffee.

Jetzt erst, nachdem ich sitze, merke ich, wie erschöpft ich bin. Wie hat Mila das nur alles ausgehalten? Und obwohl ich es nicht will, schiele ich auf ihren vernarbten Arm, auf dem die Binde klebt. »Wolltest du dich denn nie an ihm rächen?«

Mila verschluckt sich fast an ihrem Kaffee, ich reiche ihr eine Serviette.

»Natürlich wollte ich das.« Sie seufzt. »Aber alles, was mir eingefallen ist, hätte mich nur in den Knast gebracht.«

»Dann müssen wir uns eben etwas ausdenken, das uns nicht in den Knast bringt.«

»Wir . . . uns?« Mila starrt mich an, als würde ich chinesisch reden.

Ich nicke ihr zu. »Wir sind doch Freunde, oder?«

»Ja.« Mila sieht endlich wieder aus wie sie selbst. »Aber was können wir zwei denn schon tun?« Sie rührt in ihrem Latte macchiato, als würde das beim Denken helfen. »Seine Reifen aufstechen, fünfzig Pizzen für ihn bestellen, Gerüchte im Internet über ihn verbreiten?«

»Nein, unser Plan muss viel raffinierter sein.«

Mila stellt ihr Glas ab und atmet tief durch. »Ich habe wirklich lange genug darüber nachgedacht und mir ist nichts eingefallen, außer . . .« Sie verstummt und zuckt dann mit den Schultern, als hätte sich auch das erübrigt.

»Außer was?«

»Ist doch egal.« Ihre Hände machen eine abwehrende Bewegung.

»Jetzt spuck's schon aus!« Sie macht es aber wirklich spannend.

Mila windet sich. »Ich weiß nicht, Ally, das habe ich mir in den vielen Nächten nur so zusammengesponnen.«

»Nun sag's endlich.«

»Klar ist, dass ich Beweise brauche, die habe ich aber nicht.« Mila macht eine so lange Pause, dass ich schon Angst bekomme, sie würde mir nun doch nicht verraten, worüber sie nachgedacht hat.

»Aber«, fährt sie dann endlich fort, »wenn man den Landgraf dazu kriegen könnte, das Gleiche wieder zu tun, dann müsste man nur dafür sorgen, dass es diesmal Beweise gibt, Fotos, Filme, Zeugen oder so was in der Art. Und dann würde man anschließend die Zeitungen anrufen. Und dann«, Mila steht auf, macht sich ganz groß und dreht sich mit ausgebreiteten Armen um sich selbst, »dann werde ich wie ein Racheengel auftauchen und mich an diese Klage dranhängen. Du weißt schon, so wie in den amerikanischen Krimiserien, wo sie immer Frauen finden müssen, die von diesem Mann früher schon verprügelt wurden, sich aber nie getraut haben, den Mund aufzumachen. Dann werde ich meinen Mund sehr, sehr weit aufmachen und er wird erledigt sein.« Ihre Augen funkeln mich an, und obwohl ich gar nichts Kritisches gesagt habe, verdüstern sie sich sofort wieder. »Du siehst, in welche Abgründe mich das gestürzt hat.« Sie lässt sich wieder auf den Hocker fallen.

In meinem Kopf dreht sich alles. Wie kann man nur einem Menschen so viel Leid zufügen? Wenn ich nur irgendwas für Mila tun könnte! Egal, was. Wenn ich ihren Schmerz lindern könnte, dann würde ich es machen, ganz egal, was, ganz egal, wie.

»Ich habe versucht, alles zu vergessen, und wenn's richtig schlimm wird, dann weiß ich ja, was ich tun kann.« Sie streichelt über ihre Narben, genauso behutsam und liebevoll wie meine Mutter Jury manchmal über den Kopf streichelt . . . Diese Erkenntnis bricht mir das Herz.

6. Mila

Jetzt hab ich sie. Keine Ahnung, was es war, aber ich spüre es, sie ist bei mir, auf meiner Seite, Wachs in meinen Händen. Endlich jemand, der mir helfen wird.

»Und seinetwegen hast du damit wieder angefangen?«, fragt Ally und es ist rührend zu sehen, wie sehr sie sich beherrscht, nicht auf die Narben zu starren.

»Ich hab versucht, dagegen anzukämpfen, ich wollte es nicht. Glaubst du mir das?«

Ally kommt zu mir und jetzt betrachtet sie die Narben doch.

»Das sieht so schlimm aus«, flüstert sie. »So schmerzhaft. Du musst dich schrecklich gefühlt haben.«

Ich glaube, sie würde sie gern anfassen, traut sich aber nicht.

»Ja, man sieht sich als totale Versagerin, die nichts unter Kontrolle hat, es ist wie ein Zwang. Und weil ich keine neuen Narben wollte, habe ich die alten Narben wieder aufgeritzt, deshalb sind sie so wulstig geworden.«

Ally hat Tränen in den Augen, sie steht auf, räumt die Gläser in das Waschbecken, um alles abzuspülen. Es arbeitet in ihr. Deshalb bleibe ich ganz ruhig, sie muss von alleine darauf kommen. Es muss *ihre* Idee sein.

»Mila, ich finde deine Racheengelvisionen super«, sagt sie ein paar Sekunden später tatsächlich und mein Herz fängt an, aufgeregt zu klopfen. »Ich würde dir dabei eigentlich auch gern helfen.«

Mist, »eigentlich« hat sie gesagt, das wird ein Nein. Ich hab's vergeigt. Mal wieder. Doch dann richtet sich Ally auf und zeigt umständlich auf ihren Kopf. Was wird das denn?

»Mila, schau doch mal! Ich bin sicher nicht der Typ, auf den der Landgraf abfährt. Ich bin viel größer als er.«

Mir fällt ein Stein vom Herzen.

Das ist es also. Als ob ihn das kümmern würde. Der nimmt jede.

Ich habe ihn im *Tambosi* am Hofgarten gesehen, wie er sie geküsst hat, und sie war auch einen Kopf größer als er und es hat ihn nicht die Bohne gestört. Er hat sie dermaßen lange abgeknutscht, dass es nicht nur mir aufgefallen ist, sondern auch andere Gäste im Café haben zu tuscheln angefangen. Doch das behalte ich lieber für mich. Seit Tom so verständnislos und kalt reagiert hat, habe ich niemandem mehr die Wahrheit erzählt. Nicht, dass ich mich bei Ally noch verplappere. Irgendwie hat sie es drauf, mir viel mehr zu entlocken, als ich es geplant habe. Ich glaube, das liegt daran, weil sie mich wirklich mag, und ich schätze mal, wenn sie jemanden in ihre Auster reingelassen hat, dann wird da 'ne Perle an Freundschaft draus. Schluss jetzt mit dem Grübeln, Mila, ermahne ich mich, als Ally mit hochgezogenen Schultern vor mir steht. Sie muss überzeugt werden, dass sie die Richtige ist.

»Du bist sehr hübsch und ich glaube kaum, dass der Landgraf sich um deine Größe scheren wird.« Mehr nicht, bloß nicht mehr sagen.

»Nur mal angenommen, also, ich meine wirklich nur rein theoretisch, Landgraf würde sich mit mir einlassen – wie stelle ich das denn überhaupt an?« Ally schüttelt sich. »Höhlenklettern kann ich nicht und will ich auch nicht. Eher sterbe ich.«

»Das kommt auch gar nicht infrage«, protestiere ich, »das wäre viel zu gefährlich.«

Sie sieht erleichtert aus. Mist. Ich war doch schon so nah dran. Ich muss noch mal deutlich machen, um was es hier geht.

»Denn wenn er dich so grauenhaft vergewaltigen würde wie mich, dann wäre auch mein Leben vorbei. Dann wäre alles aus.« Und weil ich das so bitterernst meine, ersticke ich fast an meinen Worten und klinge bemitleidenswert.

Ally schaut mich prompt entsetzt an und legt ihre Hand zart auf meinen Arm. »So weit wird es niemals kommen. Wir brauchen doch bloß ein paar verdächtige Fotos, zusammen mit meiner Aussage ist das doch schon genug, oder?«

Nein, denke ich, wir brauchen auch blaue Flecke und Kampfspuren und DNA-Beweise von einem Arzt, aber alles zu seiner Zeit. »Du hast recht, so weit muss es nicht kommen. Aber der Typ ist gefährlich, wir sollten nicht glauben, dass wir alles unter Kontrolle haben.«

Sie dreht sich vom Waschbecken zu mir um und wischt die nassen Hände an ihrer Hose ab. Ally muss sehr aufgeregt sein, sie benutzt sonst in ihrer total pingeligen Art immer nur das dafür vorgesehene Handtuch. »Ich habe Pfefferspray, das hat mir mein Bruder geschenkt, weil ich doch jetzt hier allein im Erdgeschoss lebe.«

»Pfefferspray?! Mann, Ally, das wird kein Spiel«, sage ich und muss mich beherrschen, sie nicht anzuschreien. Ally ist trotz ihrer Coolness manchmal dermaßen naiv, grauenhaft.

»Ist mir klar. Aber wie kriege ich ihn überhaupt dazu, sich mit mir zu verabreden?« Sie kommt wieder zu mir und setzt sich an die Werkbank.

»Das ist doch das Allereinfachste. Er hat dich beleidigt. Ruf ihn an, sag ihm das mit den Epilierern . . .«

»Epigonen«, wirft Ally ein. Wir starren uns an und müssen beide lachen.

»Wie auch immer, sag ihm, du bist vollkommen fertig, und bitte ihn, dir zu helfen.«

»Und was dann?«

»Dann geht ihr einen Kaffee trinken, du himmelst ihn an, fragst ihn nach den Höhlen . . .«

Sie schüttelt sich, als hätte ich vorgeschlagen, Spinnen über ihren nackten Körper kriechen zu lassen. »Hey, ich geh in keine Höhle mit dem, ist das klar?«

Ich nicke, merke, dass sie sich wieder von mir entfernt. Oh Mann, das ist echt eine knifflige Sache. Ein falsches Wort und schon steht die ganze Sache auf der Kippe. Ich darf sie nicht drängen, aber ich muss ihr noch mal klarmachen, wie mies der Landgraf wirklich ist.

»Der Typ ist übrigens verheiratet und ich schätze mal, auch seine Frau hat keine Ahnung, was für ein Monster da abends neben ihr im Bett liegt.«

Ally schüttelt sich bei dem Gedanken. »Hat der Landgraf auch Kinder?«

»Ja, einen Sohn, glaube ich«, sage ich so lässig, als wäre mir der vollkommen egal. Dabei weiß ich alles über Benjamin. Er ist sechs Jahre alt, Torhüter im Fußballverein und ist abartig süß, aber das alles darf ich Ally auf keinen Fall sagen, denn das könnte ihr merkwürdig vorkommen.

Ally löst ihren Zopf auf und ich sehe zum ersten Mal, wie lang ihr prächtiges blondes Haar wirklich ist. Bisher hat sie sogar mit dem Zopf geschlafen. Sie geht zum Waschbecken und bürstet ihr Haar mit ungeduldigen Strichen, sie erinnert mich an Rapunzel. Eine genervte Rapunzel. Dann dreht sie ihr Haar zusammen, steckt es wieder am Kopf fest und kommt zurück zum Tisch.

»Okay, Mila, dann haben wir jetzt einen Plan. Ich werde mich an ihn ranmachen und mich mit ihm verabreden, aber du musst mir versprechen, dass du immer in meiner Nähe bist.«

»Ich verspreche es. Allerdings wird es schwierig, weil es

ziemlich leichtsinnig wäre, wenn er uns zusammen erwischt, sonst könnte er auf dumme Gedanken kommen, oder was meinst du?«

Sie überlegt eine Weile, nestelt noch mal an ihren Haaren herum, steht auf und geht durch die Garage. Oh Gott, was, wenn ihr plötzlich klar geworden ist, was das für sie bedeutet, und sie einen Rückzieher macht?

Sie kommt auf mich zu. »Mila, wir stehen das gemeinsam durch. Aber wir müssen vorsichtig sein und uns gegenseitig beschützen. Niemand darf etwas merken und du hast vollkommen recht, er darf uns nicht zusammen sehen.«

Ich stehe auf und umarme sie ganz fest. Jetzt kann es endlich losgehen.

Bye-bye, Landgraf!

7. Ally

Es war nicht so leicht, den Landgraf am Telefon zu einem Treffen zu überreden, wie Mila sich das gedacht hatte. Ich musste mit Engelszungen auf ihn einreden, aber zu meinem Glück hat Mila mitgehört und mir geholfen. Erst als sie mir pantomimisch gezeigt hat, dass ich so tun soll, als ob ich weinen würde, hat er sich erweichen lassen. Aber er wollte nicht zu mir nach Hause kommen, sondern schlug vor, dass wir uns am späten Nachmittag in einem Café in der Innenstadt treffen.

Mila war zwar enttäuscht, aber ich war ganz froh, weil mir doch ein bisschen mulmig ist, mit ihm allein zu sein, nach allem, was er Mila angetan hat. Aber in einem Café mitten in der Fußgängerzone habe ich keine Angst.

Den Rest des Tages hat Mila damit verbracht, mich zu überzeugen, mein Styling zu verändern.

»Dann wird er doch gleich merken, was ich von ihm will, das wäre doch dämlich!« Aber Mila hat nur den Kopf geschüttelt, mich für total naiv erklärt und so lange nicht lockergelassen, bis ich in ihren Augen perfekt angezogen war. Jetzt trage ich also ein kniekurzes schwarzes Kleid mit tiefem Ausschnitt und sogar hohe Schuhe dazu.

Mila hat recht, das ist wirklich sexy. Aber es fühlt sich auch merkwürdig an, man eiert beim Gehen und gleichzeitig bekommt man so etwas Schwebendes. Ich weiß noch nicht, ob mir das wirklich gefällt. Der laue Sommerwind, der über meine nackte Haut streicht und meine offenen Haare durcheinanderbringt, verursacht mir ständig Gänsehaut, dabei ist es ziemlich heiß.

Das Café ist mitten in der Stadt. Eins dieser Münchner Glotzcafés, wo man gesehen werden will. Landgraf sitzt nah am Brunnen, an einem schönen Eckplatz, den ich auch ausgesucht hätte, und tippt irgendwas in sein iPhone. Ganz entspannt sitzt er da in seinem türkisen Poloshirt, seine Füße wippen im Rhythmus seiner tippenden Finger, dann schaut er kurz auf und wirft einem kleinen Kind, das an seinem Tisch vorbeiläuft, ein freundliches Lächeln zu. Ich kann nicht anders, ich muss einen Moment stehen bleiben und ihn beobachten.

»Da ist er über mich hergefallen«, höre ich Milas Stimme in meinem Kopf. »Ich hatte keine Chance, der Mistkerl ist verdammt stark.« Meine Augen kleben an Landgraf. Ich kann mir einfach nicht vorstellen, dass er Mila so etwas Schreckliches angetan hat . . .

Ich schüttle mich. Hör auf damit, Ally!, ermahne ich mich selbst. Niemand weiß, wie es hinter der Stirn dieser Leute aussieht. Nur weil der Landgraf so harmlos wirkt, heißt das noch lange nicht, dass er unschuldig ist. Schließlich bin ich hier, um Mila zu rächen. Und nicht, um zu hinterfragen, wie sie zum Opfer wurde. So erniedrigst du Mila zum zweiten Mal und genau so funktionieren solche Verbrechen. Die Opfer schämen sich und sagen nichts, weil sie wissen, dass der Täter so unangreifbar ist. Und die Täter machen fröhlich weiter.

Landgraf lehnt sich lässig in seinem Stuhl zurück. Er hat keine Ahnung, was gleich auf ihn zukommen wird. Er fühlt sich sicher – weil Mila nie etwas gegen ihn unternommen hat. Und er denkt wahrscheinlich, dass er immer so weitermachen kann. Aber da hat er sich getäuscht.

Er wird uns nicht entkommen.

Landgraf schaut auf, stutzt kurz, als er mich sieht, dann

winkt er mir freundlich zu. Ich schüttle die letzten Zweifel ab, denke an Milas Narben und setze mich in Bewegung.

Premiere.

Mein Herz klopft schneller, während ich auf ihn zugehe. Ich hoffe, dass ich nicht stolpere oder umknicke, und noch viel mehr hoffe ich, dass ich die richtigen Worte finden werde.

Mila hat keine Ahnung, wie lächerlich wenig Erfahrung ich darin habe, Männer anzumachen. Wenn ich ehrlich bin, dann kenne ich das alles nur aus Filmen. Lächeln ist sicher schon mal gut. Ich lächle also, während ich zu Landgrafs Tisch hinübergehe, hoffentlich sieht es nicht so verkrampft aus, wie es sich anfühlt.

Er steht tatsächlich auf, als ich am Tisch angelangt bin, wie in den alten Filmen. Vielleicht läuft ja doch alles gut.

»Scarlett«, beginnt er und setzt sich erst, als ich Anstalten mache, Platz zu nehmen.

Beim Hinsetzen weiß ich nicht so richtig, was ich mit meinen langen Beinen machen soll – demonstrativ übereinanderschlagen? Ja, da gab es doch auch diese berühmte Filmszene . . . Sharon Stone hatte allerdings kein Höschen an.

»Ich gehe gleich wieder, wenn Sie mich nicht endlich Ally nennen!«

»Okay.« Sein Blick gleitet wohlwollend über mein tief ausgeschnittenes, ärmelloses Kleid, auch eine Premiere. Mila fand, meine Beine kämen darin besser zur Geltung als in Hosen, trotzdem fühlt es sich reichlich merkwürdig an, so nackt. »Entschuldige, also Ally, was haben Sie auf dem Herzen?«

»Ich . . .«, stottere ich los.

Er lächelt mich mit diesem Kurt-Russell-Grinsen auffordernd an und sieht so harmlos aus, als könnte er nicht mal eine Fliege töten. Ich rufe mir Milas Narben vor Augen und reiße mich zusammen.

»Ich weiß einfach nicht weiter«, stottere ich, »das war sehr verletzend, was Sie zu mir gesagt haben, von wegen Epigonen und so was.«

Sein Lächeln erlischt, als hätte jemand es einfach abgeschaltet. Er wirkt geradezu bestürzt, als er sich zu mir beugt, dann legt er seine Hand auf meinen nackten Arm.

Als ich überrascht von dem angenehmen Gefühl, das die Berührung auslöst, unwillkürlich auf seine Hand starre, zieht er sie sofort zurück, so als hätte er sich verbrannt. War das jetzt gut oder nicht? Schade, dass Mila nicht über ein Mikro mit mir verbunden ist, sie könnte mir bestimmt dabei helfen, ihn anzuheizen und dabei keine Fehler zu machen.

»Ally, das tut mir sehr leid. Ich wollte Sie auf keinen Fall verletzen. Ich bin einfach nur der Meinung, dass Sie sehr viel mehr können, als auf diesem Entwurf zu sehen war. Ich habe mir ihre Homepage mit den Piercings angeschaut, die sind toll, wirklich großartig. Sie haben eine ganz eigene Art, an die Dinge heranzugehen.« Er lächelt jetzt wieder, aber diesmal gilt das nicht mir, sondern der rothaarigen Bedienung, die endlich gekommen ist, um unsere Bestellung aufzunehmen. Er nimmt einen Aperol-Sprizz, was hier in München wirklich jeder trinkt, sobald man draußen sitzen kann. Aber ich sollte klar im Kopf bleiben und bestelle deshalb eine Cola. Die Bedienung nickt und verschwindet genauso gelangweilt, wie sie gekommen ist.

Landgraf wendet sich wieder zu mir. »Also, was ist denn nun Ihr Problem?«

»Seit Sie das zu mir gesagt haben, halte ich alle meine Ideen für Müll. Außerdem behandeln Sie mich anders als die anderen in meiner Klasse.«

Er zieht eine seiner dicken schwarzen Augenbrauen hoch. »Aber du, oh, Entschuldigung, Sie sind ja auch anders als die anderen.«

Jetzt, jetzt! Vorbeugen, mit den Augen klimpern und ihn anlächeln, nichts sagen. Ich tu's.

Er kratzt sich irritiert am Kopf und schaut dann zum Brunnen, atmet tief ein und aus und wendet sich dann erst wieder zu mir. »Ally, ich weiß nicht, was das hier werden soll. Ich behandle Sie anders, ja, das stimmt. Und das ist sicher ziemlich fragwürdig.«

Wow, der geht ran, weiterlächeln.

»Aber ich halte Sie eben für etwas Besonderes.«

Jaja genau, weiter so, das läuft super!

»Das sollte ich als Lehrer natürlich nicht tun, doch wir sind nicht mehr in der Grundschule. Sie haben sicher auch längst begriffen, dass es mehr und weniger Begabte gibt. Und Sie haben eben Talent.«

Die Bedienung kommt an unseren Tisch und stellt die Getränke mit einem lauten Knall vor uns hin, meine Cola schwappt sogar aus dem Glas. Das ist gut, dann kann ich mit dem Taschentuch über den Tisch und dann unauffällig über den Glasrand wischen. Die spülen die Gläser in Kneipen nämlich nie richtig.

»Sie halten mich also für begabt«, wiederhole ich, nachdem wir beide etwas getrunken haben. Wie komme ich aus der Nummer wieder raus? Er soll mich doch als weibliches Wesen toll finden und nicht als Goldschmiedin.

Er nickt, doch dann schüttelt er den Kopf. »Ally, haben Sie noch eine Verabredung? Sie sehen so anders aus als sonst.«

Verdammt, was sage ich denn jetzt? Schmeichelt es ihm, wenn ich behaupte, es wäre nur wegen ihm, oder heizt es seine Fantasie mehr an, wenn ich vorgebe, noch einen anderen

Typen treffen zu wollen? Ich schätze mal, er ist megaeitel und entscheide aus dem Bauch heraus.

»Ich wollte, dass Sie mal eine andere Ally kennenlernen ...« Ich lächle wieder, versuche so ein Monroelächeln, so von unten nach oben, mit leicht geöffneten Lippen – aber vielleicht wirkt das auch nur, wenn man sie sich knallrot anmalt.

»Das ist nett und ich versichere dir, du siehst bezaubernd aus, aber lass uns doch wieder über dein Problem reden.«

»Es geht mir um Ihre Meinung, die ist mir wichtig. Sie sind schließlich ein Kenner.«

Ich kann seinen Gesichtsausdruck nicht so richtig deuten, seine Mundwinkel kräuseln sich, als wäre er amüsiert, aber seine Augen sehen enttäuscht aus.

»Würden Sie vielleicht mal in meine Werkstatt kommen und sich dort etwas ansehen?«

Er nimmt einen so großen Schluck von dem Sprizz, dass ich den Verdacht habe, er will Zeit zum Nachdenken schinden. Okay, mach's ihm leicht, gib ihm einen Grund. »Oder sind Epigoninnen unter Ihrer Würde?«, schiebe ich also noch nach.

Er stellt das Glas wieder ab und mustert mich eindringlich. »Ich werde heute nicht so ganz schlau aus Ihnen.«

Ob er gar nicht merkt, dass er ständig zwischen du und Sie wechselt? Das ist bestimmt ein gutes Zeichen.

»Was ist passiert, Ally? Warum sind Sie heute so, ich weiß nicht, wie ich das nennen soll, na, vielleicht so: Warum sind Sie nicht so kratzbürstig wie sonst?«

Uupps – und jetzt? Er sollte nicht ins Grübeln kommen, sondern sich geschmeichelt fühlen.

Ich stürze das halbe Glas Cola runter und denke verzweifelt nach. Offensichtlich hab ich's vermasselt – dabei habe ich doch nur diese eine Chance. Okay, ein letzter Versuch.

Ich stelle das Glas ab, schlage die Beine übereinander und ziehe das Kleid unauffällig ein Stückchen hoch. Sein Blick folgt meinen Händen und ich könnte schwören, es gefällt ihm, was er da sieht. Ich habe nichts mehr zu verlieren. Also gehe ich in die Offensive. »Ich bin eben vollkommen durcheinander, und das ist Ihre Schuld. Also, kommen Sie vorbei?«

Er windet sich. »Das wird schwierig, ich habe viele Termine. Aber wenn Ihnen so viel daran liegt, wie wäre es denn jetzt gleich?«

Nein, das geht auf keinen Fall! Ich habe nichts, was ich ihm zeigen könnte, und vielleicht kommt Mila später vorbei. Und das wäre tödlich für unseren Plan.

»Schade, aber das geht leider nicht, ich muss nachher noch zum . . . Zahnarzt.« Etwas Besseres fällt mir nicht ein.

Er wirkt erleichtert. Als sein iPhone vibriert, schaut er auf das Display, dann zu mir. »Tut mir leid, aber das ist meine Frau.«

Ich nicke ihm zu und bin gespannt, was er mit ihr zu reden hat. Er dreht sich etwas zur Seite, aber ich kann trotzdem alles gut hören.

»Hi Schatz, ich bin noch bei einem Termin in München. Könnte sein, dass es heute später wird. Was? Nein, das geht auf keinen Fall. Mitten in der Woche! Nein, solange ihre Noten nicht besser sind, kann sie sich das abschminken.« Er beißt sich auf die Lippen, setzt mehrfach an, etwas zu sagen, schließlich brüllt er geradezu ins Telefon: »Das ist mir egal, du bist viel zu nachgiebig. Nein! Nein, verd. . . Nein, das ist mein letztes Wort!« Er legt auf, stöhnt, dreht sich zu mir und grinst mich an. »Töchter!«

Töchter? Hat Mila nicht gesagt, er hat einen Sohn? Na egal, vielleicht ist es ja nicht seine Tochter, über die sie gestritten haben.

»Entschuldigung, wo waren wir?«

»Sie wollten mir sagen, wann Sie mich besuchen kommen.«

»Das wird schwierig, ich habe so viele Termine.«

»Verstehe . . .« Ich lege alles, was ich an Diva aufbieten kann, in dieses Wort: Verstehe, ich bin's nicht wert, verstehe, du bist ein Blödmann, verstehe, du elender Wicht, verstehe, du bist der Sklave deiner Termine.

»Jaja, schon klar, verstehe«, wiederhole ich.

Er will etwas sagen, aber ich unterbreche ihn.

»Ihre Frau findet es sicher nicht toll, wenn Sie Schülerinnen zu Hause besuchen, kann ich verstehen.«

Jetzt lächelt er sehr merkwürdig. Irgendwie amüsiert und verärgert zugleich. Ich habe offensichtlich einen Nerv getroffen.

»Ich wüsste nicht, was meine Familie mit meiner Arbeit zu tun hätte. Und . . .« Jetzt spreizt er Daumen und Zeigefinger zu einer Pistole und zeigt mit ihrem Lauf auf meine Brust. ». . . ich wüsste vor allem nicht, was Sie das angeht.«

Gratulation, Ally, du hast wirklich einen Nerv getroffen, nur leider nicht den richtigen.

»Aber um das Ganze abzukürzen, ja, ich werde morgen Nachmittag bei Ihnen vorbeischauen und mir Ihre Entwürfe für die Ausstellung ansehen. Passt es Ihnen da?«

Ich nicke sofort und überlege jetzt schon fieberhaft, was ich bis morgen aus dem Hut zaubern könnte.

Er winkt der Bedienung, die sich in Zeitlupentempo in Bewegung setzt, und bezahlt für uns beide mit großzügigem Trinkgeld.

Was für ein Gentleman, denke ich böse. Zuhälter und Mafiosi geben sicher auch reichlich Trinkgeld.

8. Mila

Irgendwie kommt es mir so vor, als hätte sie plötzlich Zweifel an dem, was Landgraf getan hat. Nur weil er nicht gleich in diesem Café in aller Öffentlichkeit über sie hergefallen ist, glaubt diese Naive, er wäre unschuldig. Sie sagt es zwar nicht, aber ich spüre, wie ihre Zweifel zu mir herschwappen und unsere Freundschaft abkühlen.

Wir sitzen an der gemächlich dahinströmenden Isar, halten unsere Beine in das eiskalte Wasser und essen ein Eis, das wir uns am Kiosk geholt haben. Als wir in der Schlange standen, hatte ich plötzlich wieder das Gefühl, jemand würde uns beobachten. Dauernd musste ich mich umdrehen. Sogar Ally, die gerade in Gedanken ganz woanders zu sein scheint, ist es schließlich aufgefallen, denn sie hat mich fast ein bisschen säuerlich gefragt, ob ich noch auf jemanden warten würde. Da wurde mir klar, dass ich mich ganz auf sie konzentrieren muss, denn Ally ist völlig durcheinander, weil sie Angst vor morgen hat – dabei ist sein Besuch in ihrer Garage unsere nächste große Chance.

Sie hat das Kleid sofort ausgezogen, als sie zu Hause ankam, sich in ihre schwarzen Bermudas geworfen und ihr Haar hat sie so straff geflochten, als wollte sie sich bestrafen. Dann wollte sie allen Ernstes sofort über neuen Entwürfen brüten und nur mein Vorschlag, sich von der Natur inspirieren zu lassen, hat sie dann endlich dazu gebracht, mit mir hierher zu gehen und ein bisschen runterzukommen.

Jetzt sitzt sie immer noch ein bisschen missmutig neben mir auf einer Decke, die sie mitgebracht hat, damit ihr Luxuskörper nicht von dem Dreck am Ufer kontaminiert wird.

Hoch konzentriert, mit roten Wangen leckt sie ihr Eis, damit nur ja nichts heruntertropft. Dabei sieht sie so süß aus! Wenn ich ein Typ wäre, müsste ich mich in sie verlieben. Vielleicht hat sich ja einer in sie verliebt und schleicht hinter ihr her und beobachtet uns. Ich schaue mich unauffällig um. Ja, es ist 'ne Menge Jungs hier, aber niemand scheint uns weiter zu beachten.

Schade, dass der Landgraf nicht gleich auf Ally angesprungen ist. Jetzt muss ich ihr klarmachen, dass das zu der Taktik von so einem Lügner gehört und keinesfalls ein Beweis seiner Unschuld ist. Zum Glück habe ich noch ein paar Gimmicks parat, die Ally wieder auf Kurs bringen werden. Zum einen gibt es dieses Foto von ihm, auf dem er nackt in eine Gumpe springt, und zum anderen die Tonbandaufnahme mit seiner Stimme.

Mein Eis schmilzt schneller, als ich es essen kann, und tropft auf meine Finger, die schon ganz klebrig sind. Ich stecke den letzten Rest von meinem Magnum auf einmal in den Mund und wate ein paar Schritte in die Isar, um mir die Hände zu waschen.

Als ich mich umdrehe, fällt gerade das letzte Stück Caprieis auf Allys T-Shirt, was sie sofort zu mir ins Wasser stürmen lässt, um den Fleck auszuwaschen.

»Tut gut, oder?«, frage ich sie, als wir zusammen wieder aus dem Wasser waten.

Sie nickt zwar, aber ich schätze mal, in ihrem Kopf dreht sich alles nur um die Entwürfe. Ich möchte sie da rausholen aus diesem Gedankenkarussell. Ihre Entwürfe sind mir vollkommen egal, alles, was zählt, ist, Landgraf reinzulegen.

»Hey, Ally, ich weiß, du hast Angst, der Landgraf könnte deine Entwürfe nicht gut finden. Aber eigentlich wollten wir doch was anderes von ihm, oder?«

Ally schaut mich an, als hätte ich usbekisch gesprochen.

»Ich weiß, wie schwer das für dich ist«, fange ich an, »und für mich ist es auch schwer. Aber *du* hast gesagt, es wäre eine Schande, dass er nicht bestraft wird für das, was er getan hat.«

Ally nickt, sagt aber nichts. Okay, Zeit für Beweise.

»Ich weiß, du machst dir Sorgen wegen der Entwürfe, und das verstehe ich auch. Das ist für dich einfach wichtiger.«

Ally bleibt stehen und schaut mich erschrocken an. »Unsinn, Mila. Hier geht es doch nur um dich.«

»Weißt du, Ally, einmal hätte ich es beinahe geschafft, ein paar Bilder von uns zu knipsen. Aber leider sind die alle nichts geworden, weil ich dabei nicht selbst vor die Linse konnte, ohne mich zu verraten, deshalb habe ich nur noch das hier.« Ich hole das Foto vom nackten Landgraf aus der Tasche und gebe es ihr. »Das war nach einer unserer Touren, die wir zu zweit gemacht hatten. Er . . . er geht gerne nackt baden.«

Ally zögert einen kurzen Augenblick, doch dann schaut sie sich das Bild an. Ihr Mund verzieht sich sofort zu einer angewiderten Grimasse. »Irgendwie hat das was von Dr. Jekyll und Mr Hyde. Das ist echt unglaublich. Vergreift sich an jungen Mädchen und dabei sieht er so nett aus, fröhlich, ausgelassen . . .«

»Ich weiß, deshalb war mir auch klar, dass mir niemand glauben würde. Aber dieser Albtraum ist jetzt vorbei. Mit deiner Hilfe kriegen wir ihn.«

Ally gibt mir das Foto zurück. »Ich weiß nicht, ob ich das wirklich kann. Es kommt mir falsch vor.«

»Und was er getan hat, das findest du richtig?« Tränen kullern aus meinen Augen, dabei habe ich die nicht mal bestellt, aber der Gedanke, dass das Schwein davonkommen könnte, macht mich wahnsinnig wütend.

Ally mustert mich bestürzt. »Mila, bitte wein doch nicht, du hast mich falsch verstanden, so habe ich das doch nicht gemeint.«

Das hat sie sehr wohl. Natürlich wollte sie mich nicht kränken, aber sie kann es eben doch nicht glauben – mir ging es ja zuerst auch so. Aber es ist, wie es ist. Der Kerl ist ein Schwein! Und trotzdem sieht es so aus, als müsste ich jetzt schon meinen letzten Joker ausspielen.

Ich hole mein altes Handy aus der Tasche, auf dem ich alle anderen Nachrichten gelöscht habe, nur eine seiner Botschaften ist noch drauf. »Hör dir das an.« Ich stelle auf laut und spiele dann seine Message ab.

»Mila«, brüllt Landgraf ins Telefon, »verdammt noch mal, was fällt dir ein! Wenn du dich nicht an unsere Abmachung hältst, dann wird das schreckliche Konsequenzen für dich haben, ist das klar?«

Ally wird rot. »Er klingt grauenhaft wütend. Das macht mir Angst.«

»Das war, nachdem ich ihm gedroht habe, ihn zu verraten. Natürlich war er so schlau, sich nicht deutlicher auszudrücken, und so hatte ich wieder keinen eindeutigen Beweis. Dafür hatte ich Albträume, was er mir antun könnte.«

Sie legt ihren Arm um mich. »Es tut mir leid. Ich bin sicher, wir kriegen ihn dran. Und wenn du von diesem Albtraum endlich befreit bist, dann machen wir irgendwas Tolles und feiern. Ich glaube übrigens, du hast mich gerade eben auf eine ganz wunderbare Idee gebracht.«

»Ich?« Jetzt bin ich wirklich verblüfft.

»Ja!« Ally grinst wie ein Breitmaulfrosch. »Ich werde Ohrringe machen, Modell: Dr. Jekyll und Mr Hyde – ich kann sie direkt schon vor mir sehen.«

Ich grinse zurück und stecke das Handy wieder ein. Wir stehen auf und Ally ist so begeistert von ihrer eigenen Idee, dass sie sogar vergisst, die mit Grashalmen übersäte Decke auszuschütteln. Auf dem Weg zu ihrer Wohnung, die nur zehn Minuten entfernt ist, erläutert sie mir ausführlich, wie sie sich das alles vorstellt. Ich klatsche begeistert in die Hände, denn ich bin sicher, ihre Idee wird eine sensationelle Wirkung auf Landgraf haben – allerdings eine andere, als sie glaubt.

Während wir zur Wohnung zurückgehen, habe ich wieder den Eindruck, jemand würde uns folgen, und diesmal erzähle ich es Ally und frage sie, ob ihr auch etwas aufgefallen ist.

»Klar.« Ally grinst mich an. »Könnte sein, dass meine Eltern einen Privatdetektiv engagiert haben, um mich zu überwachen.«

»So was würden die tun?« Der Gedanke gefällt mir ganz und gar nicht. Niemand sollte mir hinterherspionieren! Was, wenn Ally erfahren würde, was ich sonst noch so treibe?

»Na ja, zuzutrauen wäre es ihnen, aber mir ist nichts aufgefallen. Du siehst Gespenster, Mila.«

Gespenster.

9. Ally

Ich habe fast die ganze Nacht an meinem Entwurf gearbeitet, und wenn ich die Ohrringe anschaue, dann bin ich wirklich stolz auf das Ergebnis. Es sind pro Ohr zwei übereinanderliegende, dicke, frei schwingende Silberscheiben. Auf jeder Scheibe ist dasselbe Profil zu sehen, einmal nach links und einmal nach rechts gedreht. Auf der verdeckten Scheibe habe ich das Silberprofil geschwärzt und den Hintergrund rot lackiert, auf der vorderen Scheibe habe ich das Silber heller poliert und den Hintergrund beige lackiert. Die beiden Scheiben werden durch eine kleine Silberkugel voneinander getrennt und sitzen auf einem silbernen Haken, der durchs Ohr geführt wird. Und nur wenn man sich bewegt, kommt das böse schwarz-rote Profil von Mr Hyde hervor – ein toller Effekt, wie ich finde.

Milas Anwesenheit hat mich genervt. Ich hätte sie gerne aus dem Weg gehabt, denn ich arbeite am liebsten alleine. Dabei wollte sie mir nur helfen, damit es schneller geht, aber sie ist eine handwerkliche Niete und war beleidigt, als ich ihr das gesagt habe. Ich glaube, es gibt nichts in ihrem Leben, das ihr wirklich Spaß macht, deshalb kann sie auch nicht verstehen, dass ich, wenn ich Schmuck herstelle, in eine andere Welt abtauche. Sie denkt dann, sie wäre abgemeldet, und fühlt sich gekränkt, dabei arbeite ich doch bloß. Ich frage mich, ob es überhaupt Freunde gibt, die das verstehen können.

Mila glaubt, ich vergesse unser Ziel, nur weil ich Spaß am Arbeiten habe. Dabei trifft genau das Gegenteil zu. Das Dr.-Jekyll-und-Mr-Hyde-Motiv hat mich die ganze Zeit daran erinnert, was Landgraf ihr angetan hat, und ich habe versucht, unseren Zorn in die Ohrringe einzuarbeiten. Ich wünschte, es gäbe in Milas Leben auch so eine Möglichkeit, sich auszudrücken.

Sie war sehr traurig, als sie abends nach Hause zu ihrer Mutter nach Augsburg fahren musste, weil die ihre Hilfe für eine große Hochzeitsblumendekoration gebraucht hat – und ich war erleichtert. Immer wieder musste ich Mila versichern, dass wir Freundinnen sind, egal was passiert. Und sie hat mir das Versprechen abgenommen, sie sofort anzurufen, wenn der Landgraf wieder weg ist.

So, jetzt müsste er bald da sein. Ich habe mir dasselbe schwarze Kleid angezogen wie gestern. Nur meine Haare hab ich zusammengebunden, weil sie stören, wenn wir uns über die Werkbank beugen.

Ich bin vollkommen übermüdet. Ich habe beim Arbeiten zu viel an Dr. Jekyll und Mr Hyde gedacht, mich immer wieder gefragt, was in solchen Männern vorgeht. Wie es passieren kann, dass man zwei völlig verschiedene Leben lebt. Dann habe ich Landgrafs Gesicht vor mir gesehen, wie ich es kenne, und dann wütend verzerrt und bösartig – so, wie er wahrscheinlich ausgesehen hat, als er Mila auf die Mailbox gesprochen hat. Und ich war entsetzt, als mir klar wurde, dass es wirklich sein kann, dass Landgraf zwei Gesichter besitzt.

Jetzt bin ich so nervös, dass ich bei jedem Geräusch vom Hof zusammenzucke, und nur meine Müdigkeit verhindert, dass ich völlig ausraste. Ich stöckle auf den weiß lackierten Holzdielen hin und her, wische hier und da noch ein paar Stäubchen weg und muss wieder an Milas Foto denken und wie wütend Landgrafs Anruf klang.

Was ist, wenn er zudringlich wird?

Ich lege mein großes Küchenmesser so auf die Werkbank,

dass ich im Zweifelsfall gut rankomme, und stelle mein Handy schon mal auf Fotofunktion – nur für den Fall, es ergäbe sich eine passende Gelegenheit …

Als es klingelt, zucke ich wieder zusammen und mein Herz fängt trotz meiner Müdigkeit an zu rasen. Ich mache auf und gehe ihm über den Hof entgegen.

Er begrüßt mich lächelnd, aber er hat dunkle Ringe unter den Augen und sieht abgekämpft aus. Ein müder Kurt Russell also heute, der offensichtlich wie ich letzte Nacht nicht viel geschlafen hat.

»Hier wohnen Sie also …« Er sieht sich anerkennend um und pfeift leicht durch die Zähne, was – ohne dass ich das möchte – ein freudiges Ziehen in meinem Bauch auslöst.

Er ist ein mieses Schwein, vergiss das nie!, ermahne ich mich selbst. Das ist seine Masche. Zu Mila war er zuerst ja auch freundlich …

»Also, wo sind denn nun die Entwürfe?«

»Hier!« Ich zeige auf die Ohrringe, und obwohl ich weiß, was für ein Idiot er ist, schnürt mir die Angst vor seinem Kommentar die Kehle zu. Und es beschämt mich, erkennen zu müssen, dass ich viel mehr Angst davor habe, er würde sie wieder mit verächtlichen Worten abstempeln, als davor, was er mir antun könnte.

»Gute Entscheidung, von der Brosche auf Ohrringe zu gehen. Interessant …«, sagt er und bewegt die Ohrringe leicht hin und her, sodass die hinteren Scheiben hervorblitzen. »Das erinnert mich an etwas, aber ich weiß nicht, an was. Helfen Sie mir auf die Sprünge.«

Interessant hat er gesagt, das erleichtert meine Handwerkerseele, und erst jetzt kann ich mich wieder auf unser Projekt konzentrieren. Mal sehen, wie er reagiert.

»Ich nenne sie ›Dr. Jekyll und Mr Hyde‹«, sage ich und

muss sehr tief atmen, damit meine Stimme nicht so zittrig klingt.

»Dr. Jekyll und Mr Hyde . . . Also wirklich, wie kommen Sie denn ausgerechnet auf so was?« Er hält die Ohrringe auf die Höhe meines Gesichtes und mustert mich eingehend. »Ziehen Sie sie doch mal an.« Er hält sie mir auf seiner ausgestreckten Hand entgegen.

»Auf die Idee haben Sie mich gebracht!«, erkläre ich und bin sehr gespannt, ob er darauf irgendwie reagieren wird oder ob er sich vollkommen unter Kontrolle hat.

Sein rechtes Auge fängt an, hektisch zu zucken, und es kommt mir so vor, als würde er unter seiner Sonnenbräune rot werden.

»Ich . . .? Aber was habe ich denn mit diesem Monster zu tun?« Seine Mundwinkel versuchen ein Lächeln, das sich aber nicht in seinen Augen widerspiegelt und deshalb merkwürdig halbherzig rüberkommt.

Statt einer Antwort nehme ich die Ohrringe aus seiner Hand, dabei berühren sich unsere Finger. Seine wirken kühl, meine verschwitzt. Ich versuche, den Haken durch mein Ohrloch zu schieben, aber ich schaffe es nicht, weil meine Finger leicht flattern. Ich kriege langsam doch Angst vor meiner eigenen Courage.

Er kommt näher, sehr nah, hüllt mich ein mit dem Limonenduft seines Rasierwassers, das sich mit dem von Fisherman's Friend vermischt. Seine Hände bewegen sich Richtung Hals und für eine Sekunde habe ich eine Vision von Händen, die sich um meinen Hals legen und zudrücken. Doch er streift nur kurz mein Ohrläppchen, was einen leichten Schauer auslöst, der über meinen Körper jagt und den ich sofort unterdrücke. Mistkerl! Dann hängen die Ohrringe, so wie sie sollen, er tritt zurück und begutachtet mein Werk.

»Dr. Jekyll und Mr Hyde. Nicht übel. Und welcher der beiden soll ich sein?«

Es klingelt an der Haustür. Was für ein Glück, denke ich im ersten Moment, aber dann wird mir klar, so ungeduldig klingelt nur Jury. Was will der denn hier bei mir um diese Zeit?

»Hallo Scarface, Schwesterchen«, brüllt er quer über den Hof, während er seinen zitronengelben Roller hereinschiebt. Er kommt natürlich nicht auf die Idee, dass ich Besuch haben könnte. »Ich wollte mich zu einem Latte bei dir einladen, nachdem ich mit dem fetten Markus ins Schyrenbad gehen musste«, redet er drauflos, und da alle Fenster offen sind, ist hier drinnen jedes Wort zu hören. »Ich wollte ja lieber ins Ungererbad, wo die Models rumhängen. Aber Markus wollte dort wegen seiner Wampe auf gar keinen Fall hin.«

Nachdem Jury den Roller aufgebockt und seinen Helm abgenommen hat, fängt er völlig unmotiviert an, »Was zum Teufel!« zu brüllen, und rennt zu meiner Tür; doch dann entdeckt er, dass ich nicht alleine bin, und verstummt.

Jury fallen fast die Augen aus dem Kopf, als er mein Styling bemerkt, und ich sehe, wie es in seinem Hirn rattert. »Manche mögen's heiß«, murmelt er so leise, dass nur ich es hören kann, und reicht Landgraf die Hand. »Und Sie sind?«, fragt er dann sehr viel lauter und nimmt mit der anderen Hand die Sonnenbrille ab und steckt sie in seine Haare.

»Tobias Landgraf – und Sie?« Er drückt Jurys Hand und ringt sich ein Grinsen ab.

Jury sieht wie immer aus, nämlich so, als wollte er bei Pro Sieben als Moderator Karriere machen, geleckt und gestylt wie ein Hugo-Boss-Model. Nie im Leben käme man darauf, dass er gerade im Schwimmbad gewesen ist.

»Ich kenne Sie!«, sagt Jury, noch bevor ich erklären kann, wer Landgraf ist.

Landgraf stellt sich etwas gerader hin, sein Grinsen fällt schlagartig von ihm ab. Er wirkt plötzlich angespannt.

»Ja, einen Moment, ich hab's gleich . . .«, beginnt Jury, der ein fotografisches Gedächtnis hat.

Er reibt seine Nase, wie immer, wenn er nachdenkt, dann richtet er seinen Zeigefinger auf Landgraf. »Ich hab's, es war ein Artikel über Sie in der Alpenvereinszeitung, da wurde über Ihre Höhlenklettergruppen berichtet. Sie scheinen ja sehr erfolgreich zu sein bei ihrer Arbeit mit auffälligen Jugendlichen.« Jury schaut von Landgraf zu mir und klatscht dann begeistert in die Hände.

Oh nein, ich sehe, wie es in ihm arbeitet, und da platzt er auch schon raus.

»Das ist toll! Wow – sind Sie deshalb hier? Face, das ist großartig, endlich tust du was gegen deine lächerliche Klaustrophobie.« Jury geht schwungvoll zum Waschbecken, nimmt eins der Gläser, die dort stehen, füllt es mit Leitungswasser und kippt es so schnell hinunter, dass ich es in der Zwischenzeit nicht schaffe zu erklären, wie sehr er sich irrt.

»Ahh, das war bitter nötig. Es ist dermaßen heiß heute. Wissen Sie, seit ich Scarface mal versehentlich in die Kiste da drüben« – er zeigt auf die bayerische Truhe – »gesperrt habe, hat sie einen Vogel.« Er hält seinen Zeigefinger an die Schläfe und dreht ihn dort um sich selbst. »Na ja, war eben immer schon sehr empfindlich, mein kleines Schwesterchen. Und so 'ne Konfrontationstherapie soll ja Wunder wirken.«

Er kommt zu mir, reißt mich in seine starken Arme und wirbelt mich herum, dabei sind wir gleich groß. »Das ist großartig, Mams wird begeistert sein.«

Ich könnte ihn vierteilen, zersägen, vergiften – oder besser gleich umbringen. Mein blöder Bruder gehört auf einen Planeten ganz am anderen Ende des Universums. Er macht alles kaputt.

Landgraf grinst mich an und scheint zu fragen, was er jetzt sagen soll.

»Jury, stopp mal, hier geht es nicht ums Klettern, sondern . . .«

»Okay, okay, ich verstehe, du willst nicht darüber reden. Ist schon gut, ich werde es keinem verraten.«

Guter Witz! Wenn Jury verspricht, ein Geheimnis zu bewahren, dann kann man sich genauso gut mit einem Megafon auf den Marienplatz stellen.

»Nein!«, brülle ich deshalb, um dem Ganzen ein Ende zu machen.

»Dieser Mann ist einfach nur mein Lehrer an der Berufsschule.«

Daraufhin schaut Jury ihn sich noch einmal genauer an und schüttelt dann den Kopf. »Aber was machen Sie dann hier bei meiner Schwester? Ohoo, jetzt kapiere ich . . .« Sein Blick wandert von meinem tiefen Dekolleté bis zum Ende meines kurzen Kleides, gleitet die nackten Beine entlang und endet an den hochhackigen Schuhen und ich merke, wie mir das Blut in die Wangen schießt.

Ich verfluche meinen Bruder erneut. Warum muss er auch ausgerechnet jetzt hier hereinplatzen? Auf gar keinen Fall darf in ihm der Verdacht aufkommen, dass ich Landgraf anmachen wollte – so wie ich Jury kenne, würde er sich als Beschützer aufspielen, und das würde alle unsere Pläne zerstören. Was Mila wohl sagen würde, wenn sie gerade hier wäre . . .?

Auch Landgraf fühlt sich unbehaglich unter Jurys Blicken und ich beschließe, dass ich retten muss, was noch zu retten ist.

»Es ist so, ich wollte Herrn Landgraf nur meine neuen Entwürfe zeigen.« Ich deute auf meine Ohrringe.

»Und dazu kommen die Lehrer neuerdings also direkt nach Hause zu den Schülerinnen. Nur zu den Schönen, die allein wohnen, oder auch zu den anderen?« Jurys blaue Augen fangen an, gefährlich zu funkeln. »Und was lassen Sie sich dann sonst noch so zeigen?«

Jetzt mischt sich Landgraf ein. »Sie sind auf dem falschen Dampfer. Ally, gestehen Sie es Ihrem Bruder doch ruhig, wir wollten tatsächlich darüber reden, ob und wie wir eine Höhlenkletteraktion durchführen könnten, um Ihnen zu helfen.« Er zwinkert mir zu.

Mir wird schwindelig. Warum tut er das? Wieso lügt er denn jetzt?

Jury schaut von ihm zu mir und zurück, dann fällt sein Blick wieder auf die Ohrringe. »Sehen wirklich gut aus.«

Ich fasse die Silberscheiben im Ohr an wie einen Rettungsanker und bin vollkommen verwirrt. Die Gedanken drehen sich immer schneller und schneller in meinem Kopf, als säße ich in einem wahnsinnig gewordenen Kettenkarussell.

Ich weiß nicht, wie ich auf Landgrafs Aussage reagieren soll. Eins steht fest: Ich kann nicht so tun, als wollte ich Höhlenklettern gehen, das mache ich nicht. Niemals. Andererseits – wenn ich auf Landgrafs Lüge einsteige, dann sind wir uns einen Schritt näher gekommen. Und das ist schließlich genau das, was Mila wollte. Und Jury kann ich später dann einfach sagen, ich hätte eben doch einen Rückzieher gemacht.

Oder noch besser – ja, das ist überhaupt die genialste Idee von allen! Ich gehe wirklich mit Landgraf zum Klettern, kriege vor Ort einen hysterischen Anfall (den brauche ich nicht mal zu spielen, dazu genügt es, in die Höhle reinzuschauen!), dann muss er mich trösten, und Bingo – genau in diesem Moment schießt Mila die Fotos.

»Na gut, Jury«, sage ich und versuche, mich zu erinnern, wie mies ich mich als kleines Mädchen gefühlt habe, als ich Scheiblettenkäse in seinen neuen CD-Player gestopft habe, damit ich wenigstens ein bisschen schuldbewusst klinge. »Du hast mich erwischt. Aber bitte verrate es niemandem. Das soll unser Geheimnis bleiben, schließlich hab ich's noch nicht geschafft, okay?«

Ich darf ihm nicht in die Augen sehen, denn Jury kennt mich besser als jeder andere Mensch auf der Welt und er lässt sich nie von mir täuschen. Bisher jedenfalls.

»Okay.« Jury nickt, dabei gerät seine teure Ray-Ban-Sonnenbrille ins Rutschen und fällt auf den Boden. Landgraf und er bücken sich gleichzeitig und stoßen sich dabei die Köpfe an. Keiner sagt ein Wort, Jury setzt die Brille wieder auf seine Haare und räuspert sich. »Ich bin mir ganz sicher, dass ich auch noch in einem anderen Zusammenhang von Ihnen gehört habe.«

»Das kann gut sein, ich bin in der Jury der bayerischen Handwerkskammer und arbeite in Augsburg als Dozent an der Fachhochschule für Gestaltung.« Landgraf klingt wieder so arrogant wie immer und macht einen Schritt auf die Tür zu, wo er demonstrativ auf seine Armbanduhr schaut. »Und nun muss ich leider gehen.«

Das ist schlecht, ich sollte mich jetzt und hier mit ihm für eine Klettertour verabreden, damit Jury mir glaubt und ich mich seelisch darauf vorbereiten kann. Mila wird begeistert sein, denke ich, und schlüpfe mühelos in die Rolle, die Jury mir aufgezwängt hat.

»Also, wann holen Sie mich dann ab?«, frage ich Landgraf und zwinkere ihm zu.

»Am nächsten Samstag. Bis dahin brauche ich noch Ihre Kleidergröße« – er wendet sich mit einem ironischen Gesichtsausdruck an Jury – ». . . wegen dem Schlaz, aber das wissen Sie als Leser der Alpenvereinszeitung ja bestimmt!« Dann schaut er wieder zu mir: »Außerdem brauchen Sie einen Helm, eine Taschenlampe mit frischen Batterien, wasserfeste Wanderstiefel und unbedingt auch Handschuhe.«

Allein diese Aufzählung bewirkt, dass mir leicht übel wird.

Jury entspannt sich. »Hey, was halten Sie davon, wenn ich mitkomme?«

»Nichts!«, sagen wir beide wie aus der Pistole geschossen.

Ich gebe ein Kichern von mir, um die Spannung runterzuschrauben. »Jury, du wärst wirklich der Allerletzte, den ich dabeihaben wollte.«

»Ja, das wäre äußerst kontraproduktiv«, bestätigt Landgraf ernsthaft und wirft einen Blick auf seine Armbanduhr. »Ich muss los. Jury, es hat mich gefreut, Ihre Bekanntschaft zu machen. Und Ally, wir sehen uns dann also am Samstagmorgen um sechs Uhr.«

Ich kann mir gerade noch ein ungläubiges »so früh« verkneifen und reiche ihm die Hand. Er drückt sie fester als nötig und schaut mir tief in die Augen, als wäre dort eine verborgene Botschaft an ihn versteckt, die er unbedingt entschlüsseln muss, doch schließlich grinst er wieder in Kurt-Russell-Manier und weg ist er.

»Tequila Sunrise! Das ist es!«, sagt Jury plötzlich. »Er sieht aus wie der junge Kurt Russell, der den Bullen spielt! Sein Freund ist Mel Gibson und beide sind hinter Michelle Pfeiffer her, aber er kriegt sie nicht.« Jury schnippt mit den Fingern. »Ich wusste doch, ich habe diese Visage schon mal irgendwo anders gesehen. Also Scarface, krieg ich jetzt endlich einen Latte?«

»Kaffee ist alle«, behaupte ich, weil ich ihn loswerden will. In letzter Zeit war viel zu viel los. Ich bin es gewohnt, meine Ruhe zu haben, und auch wenn Jury mein Bruder ist, habe ich gerade einfach keinen Nerv, gemütlich mit ihm Kaffee zu trinken. Außerdem hasse ich es, wenn er mich *Scarface* nennt. Schließlich habe ich die Narbe über der linken Augenbraue nur deshalb, weil er sie mir bei einem Schwertkampf zugefügt hat.

Das Einzige, woran ich gerade denken kann, ist Mila und dass ich sie anrufen und von unserem neuesten Plan erzählen muss.

»Face, wenn du keinen Kaffee mehr hast, dann geh doch einfach mit mir in die Eisdiele am Roecklplatz. Ich fahre dich auch wieder zurück und einen zweiten Helm habe ich auch dabei.«

»Muss noch was für die Schule machen . . .«, murmle ich, weil ich nachdenken muss – und aufräumen, und zwar in aller Ruhe. Außerdem ist er schuld, dass ich jetzt nicht erfahren habe, was Landgraf wirklich von meinen Ohrringen hält. Und in der gleichen Sekunde, in der ich das denke, frage ich mich, ob ich noch ganz richtig im Kopf bin. Wie kann es sein, dass mir das Urteil eines Mannes, der eigentlich hinter Gitter gehört, etwas bedeutet? Gibt es etwas, das mir wichtiger ist als Freundschaft? Wichtiger als Mila?

»Scarface, was ist denn los mit dir?«

Ich zucke zusammen. Jury steht immer noch vor mir, ich habe ihn vollkommen vergessen.

»Hey.« Er legt den Arm um meine Schultern. »Ich kann mir vorstellen, dass das eine große Sache für dich ist mit dieser Höhle. Das macht dir sicher Angst. Hab ich dir eigentlich jemals gesagt, dass mir das unendlich leidtut, was ich damals mit der Truhe angestellt habe?«

»Nein, hast du nicht. Noch nie.« Jury gibt zu, einen Fehler gemacht zu haben! Was für ein Tag!

Seine hellblauen Augen funkeln mich an. »Und das Tolle ist, wenn du das geschafft hast, dann kannst du als Nächstes endlich an deinem Sauberkeitswahn arbeiten!« Jetzt grinst er wieder so gemein wie immer. Gut, beinahe hätte ich angefangen zu glauben, er wäre ein Mensch und kein außerirdisches Genie.

»Verschwinde endlich, hau ab und schieb dir den Kaffee sonst wohin«, fauche ich ihn an.

»Hey, Face, reg dich doch nicht so auf! Sollte ein Scherz sein . . .«, lenkt er ein. »Und wenn mir wieder einfällt, was ich noch über deinen merkwürdigen Lehrer gehört habe, melde ich mich. Ach, apropos merkwürdig, wo hast du denn deine sexy Freundin versteckt? Ich habe bei Facebook nichts über sie gefunden und auch sonst nirgends im Internet, das ist doch komisch, oder?«

»Wen?«, stelle ich mich blöd. Er soll gehen.

»Na, diese hübsche Mila, die so tut, als ob sie alles im Griff hätte. Ich hab das Gefühl, mit der stimmt was nicht.«

»Nur weil sie nicht bei Facebook ist und sich dir nicht gleich an den Hals geworfen hat? Ich bin auch nicht bei Facebook und steh auch nicht auf dich.«

»Du bist auch meine neurotische Schwester. Apropos, was machen die Jungs?«

»Hau ab, hau einfach ab. Mein Leben geht dich nichts an, gar nichts.«

»Doch, ich bin dein Bruder und liebe dich, schon vergessen? Also, weißt du sonst noch irgendwas über Mila, außer dass sie eine gute Kundin von dir ist?«

»Jetzt geh schon, ich hab zu tun«, versuche ich es ein letztes Mal und ignoriere seine Frage. Ich werde nicht den Fehler machen, ihm alles zu erzählen, was ich über Mila weiß. Es hat jedes Mal fatal geendet, wenn ich ihm vertraut habe. »Steig hier rein, da findet dich keiner«, hat er behauptet und den eisenbeschlagenen Deckel mühsam hochgestemmt. Recht hat er ja gehabt, aber von all dem anderen, was mich da drin erwartet hat, der Dunkelheit und meinen Erstickungsanfällen, davon hat er nichts gesagt.

»Übrigens, ich will dich ja nicht beunruhigen, aber ich habe vorhin, als ich gekommen bin, einen komischen Typen auf dem Hof gesehen, der sofort weggerannt ist, als ich ihn bemerkt und angebrüllt habe.«

»Was denn für ein Typ?«, frage ich und kann meine Neugierde nicht unterdrücken, auch wenn ich meinen Bruder gerade wirklich loshaben will.

Jury zuckt mit den Schultern. »Es war kein Penner oder so, sondern ein ganz normaler Typ, vielleicht so alt wie du, mit einem Baseballcap. Jedenfalls hatte ich den Eindruck, dass er wie ein Junkie auf Droge durch das kleine Fenster an der Seite deiner Werkstatt geglotzt hat, als liefe da ein Porno. Und erst, als ich zu ihm rübergebrüllt habe, hat er sich durch den anderen Hofeingang vom Acker gemacht.«

Mir wird ganz mulmig. »Bist du dir ganz sicher? Stand er wirklich an dem winzigen Fenster? Ich habe niemanden bemerkt.«

Plötzlich muss ich wieder an Milas Worte denken; ihr war es ja auch so vorgekommen, als wäre uns jemand auf den Fersen.

»Ja, ich bin mir sicher. Oh Mann, ich hätte dem Typen hinterherrennen sollen. Bitte pass gut auf dich auf. Ich finde Mams hat recht, du solltest nicht in einer Erdgeschosswohnung hausen. Höchstens in einer mit Gittern vor den Fenstern.«

»Bestimmt hast du dir das nur eingebildet«, wiegle ich ab, damit er endlich geht. »Vielleicht war der Typ einfach nur neugierig und wollte wissen, was in der alten Garage so vor sich geht.«

»Kann sein, Schwesterchen, kann sein, aber ich hab da so meine Zweifel. Also, pass auf dich auf, ja? Und was ist jetzt mit Eisdiele?«

»Nein, danke, und jetzt geh endlich«, sage ich und bemühe mich um einen sanften, aber nachdrücklichen Ton. Ich muss über alles nachdenken, in Ruhe, alleine.

»Wer hat an der Uhr gedreht? Ist es wirklich schon so spät? Heute ist nicht alle Tage, ich komm wieder, keine Frage«, singt Jury das Lied von »Der rosarote Panther«, während er zu seinem Roller geht und mir noch mal winkt, ohne sich umzudrehen.

Ich schüttle den Kopf. Mein Bruder schafft es einfach immer wieder, mich aus der Fassung zu bringen! Seufzend ziehe ich die hohen Sandaletten aus und tausche sie gegen Flip-Flops. Dann gehe ich nach draußen auf den Hof und schaue durch mein Fenster in die Wohnung. Die Vorstellung, beobachtet zu werden, löst ein merkwürdiges Gefühl in meiner Magengegend aus. Und ich bin entsetzt, wie viel man sehen kann, obwohl das Fenster so klein ist. Vor dem Bett hängt ja zum Glück der Vorhang, aber man hat freien Blick auf das Waschbecken und die Duschkabine und natürlich den Werktisch. Ich beschließe, mir so schnell wie möglich einen blickdichten Vorhang zu besorgen, dann hat sich das mit dem Spanner auch erledigt.

Als ich zurück in die Garage gehe, ist es anders als sonst. Irgendwie fühle ich mich hier gar nicht mehr wohl, nicht nur wegen diesem Typen, den mein Bruder gesehen hat, nein, es waren auch zu viele Leute hier. Ich glaube, ich werde erst mal gründlich durchputzen. Und dabei kann ich über dieses ganze Chaos nachdenken, das gerade mein Gehirn vernebelt. Putzen hat mir schon immer geholfen.

10. Mila

Beinahe wäre alles herausgekommen, weil sich Ally eingebildet hat, sie müsste unbedingt zu mir fahren und mein Zuhause kennenlernen.

Mein Zuhause. Meine Eltern. Guter Witz!

Sie war dermaßen aufgeregt, weil sie auf die Idee gekommen ist, wirklich zum Höhlenklettern zu gehen, um dort eine Situation zu provozieren, die uns endlich die richtigen Bilder bringen wird. Innerlich hab ich laut Juhu geschrien, aber nachdem Ally mich vorgestern am liebsten nach Hause geschickt hätte, weil sie in Ruhe arbeiten wollte, habe ich nachgedacht. Ihre Arbeit ist ihr offensichtlich wichtiger als ich und ihr war nicht klar, wie sehr sie mich damit verletzt hat. Ich war ihr plötzlich vollkommen egal, ja, ich war ihr sogar lästig! Und dafür soll sie bezahlen, so wie sie alle bezahlen werden für das, was sie mir angetan haben.

Doch dann ist mir auch klar geworden, dass ich aufpassen muss, damit Ally nicht zu früh den Braten riecht oder aussteigt. Ich glaube nämlich, ich habe einen Fehler gemacht. Wir müssen mehr zusammen unternehmen, ich muss sie noch stärker an mich binden. Es darf nicht wieder so laufen wie beim letzten Mal, als ich meinen Plan umsetzen wollte. Ich muss es schaffen, dass ich ihr wichtiger bin als er. Muss gegen sein verdammt harmloses Image kämpfen und gleichzeitig unsere Freundschaft stärken. Deshalb habe ich versucht, ihr das mit dem Höhlenklettern auszureden, bin sogar richtig sauer geworden, habe gesagt, es wäre zu gefährlich, das ginge nicht, das könnte ich nicht verantworten und als dramatischen Schlusspunkt habe ich dann sogar einfach aufgelegt.

Spitzenidee.

Die nur dazu geführt hat, dass ich mit Bauchweh und Herzrasen neben dem Telefon klebte, weil ich mir nicht sicher war, ob sie zurückrufen würde. Ich an ihrer Stelle hätte mich jedenfalls nie wieder bei ihr gemeldet. Ich konnte nur hoffen, dass Ally anders tickte als ich. Aber wie ich aus bitterer Erfahrung weiß, kann man niemals sicher sein. Denn nach allem, was ich über *ihn* herausgefunden habe, glaube ich nur eins: Man kennt niemanden wirklich.

Und so habe ich wie gelähmt neben dem verdammten Telefon gehockt, versucht, an etwas anderes zu denken, aber immer wieder hat sich nur *sein* Gesicht vor mein inneres Auge geschoben. Wie er scheinheilig sein blondes großes Frauchen und das Söhnchen küsst, als wäre das die natürlichste Sache der Welt. Als wäre das richtig!

Bei dem Gedanken daran, dass meine perfekte Rache scheitern könnte, war mir, als müsste erst mein Kopf platzen und dann alles andere. Als wäre meine Haut zu eng für meinen Körper. Ameisen kribbelten innen an der Haut entlang und wollten, dass ich sie befreie, irgendwo ein Loch reinritze, aus dem sie fliehen können.

Ich hab sogar das verdammte Telefon angefleht, hab gewinselt, dass es endlich klingeln soll, habe versprochen, wenn sie jetzt gleich anruft, werde ich mich nie, nie wieder ritzen, wenn sie jetzt anruft, dann werde ich sie schonen.

Dann nach mehr als zwei endlosen Stunden hat sie angerufen, sich entschuldigt und vorgeschlagen, nach Augsburg zu kommen. Sie hat mir versichert, wie gerührt sie darüber ist, dass ich zuerst an sie denke und dann an mich.

Wie gut sie mich doch kennt!

Dann habe ich mich daran erinnert, dass ihre Oma ein Kino hatte und sie deshalb auf Filme abfährt. Also habe ich ihr die

Idee, mich zu besuchen, ausgeredet und sie stattdessen davon überzeugt, dass wir uns in München treffen und später aufs Filmfest gehen könnten.

Jetzt sind wir hier vor dem riesigen roten Ziegelsteinklotz, dem Gasteig, in dem das Hauptquartier des Filmfests untergebracht ist. Und seit ich hier im Hof stehe, wo eine gigantische Leinwand aufgebaut ist, auf der spätabends kostenlos Filme gezeigt werden, habe ich wieder das Gefühl, jemand schleicht hinter mir her.

Ich habe zwei Karten besorgt, sie gerade Ally gegeben und ihre fertigen Ohrringe bewundert. Sie sehen wirklich cool aus, jedes Mal wenn sie ihren Kopf ein wenig bewegt und die Ohrringe zu schaukeln beginnen, dann blitzen die dunkelroten Gesichter auf wie kleine Teufel. Sie weiß gar nicht, wie treffend sie Landgrafs Leben damit dargestellt hat.

»Ein französischer Thriller, das klingt ja toll.« Ally betrachtet die rosa Karten, als wären es Diamanten, dann umarmt sie mich stürmisch und ich drücke sie fest, weil ich so froh bin, dass sie auf meiner Seite ist.

»Das ist so lieb von dir!«, sagt Ally, als sie sich von mir löst. »Bisher war ich immer nur allein im Kino oder mit Jury.«

»Was ich nicht kapiere, ist, wieso gehst du ins Kino, wenn du doch gar keine Menschenmassen magst?«

»Ganz einfach!«, Ally grinst, »im Kino hat jeder einen eigenen Platz und es dürfen auch nicht mehr Leute rein, als es Sitze gibt. Ich gehe sowieso nur in alte Filme oder zu Uhrzeiten, zu denen sonst keiner schaut. Außerdem gibt es eine Klimaanlage. Und ich häng immer meine Jacke so über den Sitz, dass ich ihn nicht berühren muss – falls der vor mir Kopfläuse hatte.«

Ich bin sicher, sie meint das ernst, obwohl sie leise kichert.

Während wir zum Eingang gehen, drehe ich mich immer

wieder um. Ob ich vielleicht wegen meiner Rachepläne anfange, Gespenster zu sehen?

Wir sichern uns Plätze am Rand, damit Ally das Gefühl behält, jederzeit wegrennen zu können.

Dabei ist es dazu schon längst zu spät.

11. Ally

Mila sieht ganz anders aus, wenn sie schläft. Nicht so stark. Ich überlege schon seit einer Weile, was für ein Wort dieses Anderssein beschreiben würde. Wenn ich es wüsste, könnte ich mir überlegen, wie sich das Wort in Silber umsetzen lässt. Das Einzige, was mir einfällt, ist »arm«, aber das stimmt so ja nicht. Unter ihren Augen liegen dunkle Schatten und ihr Mund ist so fest zusammengepresst, als wollte sie verhindern, dass ihr im Schlaf etwas entschlüpft. Plötzlich fällt mir das Wort »Opfer« ein. Aber das will ich nicht denken, dieses Wort würde sie hassen.

Im fahlen Morgenlicht stechen ihre Wangenknochen viel stärker hervor als sonst. Sie hat ihren Kopf mit den üppigen schwarzen Haaren über ihren vernarbten Arm gelegt, als wollte sie ihn damit verdecken, und sie atmet kurz und schnell. Sie wirkt angespannt, sogar im Schlaf, dabei war der Abend im Kino gestern echt schön. Wir haben gar nicht mehr über Landgraf geredet oder übers Ritzen, sondern nur über den Thriller und dann über Filme. Ich fürchte, ich habe sie ganz schön zugelabert.

Ich fand den Thriller ziemlich dämlich, irgendwie typisch französisch eben: viele Schweigeszenen mit langen Blicken und Wein trinken und rauchen, langweilige Totalen in sehr dunklen Räumen und bedeutungsschwangere Musik. Zwei Frauen hatten sich zusammengetan, um einen Mann zu töten, aber am Ende hat sich dann rausgestellt, dass der Mann doch nicht tot war, sondern die eine Frau war seine Geliebte und die beiden haben die andere Frau reingelegt. Ich glaube, es gibt so eine ähnliche Story schon mit Alain Delon, die wesentlich besser ist. Von dem hatte Mila natürlich noch nie was gehört. Mila fand den Film super, ich nicht. Er war wirklich purer Schwachsinn. Ziemlich konstruiert. Man merkt doch ganz genau, wenn jemand nicht ehrlich ist, oder zumindest nach einiger Zeit muss man doch etwas merken. Das fand Mila auch, aber sie meinte – und davon war sie nicht abzubringen –, dass man sich da abartig täuschen könnte. Es gäbe perfekte Lügner, denen man nichts anmerken würde. Menschen mit einem Lügenherz.

Ich glaube das nicht. Selbst wenn man mit einer Lüge ein Mal durchkommt, das hält man doch nicht durch. Als Mams mal eine Affäre hatte, und Mama kann lügen wie ein Politiker, hat es sogar Paps nach einer Weile gemerkt, allerdings erst lange nach Jury und mir.

Deshalb bin ich auch froh, wenn ich morgen das Höhlenklettern hinter mich bringen kann – schließlich sehe ich den Landgraf fast jeden Tag in der Schule. Heute werde ich ihn darum bitten, dass wir wirklich am Samstag in eine Höhle gehen. Ich werde es so drehen, dass er mir helfen muss, ein altes Trauma zu überwinden. Und wenn nicht diesen, dann nächsten Samstag. Jedenfalls so schnell wie möglich.

Und Mila gebe ich erst Bescheid, wenn er zugesagt hat. Sie hat sich wahnsinnig aufgeregt, als ich ihr von dem Plan erzählt habe.

Plan ... Das Wort klingt so groß – und die Konsequenzen erscheinen mir noch viel größer. Ich weiß jetzt zwar, wie wir an Bilder kommen, aber ich verbiete mir, das Ganze zu Ende zu denken. Wenn wir wirklich Fotos von ihm und mir ins Netz stellen, dann wird das gewaltigen Wirbel machen, und das macht mir genauso viel Angst wie der Gedanke, in eine Höhle zu steigen oder mich mit Schweinegrippe zu infizieren.

Mein Blick gleitet über Milas vernarbten Arm, der jetzt frei daliegt, weil sie sich umgedreht hat. Wie sich das wohl anfühlt? Wie unglücklich muss man sein, um sich so zu verletzen? Ich würde gern über jede einzelne Narbe streicheln und ihr zuflüstern, dass jetzt alles gut werden wird, auch um mir selbst Mut zu machen. Aber ich traue mich nicht.

Leise seufzend schlüpfe ich behutsam aus dem Bett, um Mila nicht zu wecken, und mache uns so geräuschlos wie möglich einen Kaffee. Ich schütte jede Menge Zucker in ihren Becher, halte ihn ihr dann unter die Nase und schaue zu, wie sie langsam von dem Duft des Kaffees aufwacht.

»Hey«, sagt sie als Erstes und reibt sich die Augen. Dann kreist sie mit ihren schmalen knochigen Schultern hin und her und streckt schließlich ihre Hand nach dem Becher aus. »Danke. Wie spät ist es?«

»Schon halb sieben, du musst los, dein Zug geht in einer halben Stunde.«

Sie setzt sich auf und trinkt einen Riesenschluck von dem heißen Kaffee. Sie schließt ihre Augen, lässt den Kopf nach hinten sinken, sodass ich die klopfenden blaugrauen Adern an ihrem weißen Hals sehen kann, murmelt dann genießerisch »hmmmm«, hebt den Kopf, streicht sich mit der freien Hand durch ihre strubbeligen Haare, öffnet ihre Augen wieder und lächelt mich an, als hätte ich ihr Leben gerettet.

Mein Herz gerät etwas aus dem Takt und ich muss schnell wegschauen, weil mir so merkwürdig wird unter ihrem Blick. Und noch merkwürdiger finde ich, dass ich nicht mal Angst habe, sie könnte Kaffee auf meinem Bett verschütten.

»Ally«, beginnt sie, »Ally, vielleicht sollten wir das alles vergessen.« Sie streckt sich und dabei werden die roten, schlecht verheilten Narben an ihrem Arm plötzlich ganz weiß, als würde man alles Blut herausziehen. Dieser Anblick löst ein ganz wehes Gefühl in meinem Bauch aus, als ob er innen wund wäre.

Ich strecke unwillkürlich die Hand aus, würde ihren Arm gern berühren, sie trösten, es ungeschehen machen, aber natürlich tue ich das nicht. Stattdessen tue ich so, als wollte ich das Laken straff ziehen und räuspere mich. »Kannst *du* es denn vergessen?«, frage ich und meine Stimme klingt ziemlich rau.

Mila springt aus dem Bett und schlüpft in ihre weißen Jeansshorts. Dann geht sie zum Waschbecken, klatscht sich Wasser ins Gesicht und putzt sich die Zähne, indem sie Zahnpasta auf ihrem Zeigefinger verteilt und damit ihre Zahnreihen entlangrubbelt. Sie dreht den Wasserhahn auf, gurgelt und spült dann ihren Mund aus. Ich kann gar nicht so schnell gucken, da ist sie schon fertig.

»Das muss reichen.« Sie lächelt mir im Spiegel zu. »Vergessen kann ich es sicher nicht.« Sie seufzt und hält einen Moment inne, bevor sie weiterspricht. »Ally, ich muss dir was sagen. Du kennst noch nicht die ganze Wahrheit.«

Oh Gott, was kommt denn jetzt noch? Mir ist sowieso schon so komisch.

»Weißt du, ich habe wirklich gedacht, der Landgraf will mir helfen, weil er an mich als Mensch glaubt, daran, dass ich es schaffen kann, mit dem Ritzen aufzuhören. Ich hatte definitiv den Eindruck, ich würde ihm etwas bedeuten.« Sie zuckt mit den Achseln, bleibt aber vor dem Spiegel stehen. »Aber das war total naiv. Ich bedeute niemandem etwas. Das weiß ich jetzt.«

»Nein!« Ich stehe auf, gehe zu ihr und lege meine Arme von hinten um ihre schmalen Schultern herum, sodass wir uns im Spiegel anschauen können. »Mir bedeutest du viel mehr als nur *etwas*, du bedeutest mir unheimlich viel.«

Unsere Augen begegnen sich im Spiegel, dunkel und intensiv, irgendwie drängend und meine Knie werden so weich, als würde Ferdi mich anschauen.

Aber Mila ist ein Mädchen!

Meine Beine fühlen sich an, als wären sie aus dicken Marshmallows und würden gleich wegsacken, so weich und schwammig sind sie, und gleichzeitig hämmert mein Herz schnell und hart und in meinen Ohren rauscht es. Wenn ich nur wüsste, was hier mit mir passiert, mit uns passiert.

Mila zuckt urplötzlich zusammen, entzieht sich mir mit einer abrupten Bewegung, sodass meine Arme an mir herunterfallen, als würden sie nicht zu mir gehören, und ich stehe allein vorm Spiegel mit diesen merkwürdigen Gummischaumbeinen. Was ist bloß los mit mir?

»Es klingelt«, behauptet sie.

Ich versuche, etwas anderes zu hören als Rauschen und Herzklopfen, aber da ist nichts. »Jetzt? Um diese Zeit? Du musst dich irren.«

Mila schüttelt den Kopf und in der Sekunde klingelt es wieder. So ungeduldig, dass es nur Jury sein kann. Als ob er eine Antenne dafür hätte, wann er besonders stört! Was will der denn schon wieder hier?

Ich mache ihm auf, und als seine gelbe Vespa sichtbar wird, stöhnt Mila. Auch ihr scheint Jury tierisch auf die Nerven zu gehen.

»Ich muss jetzt los, wir telefonieren.« Sie schnappt sich ihre Tasche, winkt mir noch einmal zu und rennt geradezu an Jury vorbei, der ihr demonstrativ hinterherpfeift.

»Scarface, irgendwas stimmt mit dir nicht – *du* hattest Übernachtungsbesuch von einer Freundin?! Musste sie durch eine Desinfektionsschleuse oder wie hat sie das geschafft?«

»Du mich auch, Jury. Wieso bist du nicht auf dem Weg zur Uni?«

»Weil ich dich warnen muss.« Sein eben noch Mia geltendes Grinsen weicht einem ernsten Gesichtsausdruck.

»Mir ist nämlich wieder eingefallen, wo ich den Namen Tobias Landgraf noch gelesen habe. Das hat mir bis gestern keine Ruhe gelassen.«

Was ich ihm sofort glaube, denn mein Überflieger-Superbruder muss immer alles im Griff haben und beweisen, wie toll sein Gehirn ist – besonders im Gegensatz zu meinem. Ich lese irgendwas und weiß drei Minuten später schon nicht mehr, um was es ging. Fakten sind für mein Hirn so spannend und erstrebenswert wie Fußpilz.

»Also machst du mir heute einen Kaffee?«

»Wenn es sein muss. Aber ich wollte auch gleich los, also komm zur Sache.«

Ich gieße den Rest Kaffee, der noch in der Espressokanne ist, in einen Becher und schütte lieblos kalte Milch drüber.

Er trinkt einen Schluck und verzieht angewidert sein Gesicht. »Ich werde Mams überreden, dass sie dir auch eine Barresta-Maschine kauft, da musst du nur einen Knopf drücken und alles andere passiert vollautomatisch.«

»Das wirst du nicht tun. So ’nen Bonzenscheiß brauche ich nicht. Also, was willst du hier?«

»Bevor ich’s vergesse, ist der Spanner wieder aufgetaucht?«, fragt er, statt mir zu antworten.

»Nein und ich glaube auch nicht, dass es ein Spanner war. Das hast du dir bestimmt nur eingebildet!«

Er zuckt mit den Schultern, stellt den Becher in die Spüle, schaut sich in meiner Garage um und fragt mich mit Blick auf mein zerwühltes Bett mit hochgezogenen Augenbrauen, wie gut ich Mila eigentlich kenne.

»Bist du deshalb hergekommen, so früh am Morgen? Ich dachte es geht um Landgraf?«

»Ja.« Er setzt sich an meine Werkbank. »Es fällt mir schwer, dich darum zu bitten, aber ich will nicht, dass du mit diesem Typen am Samstag zum Höhlenklettern gehst. Höhle okay, aber auf gar keinen Fall mit diesem Landgraf.«

Entgeistert werfe ich meine Hände in die Luft. »Was soll das denn jetzt? Ich dachte, du fändest es toll, wenn ich so todesmutig bin. Du hast mir doch noch gut zugeredet!«

»Prinzipiell finde ich das immer großartig, wenn du an deinen Störungen arbeitest, Schwesterchen.« Er legt seine Hand auf meinen Arm und lächelt versöhnlich, trotzdem würde ich ihn am liebsten auf den Mond schießen.

»Aber ich weiß jetzt, was ich vor ein paar Monaten noch über diesen Typ gelesen habe, und das stand nicht in der Alpenvereinszeitung, sondern im Bayernteil der TZ.«

»Seit wann liest du denn die TZ?«

»Ich lese alle Münchener Tageszeitungen zum Frühstück.«

Klar und den Brockhaus zum Mittagessen, denke ich böse und bin trotzdem gespannt, worauf er hinauswill.

»Also, in dem Artikel ging es um eine sehr junge Frau, die sich umgebracht hat. Das ist äußerst ungewöhnlich, denn normalerweise ist das ein absolutes No go.«

»Wie – ein *No go?* Kannst du vielleicht mal normal mit mir reden?«, fahre ich ihn an, aber ich bin alarmiert. Selbstmord!

»Damit wollte ich sagen, keine Zeitung schreibt mehr über Jugendliche, die Selbstmord begehen, weil es dann immer so viele Nachahmer gibt. Du weißt schon, das Werther-Syndrom.«

Nein, ich habe keine Ahnung, aber ich werde ihn jetzt nicht mehr unterbrechen.

»Der Artikel drehte sich auch nicht um den Selbstmord,

sondern es ging um die Eltern, die behauptet haben, ihre Tochter sei, erst nachdem sie beim therapeutischen Klettern war, auf die Idee gekommen, sich von einer Klippe zu stürzen. Sie war zum Klettern geschickt worden, weil sie extrem aggressiv war. Nach dem Klettern sei sie völlig verändert gewesen und hätte kaum noch gesprochen. Die Eltern wollten den Leiter der Gruppe – Tobias Landgraf – deshalb verklagen, aber die Klage wurde abgewiesen, weil ein Gutachten bescheinigte, dass das Mädchen auch vorher schon sehr labil war.« Jury schaut mir in die Augen. »Ich meine, wenn Höhlenklettern doch angeblich gut für die Psyche sein soll, dann finde ich dieses Ergebnis einen ziemlichen Hammer.«

In meinem Bauch zieht sich alles zusammen. Mila hat sich nur geritzt, aber dieses andere Mädchen hat sich umgebracht.

Ob Mila davon weiß? Ob Landgraf dem Mädchen dasselbe angetan hat wie ihr? Wie oft hat der Dreckskerl das wohl schon gemacht? Wie gut, dass wir dem ein Ende setzen werden ...

»Was ist los?«, reißt Jury mich aus meinen düsteren Grübeleien. Er ist aufgestanden und steht direkt vor mir. »Du bist ja auf einmal leichenblass.«

Ich weiß nicht, was ich tun soll. Wenn es stimmt, was er gelesen hat, dann wird es höchste Zeit, dass wir etwas dagegen tun. Aber mein Bruder darf auf keinen Fall erfahren, dass wir schon wissen, was für ein Schwein Landgraf ist, sonst würde er mich garantiert daran hindern, ihn zu treffen. Jury ist imstande, mich ans Bett zu fesseln, wenn er glaubt, dass es besser für mich ist. Also muss ich ihn erst einmal beschwichtigen.

»Jury, das ist doch lächerlich! Ich weiß ja nicht mal, ob du dich richtig erinnerst. Vielleicht heißt der Typ in dem Bericht gar nicht Landgraf, sondern nur so ähnlich.« Aber nachdem ich jetzt weiß, dass es in dem Artikel um einen ungewöhnlichen Gerichtsfall ging, ist mir sonnenklar, dass Jury sich nicht getäuscht haben kann. Merkwürdige Kriminalfälle sind sein Steckenpferd.

Jury tippt sich an die Stirn. »Spinnst du? Du weißt, dass ich ein absolutes Gedächtnis habe, und bei dem Gedanken, dass du mit dem allein irgendwo in einer Höhle rumkriechst, wird mir ehrlich gesagt übel.«

»Ich bin gar nicht allein, da ist doch eine ganze Gruppe«, behaupte ich und hoffe auf das Gegenteil.

»Na gut, dann werde ich mich eben auch anmelden.«

»Die Gruppe ist schon voll«, lüge ich und hoffe, dass er mir glaubt.

»Wie viele sind es denn?«, fragt er.

Was könnte eine realistische Zahl sein? In meinem Hirn rattert es. »Es sind fünf Leute und das ist das Maximum.«

»Fünf, das klingt gut. Aber trotzdem – ich frage mich, wieso die Eltern den Selbstmord ihrer Tochter in Zusammenhang mit diesem Landgraf gebracht haben. Da muss doch was dran sein.«

»Vielleicht waren sie so verzweifelt, dass sie einfach nach jemandem gesucht haben, dem sie die Schuld geben können«, behaupte ich und bitte das Mädchen und Mila in Gedanken um Verzeihung. Aber ich muss alles versuchen, um zu verhindern, dass Jury unseren Plan durchkreuzt. Er würde mir als Erstes einen Vortrag darüber halten, wie ungesetzlich es ist, Beweismaterial zu fälschen. Einmal haben wir in Omas Kino stundenlang genau darüber gestritten. Ich fand es total okay, dass der Cop im Film die Beweise getürkt hatte, um den Monsterkiller endlich zu überführen, aber Jury war da ganz anderer Ansicht.

»Ich weiß nicht, das gefällt mir trotzdem nicht.«

»Was soll denn schon passieren?«

Er zuckt mit den Schultern. »Du solltest es canceln.«

»Kommt nicht infrage.«

»Dann werde ich Mama davon erzählen.«

»Elender Erpresser!«

Jury grinst, aber nur ganz kurz, dann wird er wieder ernst.

»Ally, versprich's mir.« Wenn er seine blöden Babyaugen auf einen richtet, kann er schon ziemlich nett aussehen.

»Okay, ich wollte sowieso viel lieber mit Mila zum Shoppen gehen.«

»Du und shoppen?« Er stutzt.

Ich lache, als hätte ich einen Witz gemacht. »Blödsinn, es soll dreißig Grad warm werden und Mila wollte gern, dass ich mit ihr an den Chiemsee fahre.«

»Gute Idee und ich komme mit.«

»Das geht nicht«, platze ich heraus und überlege verzweifelt, wie ich Jurys Plan vereiteln kann. »Mila kann dich nicht leiden. Tut mir leid, Jury, aber ich muss jetzt los.« Ich schlüpfe in meine Schuhe und suche die Unterlagen für die Schule zusammen.

»Dann kann mit Mila etwas nicht stimmen – alle Mädels wollen meine Freundin sein.« Jury zwinkert mir zu, wahrscheinlich, um seine unerträgliche Arroganz lustiger wirken zu lassen.

»Und warum hast du dann keine?« Ich verschließe die Tür und gehe mit ihm über den Hof.

»Weil keine gut genug für mich ist!«, ruft Jury, setzt sich den Helm auf und gibt Gas. »Ich habe dein Wort, ja?«, ruft er mir noch zu und ich brülle laut und deutlich »Ja!« zurück, habe aber dabei alle Finger verkreuzt.

Während ich zur Schule laufe, sehe ich permanent Landgrafs Kurt-Russell-Lächeln vor mir. Und in mir kristallisiert sich ein Gedanke: Jetzt ist er fällig, der Landgraf. Ich muss ihn nur noch dazu bringen, mit mir zum Klettern zu fahren. Und zwar allein.

12. Ally

Aber das geht nicht so ohne Weiteres.« Landgrafs Glockenblumenaugen sind ganz dunkel.

»*Sie* haben doch meinem Bruder den Floh ins Ohr gesetzt!«, protestiere ich.

»Scarlett, wenn Sie wirklich an Klaustrophobie leiden, dann wäre das sehr kontraproduktiv. Glauben Sie mir. Damit tut man sich keinen Gefallen. Und am Samstag habe ich auch gar keine Gruppe, da habe ich frei.«

Er packt seine Unterlagen in seine Aktenmappe und scheint damit das Gespräch für beendet zu halten.

Verdammt! Ich schätze, ich muss es irgendwie anders machen. Ich denke an Mila und an das andere Mädchen und weiß, ich muss es schaffen.

»Hören Sie, mein Bruder hat total übertrieben mit meiner Angst vor engen Räumen. Er denkt eben gerne von mir, dass ich schwach bin, nur um sich stärker fühlen zu können. Das ist so ein Tick von ihm.«

»Scarlett, Ihre Familiengeschichte geht mich nun wirklich nicht das Geringste an.«

»Doch, das tut sie, denn mein Bruder vermutet, dass Sie nur bei mir waren, um mich, wie er das nennt: anzubaggern. Und wenn wir nicht zum Klettern gehen, dann wird er glauben, dass er recht hat, und das kann reichlich unangenehm werden.«

Jetzt habe ich immerhin seine Aufmerksamkeit. Er schaut hoch und grinst mich verblüfft an. »Wollen Sie mir etwa drohen?«

»Nein, das würde ich niemals tun.« Und jetzt weiter, Ally, rede und bring das alles hinter dich.

Wir sehen uns in die Augen und ich hoffe, ich sehe so verwirrt und unglücklich aus, wie ich mich fühle. »Aber mein Bruder ist da anders. Er ist ein echtes Genie und schert sich einen Dreck um die Meinung anderer. Seit ich mal eine sehr unglückliche Affäre mit meinem Tennislehrer hatte, glaubt er, mich vor älteren Männern beschützen zu müssen.« Mein Herzschlag gerät ins Stolpern und ich habe das Gefühl zu ersticken. All diese Lügen! Ich und Tennis! Ich und ein älterer Mann! Immerhin – bei dem Wort Affäre habe ich mir eingebildet, ein Funkeln in Landgrafs Augen entdeckt zu haben. Ich muss mich ein paarmal räuspern, bevor ich zum letzten Schlag aushole. »Mein Bruder ist imstande und postet bei Twitter oder Facebook irgendeinen Unsinn über Sie. Dass man ein Auge auf Sie und die kleinen Mädchen haben müsste oder so was.«

Ich hoffe, meine Worte treffen ihn mitten ins Herz. Doch er legt mir nur besorgt die Hand auf meinen Arm. Was für ein beschissen guter Schauspieler er doch ist. Ich ziehe den Arm weg.

Landgraf zuckt mit den Schultern. »Hat Ihr Bruder das schon einmal getan? Ist er in psychiatrischer Behandlung?«

Verblüfft schaue ich ihn an. »Mein Bruder ist geistig vollkommen gesund.« Im Gegensatz zu Ihnen, füge ich in Gedanken hinzu.

»Also, sich in das Liebesleben der eigenen Schwester einzumischen, erscheint mir nicht gerade normal. Sieht er manchmal auch Gespenster?«

Unwillkürlich muss ich an den angeblichen Spanner denken, von dem Jury erzählt hat. Aber sofort rufe ich mich zur Vernunft. Wäre ja noch schöner, dass ein elender Vergewaltiger – letztlich sogar ein Mörder – sich einbildet, er könnte mir weismachen, dass mit meinem Bruder etwas nicht stimmt.

»Jury wird mir – und Ihnen – das Leben zur Hölle machen, wenn ich am Samstag nicht klettern gehe. Könnten wir es nicht einfach probieren?«

»Ich lasse mich doch nicht von verrückt gewordenen Teenagern bedrohen – und Sie sollten am Wochenende lieber Englisch lernen.«

Er wendet sich zur Tür.

»Aber Sie würden mir helfen«, sage ich mit erstickter Stimme, weil mir jetzt nichts anderes mehr einfällt. »Und ich dachte, Hilfe wäre genau der Grund, warum Sie mit Jugendlichen in Höhlen rumklettern.« Eine Träne rollt mir die Wange hinunter.

Er kommt zurück und mustert mich. Wie gut, dass niemand in den Kopf anderer schauen kann, denn wenn er wüsste, warum ich heule, würde er jetzt ganz schnell verschwinden. Stattdessen wird er weich.

»Und Sie haben wirklich keine Platzangst?«

Ich schüttele den Kopf.

»Und sind Sie schon mal geklettert?«

»Nein.«

Er stöhnt und ich denke schon, das war es jetzt, aber dann klatscht er seine Tasche auf den Oberschenkel, als wollte er damit einen Schlusspunkt setzen.

»Na gut, in Gottes Namen, wenn Ihnen so viel daran liegt! Dann hole ich Sie am Samstagmorgen um sechs Uhr ab. Weil ich nicht viel Zeit habe, fahren wir zum Angerloch in der Nähe vom Walchensee, das ist nicht so weit und die Höhle ist auch nicht sonderlich anspruchsvoll.«

Ich beiße mir auf die Lippen, um ein freudiges Grinsen zu unterdrücken, weil das nämlich bedeutet, dass Mila dort gut hinkommen kann. Sie hat den Führerschein mit siebzehn gemacht, um ihrer Mutter beim Blumenausliefern helfen zu können, und darf in Begleitung Erwachsener Auto fahren. Aber manchmal fährt sie heimlich auch ohne ihre Mutter herum.

»Wir testen das Ganze dort aus und dann werden wir ja sehen, was passiert. Ich bringe die Ausrüstung mit – Sie brauchen einen Schlaz, einen Helm, Seile, eine Lampe. Ich hoffe, Sie besitzen wenigstens gute Wanderschuhe oder Gummistiefel und strapazierfähige Handschuhe.«

»Klar.« Natürlich ist auch das gelogen, aber diese Sachen kann ich mir besorgen. Lügen ist verdammt anstrengend. Meine Beine zittern, als wäre ich eine steile Klamm hochgekraxelt. Und in meinem Magen grummelt es, als hätte ich etwas Schlechtes gegessen.

»Klettern ist ein guter Ausgleich für die gekrümmte Arbeitshaltung am Goldschmiedetisch. Na ja, das werden Sie schon noch sehen.« Jetzt grinst er mich an. »Und das Höhlenklettern ist eine ganz besonders intensive Variante. Ich habe dort meine besten Ideen.« Er zwinkert mir zu. »Sie wissen schon, wie Dr. Jekyll und Mr Hyde.«

Ich schaffe es, ihm zuzulächeln, aber dabei wird mir endgültig schlecht.

Auf was habe ich mich da nur eingelassen?

Will ich wirklich Mr Hyde begegnen?

Ganz allein in einer Höhle?

13. Mila

Das ist nicht dein Ernst!« Übermorgen schon, bis dahin brauche ich unbedingt ein Teleobjektiv, sonst komme ich nicht nah genug an Ally und Landgraf ran. »Hast du dir das auch gut überlegt?«

Ally nickt mir freudestrahlend zu, als hätte sie einen Preis gewonnen. Ich kann nicht anders, als zurückzulächeln, und dabei spüre ich fast so etwas wie ein schlechtes Gewissen, und das wiederum macht mich so wütend, dass ich sie am liebsten schlagen würde.

Ich will nicht darüber nachdenken, ob es fair ist, sie da mit reinzuziehen. Mich hat auch keiner gefragt, ob ich es fair finde. Außerdem hat sie alles, was ich nicht habe. Sie lebt doch in einem Schlaraffenland, wo ihr die gebratenen Tauben in den Mund fliegen. Und da sind Menschen, die sich um sie kümmern, und sie hat diesen gar nicht so üblen Bruder.

Ich zwicke mich in den Arm, um mich zu beruhigen.

Ally sieht es und ihr Gesicht nimmt wieder so einen blöden Ausdruck an, eine Art Hundeblick, der zwischen *»Die arme Mila«* und so was wie *»Hab dich lieb«* hin und her wechselt – wie eine dieser 3-D-Postkarten, die je nach Lichteinfall mal eine züchtig angezogene und dann wieder eine nackte Frau zeigen. Dieser Blick macht mich rasend.

Ich zwicke mich härter, um cool zu bleiben. Und dann erst kapiere ich, was los ist. Sie glaubt, ich mache das, weil das alles zu viel für mich ist, weil sie gegen meinen Willen Landgraf angeheizt hat. Gut. Sie soll sich schuldig fühlen. Ich lasse los, der nachlassende Schmerz entspannt mich ein bisschen und ich schaffe es, ihren Blick ohne Zorn zu erwidern.

»Wir brauchen Fotos«, erkläre ich ihr, »auf denen es so aussieht, als würde er dich umarmen oder küssen oder sonst wie berühren.«

Ally presst die Lippen aufeinander. »Mila, wie wirst du es nur schaffen, diese Bilder zu machen? Kannst du es wirklich aushalten, wenn die Erinnerungen an ... an damals wieder hochkommen?«

Ich tue so, als würde ich nachdenken. Und da kommt mir angesichts dieses Mitleidsblicks von eben eine Idee. Ich gehe zu ihr und lege meine Arme um Allys nackte Schultern. Ihr dünnes Shirt ist feucht von der Hitze und in ihrem Nacken kräuseln sich ein paar Haare zu Locken.

Ally läuft schwallartig rot an, als meine Hände die weiche Haut ihrer Oberarme berühren, und zuckt leicht zurück. Aber ich presse mich fester an sie, dann flüstere ich ihr ins Ohr – und mir ist vollkommen klar, dass mein warmer Atem ihren zarten Hals kitzeln wird. »Ally, ich bin so glücklich, dass du mir geglaubt hast und dass du mir helfen wirst, ihn dranzukriegen. Das ist wie Balsam für meine Narben, für mein Herz.«

Ziemlich geschwollenes Zeug, aber ich sehe, wie sie überall Gänsehaut bekommt. Ich muss nur kurz an Carolina denken und schon fällt es mir leicht, auf diese Tour weiterzumachen. Ich streiche mit beiden Handrücken über ihre Wangen, erzeuge mehr Gänsehaut. »Das Einzige, was mir Sorgen macht, bist du. Ich will nicht, dass du verletzt wirst. Bitte sei vorsichtig, okay?«

Ich versuche, mein aufkeimendes schlechtes Gewissen zu beruhigen. Stimmt ja, dass ich nicht will, dass ihr was passiert, aber wenn ich ihn nur so drankriegen kann ...

»Versprochen«, flüstert sie mit erstickter Stimme.

Was könnte ich jetzt noch sagen? Sie soll endgültig kapieren, dass das kein Spiel ist, was wir hier tun. Dass sie etwas riskiert, wenn sie mitmacht. Und plötzlich weiß ich, wie ich das schaffen kann.

»Hast du's eigentlich schon mal getan?«, frage ich sie in lässigem Plauderton.

Ally weicht zurück und schaut mich mit diesem Hunde-plus-alles-andere-Blick von vorhin an. Ich balle die Fäuste, um mich nicht schon wieder zwicken zu müssen.

»Was meinst du, was getan?«, stellt sie sich blöd.

»Na, du weißt schon, Sex.«

»Warum willst du das wissen?« Allys Blick wird jetzt nicht härter, wacher, nein – irgendwie wirkt sie noch verletzter.

Oh, klar, verstehe, sie hat es noch nicht getan, und das ist ihr entsetzlich peinlich. Plötzlich überfällt mich mein schlechtes Gewissen, ungebeten, aber stark und lästig wie Schluckauf. Ich versuche, es wegzubeamen.

»Ich frage, weil es grauenhaft wäre, wenn das mit Landgraf dein erstes Mal werden würde.«

Sie lässt sich auf ihren Drehhocker fallen, dabei wird sie ganz bleich und schluckt immer wieder verbissen, als müsste sie einen klebrigen Klumpen im Hals hinunterwürgen.

»Aber, aber so weit wird es doch gar nicht . . .?«

»Nein, natürlich nicht«, beruhige ich sie, nachdem sie hoffentlich kapiert hat, dass das hier blutiger Ernst ist. »So dumm kann der Landgraf nicht sein. Er wird sich erst mal rantasten und abchecken, ob er bei dir landen kann.«

Verdammt, ich glaube, ich bin zu weit gegangen, sie wirkt vollkommen verstört. Sie hat den Kopf auf ihre Arme gelegt und sagt kein Wort.

»Komm, lass uns rausgehen an die Isar, bei der Hitze wird man ja total wirr im Kopf.«

Nichts.

»Du musst mich für ziemlich naiv halten«, flüstert Ally nach einer Ewigkeit.

»Quatsch, ist doch okay, nicht mit jedem Typen ins Bett zu steigen«, sage ich, um sie zu beruhigen.

Sie hebt den Kopf und starrt mich aus tränenverschleierten Augen an. »Mila, du verstehst nicht, was ich meine. Es geht mir nicht um die Jungs, sondern um das, was wir tun werden. Irgendwie war das für mich die ganze Zeit ein bisschen wie im Film und jetzt kapiere ich erst, wie wirklich das alles ist.« Sie legt ihre Hände überkreuz auf ihre Oberarme und schaut mich flehend an.

Verdammt, das wird ein Rückzieher. Was kann ich bloß tun?

Sie löst die Hände von den Armen, wischt sich mit den Handrücken über die Augen, schnieft einmal ordentlich und strafft ihre Schultern. »Du musst mir das verzeihen, Mila, ja? Ich versuche, es dir zu erklären.« Ihr Gesicht verzieht sich zu einem schiefen Lächeln. »Das, was dir passiert ist, war für mich bisher wie so eine Art Fernsehkrimi, den man zu seiner Unterhaltung anschaut. Ich habe einfach nicht kapiert, dass diese Vergewaltigung wirklich stattgefunden hat. Erst als du eben das mit Landgraf gesagt hast und ich ihn mir keuchend auf mir drauf vorgestellt habe . . .«, sie bricht ab, als würde sie keine Luft mehr kriegen, »da habe ich, da hat mein Körper verstanden. Ich habe zu lange nur Filme angeschaut, verstehst du? Deine Geschichte war für mich wie Ins-Kino-Gehen, man spürt da zwar was, aber man ist nicht wirklich selbst ein Opfer oder der Täter. Ja, man heult vielleicht sogar oder lacht, aber es ist nicht die Wirklichkeit.«

Ihre Worte schnüren mir die Luft ab. Ja, denke ich, ja, Ally, das ist die Wirklichkeit und die ist verdammt anders, als du glaubst. Ich versuche, mich zu entspannen. Schließlich hat sie gerade unsere Schwesternschaft besiegelt. Ich hab's endgültig geschafft, sie vollkommen auf meine Seite zu ziehen.

»Ich weiß nicht, was ich sagen soll, Ally, aber ich bin froh, dass du mir das gestanden hast. Ich finde es mutig von dir, und das macht mir Hoffnung, denn Mut werden wir brauchen. Und Vertrauen. Jede Menge.« Ich werfe ihr einen aufmunternden Blick zu, genug Drama für den Moment. »Hey und weißt du, was auch absolut wirklich ist? Mir ist wahnsinnig heiß und ich fänd's super, mich jetzt in die Isar zu stürzen – was sagst du dazu?«

Ally braucht einen Moment, um zu verstehen, was ich gesagt habe, doch dann ringt sie sich ein Grinsen ab. »Na, dann reden wir eben im kalten Wasser weiter.«

Sie stürmt zu ihrer Truhe, holt Handtücher und Decken heraus und packt alles zusammen. Während sie nach einer Tasche sucht und hektisch hin- und herläuft, fällt mein Blick auf das kleine Fenster. Entsetzt schnappe ich nach Luft.

Das kann ja wohl nicht wahr sein! Was macht der denn hier? Er wird alles verderben!

Auf gar keinen Fall darf Ally ihn sehen und erst recht niemals mit ihm reden. Ich muss sofort reagieren, bevor es zu spät ist.

14. Ally

Verdammt!«, zischt Mila, dann stürmt sie plötzlich aus meiner Garage, als wäre sie auf der Flucht vor tausend hungrigen Werwölfen.

Vor lauter Schreck fällt mir die Korbtasche aus der Hand, dann renne ich hinter ihr her und sehe gerade noch, wie sie einen Typen Richtung Tor zerrt, ja fast schon prügelt und dabei unablässig brüllt.

»Hau bloß ab, du blöder Spanner, oder wir holen die Polizei. Mach, dass du wegkommst, und lass dich hier nie wieder blicken!«

Der Typ redet beschwichtigend auf sie ein, aber Mila ignoriert alles, was er sagt, und trommelt mit ihren Fäusten auf seine Brust. Im Vorderhaus reißen ein paar Nachbarn schon ihre Fenster auf und schauen zu uns herunter.

Ich laufe zu Mila, die dem Kerl gerade den letzten Stoß zum Tor hinaus gibt.

»Aber . . .«, murmelt der Typ, der nur etwas größer ist als Mila und gar nicht bedrohlich auf mich wirkt, sondern eher verwirrt. Als könnte er nicht glauben, was da gerade mit ihm passiert. Er sagt etwas, das sich wie »Milamilamilamila« anhört, aber vielleicht täusche ich mich auch.

»Halt den Mund! Das war eindeutig, da gibt es nichts zu erklären, du elender Spanner! Und wage es ja nicht, hier jemals wieder aufzukreuzen. Wenn wir dich noch mal hier erwischen, dann holen wir die Polizei, ist das klar?«

Sie gibt dem Typ einen letzten Schubs und wirft das Eisentor krachend hinter ihm ins Schloss. Ich beuge mich über die hüfthohen schwarzen Eisenstangen und schaue ihm hinterher. In einiger Entfernung bleibt er stehen, dreht sich zu mir um und hebt die Arme zur Seite, als wollte er mir damit irgendetwas sagen.

Was mich wundert, ist, dass er sich nicht stärker gewehrt hat. Mila ist so klein und zierlich und sein Körper wirkt muskulös und gut durchtrainiert. Oder hat er klein beigegeben, weil er schon mehr auf dem Kerbholz hat und verhindern wollte, dass wir die Polizei holen?

Mila beugt sich keuchend neben mir übers Tor. »Wieso steht der denn immer noch da rum? Der hat Nerven!«

Sie zeigt ihm den Stinkefinger. Wenn sie so wütend ist, leuchten ihre Augen und ihr ganzer Körper steht unter Spannung, wie kurz vor einer Explosion. Sogar ich halte die Luft an, als könnte ich damit verhindern, dass ihr Zorn auf mich überschwappt.

Der Typ aber zuckt nur mit den Schultern, dreht sich um und geht davon, sehr langsam, als wollte er uns damit sagen, dass wir ihm den Buckel runterrutschen können. Einen kurzen Moment habe ich Angst, dass Mila dieses langsame Davonschleichen zu etwas ganz Unkontrolliertem bewegen könnte.

»Bist du okay?«, fragt Mila so zittrig, als hätte sie mich in letzter Sekunde davor gerettet, von einem Laster überfahren zu werden.

»Klar – und du?«

»Du musst besser auf dich aufpassen, Ally! Ich hatte irgendwie den Eindruck, der Kerl würde sich hier bestens auskennen. Ich hab ihn erwischt, wie er durch dein Fenster gestarrt hat.«

Mein Bruder hat dasselbe behauptet. Komisch, dass ich das nicht selbst gemerkt habe. »Hatte der Typ eine Baseballkappe auf?«

Mila reißt ihre Augen auf. »Wie kommst du darauf?«

Ich überlege kurz, ob ich ihr das mit Jury verraten soll, aber ich habe nicht die geringste Lust, dass sich Mila und Jury verbrüdern, nur um die lebensunfähige Ally zu beschützen.

Keine Ahnung, warum, aber mir kam die ganze Szene eben gerade komisch vor und das, obwohl ich Angst hatte. Und wenn ich darüber nachdenke, warum ich Angst hatte, dann wird mir ganz mulmig, denn ich hatte keine Angst, dass Mila etwas passiert, sondern davor, was Mila tun könnte.

Opfer war nie das richtige Wort, um Mila zu beschreiben. Oder doch? Eine Gänsehaut kriecht über meinen Rücken, weil mir der Amoklauf von neulich wieder einfällt. Da ist auch ein Opfer plötzlich aus seiner Starre erwacht und ausgerastet.

15. Ally

Als ich Landgraf am Samstagmorgen um sechs Uhr die Tür aufmache, sieht er ganz anders aus als sonst. Er trägt eine Cargohose mit Reißverschlüssen und ein Shirt mit Fleeceweste darüber – und das bei jetzt schon gefühlten fünfundzwanzig Grad.

»Guten Morgen, Ally. Als Höhlenkameraden sollten wir jetzt zum Du übergehen. Also, ich heiße Tobias.«

Er reicht mir seine Hand und zerquetscht meine beinahe zu Mus. Oh Mann, was der für Pranken hat!

Dann begutachtet er mich von oben bis unten. »Hast du noch einen Pullover und eine lange Hose dabei? Und diese Riemchensandalen gehen gar nicht. Wir müssen durch unwegsames Gelände, um zur Höhle zu kommen.«

Unwegsames Gelände? Davon war vorher nie die Rede. »Hab ich alles im Rucksack«, behaupte ich, und was die Schuhe angeht, stimmt das auch. Ich hab mir überlegt, dass nackte Arme auf den Fotos besser aussehen werden und in der Höhle würde ich sowieso noch den Höhlenoverall drüberziehen müssen. Aber so weit wird es ja nicht kommen.

»Dann ist ja gut«, brummelt er und öffnet die Tür seines weißen Renault Megane. Keine Kindersitze, fällt mir auf, aber die hat sicher seine Frau im Auto.

Nachdem wir eingestiegen und angeschnallt sind, tippt der Landgraf noch was in sein Navi ein, dann fahren wir los. Er schaltet das Radio an; gut, dann brauchen wir erst mal nicht zu reden.

Ich versuche, mich zu entspannen, schaue aus dem Fenster und denke an lustige Screwball-Comedys mit Katherine

Hepburn und Spencer Tracey, die Jury und ich oft nachgespielt haben. Irgendwie muss ich mich ja ablenken; auf gar keinen Fall will ich an nachher denken – darüber habe ich mir schon die halbe Nacht den Kopf zerbrochen.

Auf einmal dreht Landgraf den Ton leiser und wendet sich mir zu. »Ally, ich hab's mir anders überlegt, wir fahren doch nicht zur Angerlochhöhle. Obwohl sie nicht sehr anspruchsvoll ist, glaube ich, dass sie als Einstieg für dich trotzdem etwas zu hart ist.«

Das ist nicht wahr.

Ich bin im falschen Film.

Mein Körper ist plötzlich angespannt wie eine durchgezogene Bogensehne kurz vor dem Abschuss. Nur in meinem Kopf rast alles durcheinander. Was kann ich denn jetzt tun? Ich muss unbedingt Mila anrufen, die ist heute schon ganz früh in die Nähe der Angerlochhöhle gefahren, damit sie rechtzeitig vor uns dort sein kann. Mist, Mist, Mist.

»Und wo fahren wir dann hin?« Wenn ich besser aufgepasst hätte, dann hätte ich sofort merken müssen, dass wir nicht auf die Autobahn nach Garmisch-Partenkirchen gefahren sind. Wir sind in Richtung Salzburg unterwegs. Wie kann man nur so bescheuert sein? Ich schwelge in Kindheitserinnerungen, während unser Plan mit jedem Kilometer, der weiter weg von München führt, zu einer grauenhaften Katastrophe mutiert.

»Überraschung . . .« Er wirft mir einen Blick aus seinen blauen Augen zu, der mich noch nervöser macht, als ich ohnehin schon bin. Und als er dann auch noch breit grinst, habe ich den Eindruck, dass mir das Frühstück gleich wieder hochkommt.

Oh Mann, was mache ich denn jetzt? Ich muss unbedingt rauskriegen, wo wir hinfahren, wie soll Mila denn sonst Bilder machen? Und was ist, wenn der Landgraf doch heute schon anfängt, mich zu belästigen?

»Ich würde wirklich gern wissen, wohin genau wir fahren«, quetsche ich hervor und durch meinen Kopf rasen alle möglichen Szenarien – und jedes einzelne endet damit, dass ich mit Landgraf allein in einer engen dunklen Höhle bin und er keuchend auf mir draufliegt.

»Zum Untersberg, aber mehr darf ich dir nicht verraten. Ich bin Mitglied bei verschiedenen Vereinen und wir sind uns einig, dass man Höhlen vor Menschen schützen muss. Es gibt so viele verantwortungslose Abenteurer, die nichts anderes tun, als die Höhlen zu zerstören, die ihren Müll zurücklassen, mit Fackeln in Höhlen gehen oder mit ihren Händen die herrlichsten Sinter und Tropfsteine berühren. Und wenn wir eine besondere Höhle gefunden haben, dann behalten wir die genauen Geodaten für uns, sonst wird sie ganz schnell eine Touristenattraktion und das ist der Untergang einer jeden unberührten Höhle.«

Er wirft mir einen Beifall heischenden Blick zu und für eine Sekunde frage ich mich, was ich hier tue. Was ist passiert, dass ich mit jemandem, der bis vor Kurzem einfach nur mein nervtötender Lehrer war, auf dem Weg in eine unbekannte Höhle bin? Ich muss vollkommen irre sein. Ich schließe die Augen und versuche, ruhig zu atmen. Da schieben sich die Narben von Milas Arm vor mein inneres Auge, ich höre, wie Jury von dem Selbstmord erzählt, und ich werde wieder klarer im Kopf.

Das sind die Gründe für meine Mission. Es geht hier nicht um mich. Es geht um Freundschaft. Um Gerechtigkeit.

Ich schlage die Augen wieder auf.

Mila, ich muss Mila anrufen. Wie gut, dass ich mein Handy geladen habe. Ich muss ihr Bescheid sagen. Die Arme wird am Ende sein, weil unser Plan erst mal gescheitert ist, denn sie wird es auf keinen Fall so schnell vom Walchensee hierher schaffen.

Jetzt verlassen wir die Autobahn und fahren Richtung Berchtesgaden. »Fahren wir bis nach Österreich?«

Er schüttelt den Kopf. »Nein, wir sind gleich da. Es ist ganz in der Nähe, mitten im Wald. Ich habe die Höhle letztes Jahr mit einem Freund zusammen entdeckt und wir sind gerade erst dabei, sie zu erforschen. Im Untersberg gibt es viele Höhlen. Man vermutet, dass noch weitaus mehr existieren, und jeder hofft, dass er auch so etwas wie die Riesendinghöhle entdeckt. Weißt du übrigens, wie diese Höhle zu ihrem Namen gekommen ist?«

Ich zucke mit den Schultern, ist mir gerade total egal. Ich muss nur dafür sorgen, dass Mila erfährt, wo ich bin, damit sie sich keine Sorgen macht.

»Mein Bruder wüsste das sicher, der macht alles, von Rafting über Canyoning bis Eisklettern. Ich habe ihm übrigens gesagt, wo wir heute hinfahren und er wird die Höhlenrettung alarmieren, wenn wir nicht bis siebzehn Uhr zurück sind.« Voll gelogen, ich habe ihm natürlich nichts gesagt.

»Sehr umsichtig von dir, das mache ich auch immer. Heute allerdings nicht, wir machen ja nur einen kleinen Ausflug. Gehört dein Bruder dann auch zu diesen rücksichtslosen, abenteuerlustigen Umweltzerstörern, die nur den ultimativen Kick suchen?« Er wartet keine Antwort ab und redet gleich weiter. »Dann bin ich wirklich froh, dass er nie erfahren wird, wo es uns heute hinverschlagen hat.« Er grinst sehr zufrieden. »Und war er zufrieden, dass du dich deinem Trauma stellst?«

»Ja, und am liebsten wäre er mitgekommen.«

»Es ist besser, dass wir alleine sind. So, wir sind da.«

Ja, denke ich, klar ist ihm das das Liebste – und dann wird mir noch mulmiger, weil mir wieder einfällt, dass Mila weit weg ist.

Er parkt das Auto seitlich am Straßenrand, ich sehe nichts als einen reichlich undurchdringlichen Wald. Hohe lichte Buchen, dazwischen ab und zu eine Tanne oder eine Fichte und jede Menge dichtes Unterholz. Holunderbüsche, Himbeeren, Brombeeren und Disteln. Kein Weg, keine Markierung. Nichts. Nur ein kleiner rötlicher Felsen unter einem Baum links, der aussieht wie die Kappe von Rotkäppchen.

»Hier?«

Rotkäppchen war eins meiner Lieblingsmärchen, als ich klein war. Ich hatte jedes Mal Todesangst, wenn Rotkäppchen seine Fragen gestellt hat. Aber das Gefühl später, wenn der Wolf sich dann doch als der Dumme entpuppt hat, war unglaublich befriedigend. Tod dem Bösen.

Aber jetzt ist hier alles anders. Landgraf wird nicht der Dumme sein, denn er und ich sind allein. Es wird keine Bilder geben.

Leichter Wind rauscht durch die Blätter, aber es ist trotzdem heiß.

Landgraf reicht mir einen merkwürdigen Rucksack aus dem Kofferraum. Er sieht aus wie ein breiter Schlauch aus dickem Ölzeug. »Ausrüstung. Das ist unser Schleifsack. Da ist alles drin, was wir brauchen. Seile, Haken, Gurte, Verbandszeug.«

Als ich danach greife, falle ich fast um, weil er ein unglaubliches Gewicht hat.

»Nennt man ihn Schleifsack, weil er so schwer ist, dass man ihn nur hinter sich herschleifen kann?«

»Keine schlechte Idee.« Landgraf lacht kurz auf. »Es stimmt schon, wir ziehen ihn in der Höhle hinter uns her, wenn wir zum Beispiel eine Engstelle passieren müssen – Schluf nennt man die. Aber wir lassen ihn auch am Seil ab, um zu sehen, wie tief eine Höhle ist.« Er grinst mich an. »Bist du bereit?«

Ich nicke bloß, versuche, meine wackligen Beine durchzudrücken, und behaupte, ich müsste mal aufs Klo – ich muss Mila anrufen!

Er nickt und zeigt auf den Wald. »Ich gehe schon mal ein paar Schritte vor.«

Das freut mich aber, denke ich und suche mir einen dicken Baumstamm. Landgraf ist nicht mehr zu sehen. Gut. Dann kann ich gefahrlos mit Mila reden. Ich nestle mein Handy aus der Hosentasche und tippe die Kurzwahl. Meine Finger zittern derart, dass ich kaum die zwei Tasten treffe.

Kein Empfang. Ich gehe ein paar Schritte nach rechts und beobachte die Anzeige auf dem Display.

Nichts.

Dann eben die andere Richtung.

Nada, niente, null.

Das kann ja wohl nicht wahr sein! Sind wir denn schon so weit oben oder derart von Bergen umgeben, dass es hier kein Signal mehr gibt? Panisch laufe ich ein paar Schritte in die eine, dann wieder in die andere Richtung, aber es tut sich nichts.

Als ich mich nach Landgraf umschaue, kann ich ihn nirgends entdecken. Auf der Suche nach einem Netz bin ich kreuz und quer gerannt und weiß jetzt nicht mal mehr, aus welcher Richtung wir gekommen sind. Nur zwitschernde Vögel überall, so laut, als wollten sie mich warnen.

»Hallo?«, rufe ich versuchsweise.

Ich weiß nicht, was schlimmer ist, ganz allein in der Pampa im Wald oder mit Landgraf zusammen zu sein. Jetzt hör aber auf, Ally, das hier ist nicht Blairwitch-Project, es ist taghell und es gibt hier weder Wölfe noch Bären. Und Geister oder Hexen schon gar nicht.

Gerade als ich zum Auto zurücklaufen will, greift eine Hand von hinten um meine Schulter. Ich zucke zusammen und fahre herum, ich habe ihn nicht kommen hören.

»Wo bleibst du denn? Wir müssen hier entlang.« Er lässt seine Hand liegen und dirigiert mich durch das Gebüsch.

»Weißt du, Ally, das hier ist meine neue Lieblingshöhle und ich habe lange überlegt, ob ich mit dir hierher gehen soll.«

»Was willst . . . du«, das *du* kommt mir kaum über die Lippen, ich will diesen Kerl nicht duzen, »also, was gab's denn da zu überlegen?«

»Ich klettere entweder mit meinen Höhlenkumpels von den *Cave-seekers* oder mit Jugendlichen, die an ihre Grenzen und in Kontakt mit sich selbst gebracht werden sollen.«

Er geht langsam aber beständig bergauf, mitten durch das Gestrüpp, das mir die Beine blutig kratzt, als ob da irgendwo ein Weg wäre.

An ihre Grenzen bringen . . . Ich sehe Milas Narben vor mir. Rot leuchtend und wulstig. Ja, sie hat ihre Grenzen überschritten, ja, sie hat die Haut, die ihren Körper, ihr Innerstes von der Welt trennt, vor der Welt beschützt, aufgeschlitzt, um sich zu befreien, von ihm zu befreien. Ich schlucke alles hinunter, was ich sagen möchte, lasse ihn reden. Er darf nicht misstrauisch werden.

»Du gehörst ja nun in keine dieser Kategorien. Aber ich weiß, dass du Probleme hast. Und ich kann dir helfen.«

»Mir ist übel«, keuche ich, weil mir jetzt wirklich Magensäure hochsteigt.

Er bleibt stehen, schaut mir besorgt und gleichzeitig ein wenig spöttisch in die Augen. »Das ist nur die Aufregung. Es ist nur noch etwa eine Stunde zu gehen. An der Höhle machen wir halt, dann zeige ich dir, wie man den Schlaz und die Gurte anlegt. Wasserfeste Wanderstiefel und Handschuhe hast du ja dabei, oder?«

Ich nicke bloß und hoffe, dass sich dieses Hämmern in meiner Brust bald wieder beruhigt. Während ich hinter ihm herstampfe, versuche ich, mich auf das Rascheln unserer Schritte auf dem trockenen Boden zu konzentrieren, versuche, nicht daran zu denken, dass er und ich ganz allein hier sind.

Total allein.

Aber es ist wie mit dem rosa Elefanten – es ist unmöglich, nicht daran zu denken, dass wir allein hier sind. Also, Ally, dann denke nicht an die Narben von Mila, denke nicht an den Selbstmord des anderen Mädchens, denke nicht an die Höhle, denke nicht, oh Mist, was mache ich hier eigentlich?

Ich taumle mehr hinter ihm her, als dass ich gehe, und es kommt mir vor, als würden wir schon seit endlosen Stunden marschieren, immer bergauf. Ab und zu darf ich mal eine kurze Verschnaufpause machen, aber dann treibt er mich wieder unerbittlich vorwärts. Ich versuche, den Stimmenchor, der ständig ›allein, allein, allein‹ in mein Ohr raunt, abzustellen und mich auf den Weg zu konzentrieren. Alles sieht gleich aus, bis auf eine merkwürdige Pflanze, an deren Stängeln rotlilafarbene Blüten wie Turbane hängen.

Ahh! Mein Kopf!

Ich bin gegen die Leiter eines alten Hochsitzes gestoßen, die ich nicht gesehen habe, weil ich nur auf den Boden gestarrt habe. Dafür, dass das ganze Ding derart morsch aussieht, hat es übel wehgetan. Ich drücke fest gegen die Beule, die sich auf meiner Stirn zu bilden beginnt.

»Schau mal, die hast du aufgeschreckt.« Landgraf zeigt lächelnd auf zwei Eichhörnchen, die umeinanderwirbelnd einen dicken grauen Baumstamm emporhuschen.

»Hmm.« Ich reibe mir die Stirn und tappe weiter hinter ihm her, bis er endlich stehen bleibt.

Vor uns befinden sich dicke, zerklüftete Felsbrocken, der größte von ihnen sieht aus wie ein gestrandeter Wal.

»So, hier ziehen wir uns um. Das nennen wir übrigens anschlazen.«

Er wirft seinen Rucksack ins Gebüsch und macht sich daran, einen gelben Ganzkörperanzug für mich und einen roten für sich selbst herauszuholen. Die Anzüge sind aus dickem Synthetikmaterial, bei ihm sind noch zusätzlich die Ellenbogen, Schultern und der Hintern mit Polstern verstärkt. Außerdem gibt es Karabiner, dicke Gurte, Seile und zwei Helme mit je drei darauf befestigten Lampen.

»Auf, auf, wir haben nicht den ganzen Tag Zeit!«

»Aber wo ist denn die Höhle?«, frage ich, weil ich weit und breit keine sehe.

»Dort drüben, hinter dem Stein.« Er weist mit ausgestrecktem Zeigefinger auf den dicksten Felsen, neben dem der Waldboden jäh abfällt.

Ich setze meinen Rucksack auf, ziehe den Schlaz über meine Jeansshorts, schlüpfe in meine Wanderstiefel und stülpe mir den Helm über – dabei würde ich mich am liebsten einfach umdrehen und Hals über Kopf davonlaufen.

Landgraf schüttelt den Kopf. »So geht das nicht! Du musst unbedingt noch eine lange Hose und einen Pullover unterziehen, da drinnen ist es sehr kalt. Außerdem ist es viel angenehmer.«

»Hab keine lange Hose«, murmle ich verlegen, weil ich ihm zu Hause ja noch was ganz anderes erzählt hatte.

Er gibt mir wortlos einen seiner Pullover. Dann kommt er näher, kontrolliert den Sitz des Helms und macht den Kinngurt enger, dabei berühren seine Fingerspitzen mein Gesicht und den Hals. Er schärft mir ein, genau das zu machen, was er sagt, weil er mir nur so garantieren kann, dass ich wieder heil aus der Höhle rauskommen werde.

Dann nimmt er noch eine Art Flaschenzugvorrichtung mit, fragt mich, ob ich etwas zu essen dabeihabe, und geht zu dem großen Felsen hinüber. Dahinter sind es drei Schritte über dunkelgrünes Moos bis zu einem Erdloch, das kaum größer als ein Kanaldeckel ist.

»Soll das ein Witz sein?«

Er schüttelt den Kopf und legt sich neben das Loch. »Sieht schlimmer aus, als es ist. Komm, leg dich neben mich und schau mal rein. Vorher schaltest du deine Lampe an, dann siehst du, wie geräumig die Höhle ist. Wir seilen uns jetzt ab. Du folgst mir einfach.«

Ich lege mich neben ihn und sehe weit unten etwas aufblitzen. Sehr weit unten. Für mich quasi ein Mount Everest nach unten, ein Weg direkt hinein in das Reich des Todes.

»Schalte die Lampe ein, so siehst du doch nichts.«

Ich liege zitternd vor dem Loch und bin gleichzeitig wie gelähmt. Landgraf beugt sich zu mir und schaltet die Lampe an, indem er daran dreht. Trotz des durchdringenden Schweißgeruchs der Ausrüstung steigt mir der Duft seines Rasierwassers in die Nase.

»Ahh!« Die Lampen zeigen erst, wie tief es wirklich nach unten geht. Die absolute Hölle! Obwohl meine Augen flimmern, muss ich zugeben, dass es dort unten grandios aussieht: Dicke, wie weiche Kissen wirkende Ablagerungen aus scheinbar schimmerndem Perlmutt. Trotzdem kann ich nicht länger hinschauen. Selbst wenn es wie aus Tausendundeiner Nacht aussehen würde, könnte ich nicht vergessen, dass es unter der Oberfläche ist, sich Tonnen von Erde über mir stapeln und ich eingeschlossen wäre wie in einem steinernen Sarg.

Ich richte mich auf, sorgsam darauf bedacht, nicht in das Loch zu fallen. Landgraf reicht mir die Hand und hilft mir beim Aufstehen. Meine Beine zittern, als er mich in einen Gurt steigen lässt, der mich wie eine Art Sitz festhält. Dann legt er mir einen Gurt um Hals und Schultern und hakt diesen in die Vorrichtung vorm Bauchnabel ein. Diese Vorrichtung klinkt er mit einem Karabiner in ein Seil, das über einen Haken in der Felswand verläuft.

»Niemals.«

Er schaut mich fragend an.

»Da runter gehe ich nur über meine Leiche.«

Verblüfft starrt mich Landgraf an. »Du hast doch gesagt, du hättest keine Klaustrophobie, sondern nur ein bisschen Angst.«

»Klaustrophobie hab ich auch nicht.« Keine Ahnung, was das ist, was ich habe: Herzrasen, Atemstillstand, dann nach Luft japsen, zitternde Beine, kalter Schweiß, der mir den Rücken hinuntersuppt, und brennende Hitze im Bauch, die sich lohend ausbreitet.

»Gut, dann mal los.«

Mila, denke ich, *Mila, meine Rettungsboje,* bevor ich in Angst ertrinke. Ich versuche, klar im Hirn zu bleiben, während mein Körper längst eine Entscheidung getroffen hat: Niemals im Leben werde ich da runterklettern. Doch mein Kopf ist anderer Meinung, er sagt mir, ich muss da rein, sonst geht der Landgraf kein zweites Mal mit mir in eine Höhle und dann wird es nie die Bilder geben, die wir brauchen. Die Mila braucht. Ich versuche, mir ihr Gesicht vorzustellen, nicht immer nur die Narben. Ihr Gesicht, die wunderschönen enzianblauen Augen, ihren Herzmund und diese hochgewölbte Stirn, die sie immer runzelt, wenn ich für ihren Geschmack zu langsam denke. Wie öde wäre mein Leben, wenn sie daraus wieder verschwinden würde. Und wenn ich jetzt versage, ist sie sicher weg.

»Also, was ist denn?« Landgrafs Hände legen sich um meine Schultern wie Eisenspangen und drängen mich zu dem Loch.

»Wie tief geht's da runter?«

»Das sind nur zehn Meter.«

Zehn Meter für die Ewigkeit.

»Mach einfach die Augen zu, bis deine Füße den Grund berühren. Und lass deine Lampe eingeschaltet.«

Und dann schwebe ich in der Luft. Ich muss irgendwas tun, ich halte das nicht aus, ich merke gar nicht, dass ich schreie. Erst als ich tiefer und tiefer rutsche und meine Schreie durch das Echo in der Höhle merkwürdig verzerrt an mein Ohr dringen, wird mir klar, was ich da tue.

»Lass das!«, ruft Landgraf wütend von oben, so als ob ich eine Alternative gehabt hätte, als ob ich nur ein wild gewordener Fußballfan wäre.

»Unterlass das sofort! Du erschreckst die Fledermäuse!«

Fledermäuse? Was denn für Fledermäuse? Davon hat mir natürlich auch niemand was gesagt. Ich habe keine Angst vor Fledermäusen, nur der Gedanke, dass sie in meine Haare . . . Du hast einen Helm auf und den Ganzkörperanzug. Reiß dich zusammen, Ally.

Ich halte die Hände vor den Mund und versuche, normal zu atmen. Hier unten riecht es streng, nach vermoderten Blättern, nasser Erde und irgendwie süßlich.

Als meine Füße den Grund berühren, zittern meine Knie derart, dass ich mich nicht auf den Beinen halten kann, sondern mit dem Hintern auf den Höhlenboden knalle. Dabei schneiden die Gurte stark ein. Hätte ich doch bloß lange Jeans angezogen!

Gut, dass ich wenigstens Handschuhe anhabe, denn der

Höhlenboden, der von oben so sofakissenweich ausgesehen hat, erweist sich jetzt als scharfkantiges Gestein. Außerdem scheint an der Seite eine Schlammader zu verlaufen, denn als ich mich aufstütze, um aufzustehen, sind meine Handschuhe mit hellem Matsch verschmiert.

»Alles okay mit dir?«, fragt Landgraf von oben.

»Ja!«, behaupte ich und versuche, dieses Herzrasen zu ignorieren. Mir kommt es auch so vor, als wäre die Luft hier unten dünner. Ich muss sehr schnell atmen und habe trotzdem das Gefühl, die Luft kommt in meinen Lungen nicht an.

Er landet neben mir.

»Und, was sagst du?«, fragt er stolz, als hätte er diese Höhle erschaffen.

»Umwerfend«, sage ich und da schaut er mir ins Gesicht und fängt an, schallend zu lachen.

»Du bist wirklich so dermaßen komisch!«

Nur langsam dämmert mir, dass er glaubt, ich hätte einen Witz gemacht, weil ich hingefallen bin. Die Höhlenwände drehen sich leicht um mich, ich versuche, weiterhin Luft zu kriegen.

Er macht die Karabiner ab und zeigt nach rechts. »Da lang.«

Seine Helmlampe zeigt auf einen Spalt zwischen den Felsen, der so groß ist, dass ich höchstens dann da reinkäme, wenn ich auf der Stelle hundert Kilo weniger auf den Rippen hätte.

»Niemals«!

»Das ist ein sogenannter Briefkasten, der ist wirklich nur ein ganz kurzes Stück so eng, dann wird die Höhle richtig angenehm weit. Und es lohnt sich, das zu sehen, was sich auf der anderen Seite verbirgt. Vertrau mir.«

Er geht vor und zwängt sich in den Spalt. Von der anderen Seite des dunklen Ganges aus ruft er mir zu: »Hast du gesehen? Das geht ganz leicht: Du ziehst den Bauch ein, drehst den Kopf zur Seite und versuchst, den Rücken an der glatteren Wandseite entlangzuschieben. Komm einfach her und probier es aus. Wusstest du übrigens, dass man eine Höhle nicht klettert, sondern befährt? Das stammt noch aus den Ursprüngen des Bergbaus.«

Er plappert und plappert, während ich versuche, nicht tot umzufallen. Die Höhlenwände sind wie von Krebsgeschwüren überwuchert. Die gelbliche und rötliche Farbe erinnert an ungesunde Schleimhäute, dann wieder wirkt die Farbe blau und grau wie hartes Metall.

Gefangen.

Man ist gefangen in dieser Hölle.

Ich bin gefangen.

Ich versuche, mir nicht vorzustellen, wie viel Tonnen Stein auf mir lasten. Ich versuche zu atmen, ich versuche es. Ein und aus, langsamer, langsamer.

Mila, ich versuche es wirklich.

Ein und aus.

Die Höhlenwände kommen immer näher, egal, wohin ich flüchte, sie umschließen mich, sind ganz nah, drehen sich um mich, zerquetschen mich. Schwarz, es wird schwarz, das Licht ist aus.

Alles ist aus.

Ich ersticke.

Mila.

16. Mila

Zur Hölle! Verdammt, was ist . . .«, höre ich dumpfes Fluchen, dann Klirren und das Geräusch von Metall auf Fels.

Mist, ich hätte nicht gedacht, dass die zwei soo schnell aus der Höhle wieder draußen sind.

Ich muss sofort zurück in mein Versteck. Ich renne mit meiner Wanderausrüstung und der Fototasche über das Gras, zertrete dabei kleine trockene Ästchen und bete, dass sie dort unten das Rascheln und Knacksen nicht hören können.

Außer Atem erreiche ich die Leiter des Hochsitzes und klettere die teilweise vollkommen vermoderten Bretter bis nach oben. Es kracht, eine Sprosse zerbirst und ich rutsche nach unten, umklammere mit beiden Händen den Rand der Leiter, rutsche trotzdem tiefer und tiefer und ziehe mir zwei große Splitter in der linken Handfläche zu. Verdammt, tut das weh! Ich lasse los und falle auf meinen Hintern. Gott sei Dank nicht auf die Fototasche!

Schneller, Mila, feuere ich mich an und versuche es noch mal, allerdings piksen die Splitter in den Händen ganz übel. Ich ignoriere den Schmerz, überklettere die kaputte Sprosse und hoffe, dass dieses morsche Ding nicht komplett unter mir zusammenbrechen wird.

Keuchend erreiche ich die Plattform mit dem Sitz und krieche über den Boden an den Rand. Mit den Fingernägeln ziehe ich mir die Splitter aus der Hand. Dann greife ich mir das schwere Teleobjektiv aus der Fototasche, setze es auf die Kamera und richte es auf den Höhleneingang. Keine Sekunde zu früh.

Gerade taucht ein behelmter Kopf aus der Höhle auf.

Ich muss ruhiger werden, meine Hände zittern derart, dass ich so nur verwackelte Fotos machen werde.

Es raschelt im Gebüsch, ich schaue hektisch hinunter, kann aber nichts sehen. Bestimmt nur ein paar Hasen. Ich sollte mich nicht so ablenken lassen. Hier kommt nie jemand her, diese Höhle ist viel besser als das Angerloch.

Komisch, dass Ally mich nicht angerufen hat, um mir Bescheid zu geben, dass sie woanders hinfahren. Das hätte ich von ihr nicht erwartet. Ob sie irgendwelche Spielchen mit mir treibt? Nein, doch nicht Ally, oder?

Jetzt knackst es schon wieder so laut, dass die Vögel um mich herum aufhören zu zwitschern. Ich linse durch einen Spalt zwischen den Bodenbrettern, doch im Wald ist weit und breit nichts zu sehen.

Als ich wieder zum Höhleneingang hinüberschaue, bin ich vollkommen überrascht.

Oh, was . . . wow, das sieht ja großartig aus!

Er hat sie über der Schulter liegen wie einen nassen Sack und schafft es gerade so, sie nach oben zu wuchten. Dann erst steigt er selbst aus dem Loch. Was auch immer passiert ist, das wird schon mal ein gutes Bild. Ich versuche, meine Hände ruhig zu halten und mich zu konzentrieren.

Ally scheint sich bewusstlos zu stellen. Großartig, dann können wir später behaupten, er hätte ihr etwas in die Trinkflasche gemischt. Gebannt beobachte ich, was weiter passiert, und drücke immer wieder auf den Auslöser.

Landgraf wirft seine Handschuhe zur Seite, reißt sich den Helm runter, kniet sich neben sie, zieht ihre Handschuhe aus und öffnet dann den Reißverschluss von ihrem Schlaz. Dabei beugt er sich über sie, um zu testen, ob sie atmet.

Auf dem Foto wird das anders wirken. Als ob er sich an einer Bewusstlosen vergehen wollte.

Mann, das ist ja großartig. Ally hat definitiv Talent! Was für eine Superidee von ihr.

Jetzt packt er hektisch sein Handy aus, steht auf, geht umher und versucht zu telefonieren, aber offensichtlich erreicht er niemanden. Er wackelt mit dem Kopf, wie immer, wenn er ratlos ist, und kniet sich wieder neben sie, legt den Kopf auf ihre Brust, dann horcht er mit seinen Ohren an ihren Lippen.

Bravo, Ally, was für herrliche Bilder!

Jetzt versucht er, Ally weiter aus dem Schlaz zu befreien, sie liegt da wie tot. Er zieht den Overall nach unten, muss ihren Hintern anheben, um ihn weiter runterziehen zu können – oh ja, das sieht auch sehr schön aus –, und weil sie offensichtlich nur eine kurze Hose darunter trägt, berührt er dabei ihr nacktes Bein. Wie sie das geschafft hat, ist mir ein Rätsel, denn wenn ich mit ihm unterwegs war, musste ich immer ein dickes Fleeceshirt und lange Hosen unterziehen, weil es in den Höhlen verdammt kalt sein kann, auch wenn es draußen heiß ist.

Jetzt sucht er etwas, um es unter ihre Beine zu legen, baut seinen Rucksack und ihren zu einem dicken Polster auf und legt ihre Füße hoch.

Das ist nicht so gut, das sieht komisch aus. Da muss ich einen anderen Bildausschnitt wählen.

Jetzt guckt er so . . . oh nein, das kenne ich! Es ist dieser Blick, als ob er gleich etwas tun müsste, das ihm zutiefst zuwider ist – eine Spinne töten zum Beispiel. Oh Gott, er betrachtet Ally und der Blick verstärkt sich, das gefällt mir ganz und gar nicht. Vor diesem Blick habe ich Angst. So hat er mich auch angesehen, als er die Narben entdeckt hat.

Er holt aus und schlägt Ally ins Gesicht. Oh Mann, das ging so schnell, hoffentlich habe ich das richtig drauf, das wäre fantastisch.

Ally zuckt zusammen, schlägt ihre Augen auf und schaut sich um, als wäre sie auf einem fremden Planeten gelandet.

Dann sagt sie etwas, will aufstehen, schafft es aber nicht, Landgraf hilft ihr, stützt sie. Sie stößt ihn weg, super, guter Schnappschuss! Aber was ist denn das? Sie taumelt ein paar Schritte und übergibt sich in die Büsche.

Er geht wieder zu ihr und hält ihren Rücken, bringt ihr zerfleddertes Haar aus der Schusslinie, das kann er gut. In solchen Situationen kann er auch mal was Väterliches haben, daran kann ich mich erinnern. Wenn ich meine Position ein bisschen verändere, zeigt der Bildausschnitt, wie er sich von hinten an sie randrängt. Wow, das haut jeden Zweifler um.

Warum ist Ally schlecht? Ich schätze mal, das kann man nicht vortäuschen, oder vielleicht doch? Man könnte würgen, ohne dass etwas kommt und nur ein bisschen spucken. Aber das passt einfach nicht zu Allys Sauberkeitsfimmel. Also was ist da unten in der Höhle passiert?

Jetzt hat sie aufgehört, sich zu übergeben, zittert aber am ganzen Körper, als hätte sie Schüttelfrost und klammert sich an Landgraf, als wäre er der Erlöser persönlich. Ich komme gar nicht hinterher mit dem Fotografieren. Ally ist eine Naturbegabung.

Aber plötzlich schießt mir eine merkwürdige Erkenntnis durch den Kopf. Ich war bisher so begeistert gewesen, dass es mir erst jetzt auffällt: Sie weiß ja gar nicht, dass ich hier bin – also warum tut sie dann das alles?

Er hält sie fest, streicht ihr über den Kopf, aber sie scheint zu schluchzen, ihr Körper wird so stark geschüttelt, dass er sie fester halten muss. Seine Hände liegen sehr fest an ihren Oberarmen. Was für ein schönes Bild!

Trotz allem, was passiert ist, schnürt sich mir auf einmal der Hals zu und ich wünschte für eine Millisekunde, er hielte mich so fest im Arm. Hör auf, Mila, lass das, der Mann hat keine Gefühle verdient. Er ist ein abscheulicher Lügner, ein hinterhältiges Schwein.

Es dauert gefühlte hundert Jahre, bis Ally aufhört zu weinen. Er lässt sie los, tritt einen Schritt zurück und schaut sie an, als würde er sich wirklich für ihr Wohlergehen interessieren. Das macht mich dermaßen wütend, am liebsten würde ich von hier oben aus rüberbrüllen: Lass das, du Arsch! Du interessierst dich nur für einen einzigen Menschen auf der Welt, und zwar für dich selbst.

Ally zieht ihre Stiefel aus und versucht, in ihre Sandalen zu schlüpfen. Aber offensichtlich schafft sie das nicht, denn er bückt sich und schließt die Riemchen, als wäre sie ein Kleinkind. Da habe ich ihn ganz nah an ihrem Fuß. Gut.

Ich halte das Objektiv höher. Oh Gott, Ally sieht entsetzlich aus. Ihre Augen sind total zugeschwollen und rot, ihre Lippen wirken zerbissen und an den Wangen kleben Salzspuren. Davon mach ich auch noch ein Bild – und wenn ich mich weiter zurücklehne, kriege ich sogar noch ihn mit drauf, wie er an ihrem Fuß herumfummelt.

Ich frage mich, warum sie so mitgenommen aussieht und ob in der Höhle irgendwas passiert ist, womit wir nicht gerechnet haben. Aber sie waren nur kurz unten, was kann da schon groß passiert sein?, versuche ich, mein aufkeimendes schlechtes Gewissen beiseitezudrängen.

Jetzt erhebt er sich und packt die restliche Ausrüstung in die Schleifsäcke und ich kann deutlich sehen, dass seine Besorgnis extrem schlechter Laune gewichen ist. Typisch, wehe es läuft nicht genau so, wie er es will. Die Rückfahrt wird sicherlich bitter für Ally.

Ich verstaue das Teleobjektiv und die Kamera wieder in der Fototasche, vorher nehme ich den CompactFlash raus, damit ich die Speicherkarte nicht aus Versehen mit zurückgebe.

Sie marschieren ab. Ally wirkt wackelig, immer wieder stolpert sie über Brombeerranken, Landgraf versucht, sie zu stützen, aber sie wehrt ihn ab. Ich bin echt gespannt, was sie mir erzählen und was sie zu den Fotos sagen wird.

Eigentlich brauche ich Ally jetzt gar nicht mehr, ich könnte die Bilder auch ohne sie ins Netz stellen. Könnte ich, aber ich möchte auch ihre Geschichte. Bilder allein erledigen ihn vielleicht nicht für immer.

Ich robbe vorsichtig an den Rand des Hochsitzes, da taucht plötzlich wie aus dem Nichts ein Gesicht vor mir auf. Ich muss blinzeln, in der ersten Schrecksekunde hab ich alles nur verschwommen gesehen und gedacht, es wäre Landgraf. Aber der ist es nicht.

»Mila«, flüstert er so leise, als hätte auch er Angst, entdeckt zu werden. »Ich verstehe deinen Zorn, aber was du tust, ist Irrsinn. Gib mir die Kamera von meinem Bruder zurück und vergiss das Ganze.«

»Wie lange spionierst du mir schon hinterher?«

»Lange genug, um zu wissen, dass du genau das tust, wovor ich dich gewarnt habe. Versteh es doch endlich: Das, was du hier machst, ist schlecht für dich, für deine Seele – und ändern wird es auch nichts, sondern dir nur Schmerzen bereiten.«

Ich starre ihn wütend an und plötzlich ändert sich sein Tonfall: »Mila, hör auf damit oder ich werde mit deinem Vater reden!«

»Geh mir aus dem Weg, du nervst! Und du hast keine Ahnung.«

Er ist noch höher gekommen und versperrt mir mit seinem muskulösen Körper den Rückweg. Das macht mich so wütend, dass ich ihm die Kamera am liebsten ins Gesicht schleudern würde. Ich muss all meine Muskeln fest anspannen, um es nicht zu tun.

»Aus dem Weg jetzt!«, herrsche ich ihn an.

»Sofort, nachdem du mir die Kamera und die Bilder gegeben hast.« Er streckt eine Hand danach aus.

Gut, mit nur einer Hand kann man sich an dem morschen Ding nur sehr schlecht festhalten. »Nur über meine Leiche.«

Er grinst, als hätte ich einen Witz gemacht. »Mila, das ist vollkommen verrückt. Sei doch vernünftig. Du solltest lieber mit allen Beteiligten darüber reden.«

Reden? Beinahe hätte ich laut gelacht. Reden! Es wurde schon viel zu viel geredet und was hat es geändert? Nichts. Der Landgraf ist nur mit Taten zu stoppen. Ich merke, wie es in meinen Adern brodelt, wie meine Haut sich enger und enger um mein pulsierendes Blut zusammenzieht und Erlösung braucht. Wenn ich jetzt zu Hause wäre, könnte ich mir Erleichterung verschaffen, aber so brodelt es weiter.

Da steht er und schaut mich an. Nein, ich bin nicht verrückt. Im Gegenteil, es ist allerhöchste Zeit, Landgraf zu stoppen, den ganzen Wahnsinn zu stoppen. Hier spinnt definitiv nur einer, nämlich er und ich tue, was ich schon lange hätte tun sollen: Ich schaffe ihn aus dem Weg. Verschaffe mir Platz.

Ich stehe auf und trete nach Tom, weil er das letzte Hindernis zu meinem Sieg über Landgraf ist. Er reißt überrascht seine Augen auf, dann versucht er, mir auszuweichen, aber er bewegt sich zu heftig, das morsche Ding knarzt und dann zerbirst eine Stufe, er sackt auf die nächste, die wieder zerbricht und so geht das in Sekundenschnelle weiter, bis er ganz unten aufkommt. Dann ist es plötzlich entsetzlich still.

Ich beuge mich über den Rand der Plattform.

Er liegt merkwürdig verdreht dort unten.

Und jetzt, Mila, was jetzt? Ich weiß, ich sollte ihm helfen, aber dann fliegt alles auf, mein ganzer Plan wäre umsonst gewesen. Und das kann ich nicht mehr riskieren. Es muss endlich Schluss sein. Er hätte sich mir nicht entgegenstellen, sondern mich einfach in Ruhe lassen sollen. Jetzt, nachdem mit Ally alles so perfekt läuft.

Ich schaue noch mal zu ihm hinunter. Er atmet.

Gut.

Er lebt, aber in dem Zustand kann er mich nicht aufhalten. Niemand wird mich mehr aufhalten.

Jetzt muss ich nur noch sehen, wie ich hier runterkomme. Zum Glück habe ich in meinem Wanderrucksack immer ein Seil. Für irgendwas muss es ja gut sein, wenn man von klein auf zum Wandern und Klettern gezwungen wurde.

17. Ally

Mir ist dermaßen elend. Nicht nur, weil es so heiß ist. Egal wie ich mich hinlege, ob ich mein Kissen unterm Nacken zusammenknülle oder die Füße an die Wand stütze, ich fühle mich, als hätte ich viel zu viel getrunken und geraucht. Meine Haut klebt, mir ist schwindelig und übel und ich wünschte, ich wäre tot. Ich möchte nie mehr aufstehen und bei dem Gedanken an die Schule wird mir schwarz vor Augen. Ich bin einfach in jeder Hinsicht eine Versagerin.

Aber das Allerschlimmste ist nicht, dass ich zusammengeklappt bin, sondern wie rührend der Landgraf zu mir war. Kein Getätschel, nicht mal der kleinste Versuch, rein gar nichts. Er hat sich eher wie ein väterlicher Arzt verhalten. Ich meine, er hat mich sogar gestützt, als ich mich übergeben musste, da läuft es mir jetzt noch kalt den Rücken runter.

Er hat darauf bestanden, dass wir ins Krankenhaus fahren, aber ich habe mich mit Händen und Füßen dagegen gewehrt. Auf der Heimfahrt war er dann sehr still und hat mich die ganze Zeit so merkwürdig von der Seite angestarrt. Ich dachte schon, jetzt legt er gleich seine Hand auf meinen nackten Oberschenkel und es geht los, aber nein. Er hat sich vollkommen korrekt benommen. Und als er mich zu Hause abgeliefert hat, wollte er noch etwas sagen, hat sogar mehrere Anläufe genommen, es dann aber doch gelassen. Schließlich hat er laut geseufzt, mir kurz zugenickt und weg war er.

Ich habe mich erst mal eine halbe Stunde geduscht, danach bin ich ins Bett gefallen, so erschöpft, als hätte ich wirklich den Mount Everest bestiegen.

Und hier liege ich jetzt seit gestern Mittag und weiß nicht, wie es weitergehen soll. Mila hat ein paarmal angerufen, aber ich wollte nicht rangehen. Nach der ganzen Sache gestern weiß ich wirklich nicht mehr, wie ich über den Landgraf denken soll – und das kann ich Mila auf keinen Fall sagen.

Mams und Jury haben auch auf die Mailbox gesprochen, aber ich habe die Nachrichten noch nicht abgehört.

Das einzig Gute an diesem Wahnsinn ist, dass ich mir im Bett ein paar Skizzen gemacht habe. Diese wie Schleimhaut aussehenden Gewächse in der Höhle, die haben so etwas Albtraummäßiges, das könnte irrer Schmuck werden, wenn es mir gelänge, diesen Eindruck umzusetzen. Vielleicht könnte man einen glatten fleischfarbenen Schimmer erzeugen, wenn ich es mit einem Überzug aus Emaille versuchen würde . . .

Es klingelt, diesmal an der Tür. Das kann nicht Jury sein, der läutet penetrant und auch nicht Mams, die läutet, als hätte sie nur versehentlich auf den Knopf gedrückt, als würde längeres Klingeln bedeuten anzuerkennen, in welcher Bruchbude ich wohne.

Mila also.

Ich quäle mich aus dem Bett zur Tür und mache auf.

Sie kommt hereingestürmt, als hätte es nicht dreißig Grad draußen.

»Ally, du bist die Größte!«, brüllt sie schon über den Hof und dann fällt sie mir um den Hals und drückt mich fest an sich.

Das fühlt sich gut an, ihre Haut wirkt kühl und trocken. Aber ich kann ihre Umarmung nicht genießen, weil ich sie bestimmt gleich sehr enttäuschen werde.

»Wieso sollte ausgerechnet ich die Größte sein?«, frage ich.

Sie lässt mich los, holt einen Stapel Fotos aus ihrem Rucksack und wedelt damit vor meiner Nase herum.

»Deshalb! Ich wusste gar nicht, was für eine grandiose Schauspielerin du bist.«

»Ich versteh immer bloß Bahnhof.«

»Schau doch mal!« Sie hält mir den Stapel direkt unter meine Nase. Ich greife danach, ohne eine Ahnung zu haben, was auf den Bildern drauf sein könnte.

Mein Blick senkt sich auf die Fotos und ich kann nicht glauben, was ich da sehe. Mein Gehirn weigert sich, diese Bilder mit mir in Verbindung zu bringen, und doch bin das ganz eindeutig ich.

Völlig apathisch schaue ich mir ein Foto nach dem nächsten an. Es sind so furchtbare Bilder: Landgraf, wie er sich mit einem sanften Lächeln über mich beugt, während ich wie tot daliege. Landgrafs Hände, die meinen Fuß packen. Landgraf, der sich von hinten an mich drängt, ich vornüber gebeugt – dass ich mir dabei die Seele aus dem Leib kotze, sieht man auf dem Bild nicht.

Elend, mir ist so elend. Ich fühle mich ganz schwach. Doch dann plötzlich bilden sich Fragen, steigen auf wie Sprudelblasen, die nach oben strudeln und an der Oberfläche explodieren.

»Mila, wo kommen diese Bilder her?«, frage ich und muss mich räuspern, obwohl ich so wütend bin.

Mila geht einen Schritt zurück und starrt mich entgeistert an. »Das weißt du doch, das haben wir schließlich so verabredet.«

Ich weiß gar nicht, wo ich anfangen soll nachzuhaken. »Aber wir waren doch gar nicht in der Angerlochhöhle – woher hast du also gewusst, wo wir sind?«

Milas Gesicht verzieht sich zu einer Grimasse. »Bestimmt nicht von dir, du hast mich nicht mal angerufen.«

»Ich hab's versucht, aber dort im Wald war kein Empfang.

Also, woher wusstest du das und warum hast du mir nicht signalisiert, dass du in der Nähe bist?«

Sie sagt keinen Pieps, sondern starrt stur auf den Boden.

»Ich bin tausend Tode gestorben, weil ich dachte, ich bin ganz allein mit ihm. Und dann noch mal hunderttausend Tode, weil ich in der Höhle solche Angst hatte.«

Sie reagiert immer noch nicht. Wütend gebe ich ihr einen Schubs, sie soll verdammt noch mal was dazu sagen! Aber sie schweigt. Ich muss an mich halten, sie nicht noch härter zu stoßen.

»Und dabei hast du die ganze Zeit im Gebüsch gehockt und Fotos von mir gemacht, von meiner Ohmacht!«

Jetzt hebt Mila den Blick und schaut mich endlich an. »Bist du fertig?«

Für eine Millisekunde bin ich sprachlos, dann haue ich ihr eine runter. Ihre Augen funkeln mich wütend an, aber sie rührt sich nicht. Wir stehen uns schwer atmend gegenüber, ihre Wange ist vom Schlag meiner Hand knallrot verfärbt.

Das bringt mich wieder zur Besinnung. Was habe ich getan?

»Es tut mir leid«, sage ich und möchte sie streicheln, den Schlag ausradieren, also mache ich einen Schritt auf sie zu, sie geht rückwärts, steht mit dem Rücken an der Tür und starrt mich an.

Wie ich sie hasse!

Fotos von mir beim Kotzen und während ich ohnmächtig bin. Ihre großen Augen bohren sich in meine, saugen sich fest und die Angst, die ich darin sehe, entwaffnet meinen Zorn. Und der Trotz, den ich darin auch sehen kann, entfacht ganz andere Flammen und diese Mischung löscht jedes logische Denken vollkommen aus. Ich stemme beide Hände rechts und links neben ihrem zarten Körper an die Tür, beuge mich vor und küsse sie auf den Mund.

Als unsere Lippen sich treffen, rasen Gedanken wie Blitze durch meinen Körper. Verrückt, Ally, bist du jetzt vollkommen verrückt? Erst schlagen, dann küssen. Warum will ich in ihren weichen zarten Lippen versinken, wo ich sie doch gleichzeitig von ganzem Herzen hasse?

Mila reagiert immer noch nicht, sie schubst mich nicht weg, aber sie erwidert meinen Kuss auch nicht, sondern bleibt wie eingefroren stehen.

Ich komme langsam zu mir, weiche zurück, schäme mich entsetzlich. Tränen steigen hoch und meine Kehle ist wie zugeschnürt und doch pulsieren meine Lippen und verlangen nach mehr.

»Geht's jetzt wieder?«, fragt Mila dann endlich und klingt ganz sanft. Freundlich.

Ich setze mich völlig durchgeschwitzt und erledigt aufs Bett.

»Oh Gott.« Am liebsten würde ich wegrennen, aber dazu bin ich zu schwer, zu müde, zu benommen.

»An den glaube ich schon lange nicht mehr«, sagt Mila und setzt sich neben mich. Sie nimmt meine Hand und tätschelt sie, als wäre ich ein kleines Kind, das sich gerade an der Kasse auf den Bauch geworfen und laut herumgeplärrt hat, weil es unbedingt ein Überraschungsei haben will.

Ich ziehe die Hand weg. Ich bin kein kleines Kind und ich werde auch nicht auf ihren Köder anspringen, denn dann kommen die Narben ins Spiel und dann werde ich mich noch fürchterlicher fühlen als sowieso schon.

»Okay, es war nicht richtig, dich zu schlagen.« In Gedanken füge ich noch hinzu: Und es war auch nicht richtig, dich zu küssen, aber ich bereue es nicht.

»Stimmt, aber ich verstehe, dass du sauer bist. Schon klar. Also, jetzt noch mal langsam. Was ist dein Problem?«

»*Mein* Problem?«

Sie steht auf, holt die Bilder und setzt sich damit wieder neben mich aufs Bett.

»Ich will das nicht sehen«, sage ich und drehe mich demonstrativ zur Seite.

»Aber sie sind genial! Wir hätten das niemals so planen können. Und das habe ich dir zu verdanken.«

Sie legt einen Arm um meine Schultern und hält mir die Bilder wieder hin.

Ich ignoriere sie. »Woher wusstest du, wo wir hinfahren?«

Sie drückt ihre Arme fester um meine Schultern, ich kann ihre nackte Haut spüren, und als sie leise zu reden anfängt, muss ich mich zwingen, mich auf ihre Worte zu konzentrieren.

»Es mag verrückt klingen, aber mir ist eingefallen, dass samstags im Angerloch immer die Hölle los ist und auch in der Spielberghöhle, wo er normalerweise mit den Gruppen klettert. Und ich dachte, wenn er schon mit dir alleine ist, dann geht er bestimmt dorthin, wo er mit mir auch sehr gern alleine war.«

Mila sucht meinen Blick, aber so angenehm ich das Prickeln finde, das das Gefühl von ihrer Haut auf meiner auslöst, so dünn finde ich diese Erklärung.

»Ich würde diesen Ort niemals wiederfinden, auch nicht, wenn ich öfter dort gewesen wäre. Und warum hast mir vorher nichts davon gesagt oder wenigstens eine SMS geschickt? So hast du doch riskiert, dass ich mich total umsonst opfere.«

Jetzt springt sie auf, als hätten sie gerade tausend Taranteln gestochen.

»Opfer!«, kreischt sie und baut sich vor mir auf. »Ich glaube, ich hab mich verhört! *Du* ein Opfer, dass ich nicht lache. Und das sagst du mir ins Gesicht!« Sie schnaubt wütend und ihre Augen funkeln, als wären sie feucht. »Ich scheiß auf dich, Scarlett Müllerhans! Das Ganze war doch deine Idee, nicht meine, und jetzt, wo alles geklappt hat, wo wir den Landgraf an den Eiern haben, da drehst du hier durch und machst einen auf Märtyrer. Weißt du, was, Ally, du bist ja so was von beschissen, du kotzt mich an, ehrlich.«

Mila steht auf und rennt zur Tür, kommt zurück, holt die Fotos, die auf dem Bett liegen, packt sie ein und stürmt davon.

In meinem Kopf dreht sich alles. Was für ein Teufel hat mich nur geritten, von einem Opfer zu reden? Das war nicht fair. Das war wirklich mies von mir, sie hat recht. Niemand hat mich dazu gezwungen. Ich wollte etwas Heldenhaftes für Mila tun, ihr helfen, aber alles ist anders gelaufen, als ich es mir vorgestellt habe.

Kraftlos lasse ich mich in meine Kissen fallen. Ich habe keine Ahnung, wie es jetzt weitergehen soll. Fühle mich, als hätten Vampire alles Leben aus mir ausgesaugt und nur noch eine leere Hülle übrig gelassen. Doch je länger ich in meinem Bett liege, desto deutlicher merke ich, wie sich in meinem Körper etwas ausbreitet, durch meine Adern vibriert, mein Herz hektisch pulsieren und meine Arme schwer wie Blei, meine Beine wie gelähmt sein lässt. Es ist keine Wut auf Mila, es ist auch nicht Ratlosigkeit wegen Landgraf. Nein, das, was ich spüre, ist einfach nur Angst. Nackte Angst.

18. Mila

Sich *geopfert!* Unfassbar.

Ich renne und renne, ohne nachzudenken, und stehe plötzlich an der Isar, als hätte ich die ganze Zeit ein Ziel gehabt.

Auch gut, aber ich kann mich nicht hinsetzen, dazu bin ich immer noch viel zu wütend, zu kribbelig, ich muss irgendwas tun, um mich abzureagieren. Ich bücke mich, suche dicke Isarkiesel und schmettere sie ins Wasser.

Was bildet Ally sich eigentlich ein? Von wegen, sie hätte sich geopfert! Dabei war sie doch ganz scharf darauf, den Landgraf reinzulegen. Ich muss aufpassen, dass sie mir nicht genauso entgleitet wie Tom, der Idiot. Der hat anfangs auch immer davon geredet, wie gern er mir helfen will, aber als es dann konkret wurde, hat er den Schwanz eingezogen.

Ich greife mir einen besonders dicken Stein und schleudere ihn so weit es geht. Er versinkt ohne protestierendes Plätschern einfach so in der Strömung. Tschüss Tom, denke ich und sofort schäme ich mich für diesen Gedanken. Denke daran, wie er auf dem Waldboden gelegen hat, so merkwürdig verkrümmt. Doch dann nehme ich den nächsten Stein und werfe ihn voller Hass ins Wasser. Schluss mit dem Scheißmitleid! Mir tut niemand mehr leid. Dazu müsste ich Menschen vertrauen können, aber ich hab schon vor langer Zeit kapiert, dass das unmöglich ist. Vertrauen ist nichts anderes als freiwillige Blindheit, nur eine Verkrüppelung also, und wenn man seine Augen aufmacht, dann bedeutet das unweigerlich Schmerz. Aber der ist wenigstens echt. Ich suche mir einen Kiesel mit einer scharfen Kante.

Alle viel zu abgeschliffen! Ich feuere noch eine Handvoll ins Wasser und verscheuche so ein paar aufdringliche Enten.

Mein Abgang eben war trotzdem schlecht, ich darf es nicht überstrapazieren, dass Ally ein Faible für mich hat. Wenn ich Pech habe, klappt sie ihre Austernschalen in Kürze wieder zu. Aber wie hätte ich ihr auch erklären können, woher ich wusste, in welche Höhle sie unterwegs waren? Die Wahrheit würde sie schockieren und trotzdem würde sie mich dann abhalten wollen, so wie Tom es versucht hat.

Ich ziehe meine Schuhe aus und wate schnell über die Steine tief in das kalte Wasser hinein. Es fühlt sich an, als ob man über einen Fakirteppich gehen würde. Die spitzen Kanten schneiden in die Fußsohlen. Gut. Ich beuge mich vor, spritze mir kaltes Wasser ins Gesicht und hoffe, die Abkühlung hilft mir dabei, einen Plan B zu entwickeln.

Die Enten schwimmen schon wieder zu mir her, hoffen auf etwas zu fressen, schätze ich. Hoffnungslos dämlich, selbst wenn ich einen dicken Stein nach ihnen schleudern würde, kämen sie wieder angeschwommen.

Im Prinzip habe ich jetzt alles, was ich brauche – ganz egal, ob Ally einverstanden ist, die Fotos zu verwenden. Ich könnte sie ins Netz stellen, nach dem Motto »Lehrer bei der Arbeit« oder »Betreuer gestörter Jugendlicher bei der Sozialarbeit«.

Einmal reingestellt, kriegt man sie nie mehr raus. Und ich könnte sie telefonisch den Zeitungen anbieten und mich als Ally, das Opfer, ausgeben.

Ich spüre meine Füße fast nicht mehr, so kalt ist das Isarwasser immer noch, trotz dieser Hitze. Ich wate ans Ufer und bin endlich ruhig genug, um mich hinsetzen zu können.

Mein Handy klingelt, es ist Ally.

Mein erster Impuls ist, das Handy wie einen Stein im Wasser zu versenken, aber ich bin neugierig, und auch wenn ich das nicht wahrhaben will, tut sie mir irgendwie doch leid. Dabei ist Mitleid für mich total indiskutabel, denn es führt zu nichts, genauso wenig wie Vertrauen. Obwohl ich also weiß, dass ich gerade einen schweren Fehler begehe, nehme ich den Anruf an.

Fünf Minuten später sitzt Ally schon neben mir, direkt auf dem Gras am Ufer, ohne Decke, ohne Handtuch.

Eine Weile starren wir schweigend aufs Wasser. Ich sage nichts, soll sie doch den Anfang machen.

»Mila, das war total blöd von mir, was ich gesagt habe, und es tut mir leid. Aber . . .« Ally seufzt und versucht, meinen Blick aufzufangen.

Wie, die Entschuldigung ist noch nicht zu Ende und schon hat sie ein *aber* auf den Lippen?

»Aber versteh doch! Ich hab mich so schrecklich gefühlt und solche Angst gehabt, und wenn ich gewusst hätte, dass du da bist, dann wäre ich vielleicht ruhiger gewesen. Hast du denn nicht gesehen, wie elend mir war? Warum hast du mich in so einem Zustand fotografiert?«

Weil es so besprochen war. Ich beiße mir innen auf die Wangenseite, damit ich nicht anfange zu schreien. Ruhig bleiben.

»Und davon mal ganz abgesehen, Mila, ich finde das alles nicht mehr richtig.« Sie knetet ihre Hände und ringt nach Worten. »Es fällt mir schwer, es zu sagen, und ich hoffe, dass du nicht böse auf mich bist, aber der Landgraf war wirklich nett zu mir. Ich habe ihn am Samstag nur freundlich und beschützend erlebt, da kann ich doch jetzt nicht hergehen und zulassen, dass diese Bilder benutzt werden, um ihn fertigzumachen. Kannst du das irgendwie nachvollziehen?«

Alles in mir fängt an zu kribbeln. Denn genau das ist sein

genial einschläfernder Trick. Und ich hasse Ally, dass sie das nicht durchschaut. Ich muss mir wieder ein paar Steine nehmen und sie so festhalten, dass mir die Kanten in die Hände schneiden.

Ich hatte wirklich gedacht, Ally wäre anders, sie würde kapieren, worum es hier geht, aber ich habe mich getäuscht – nein, *sie* hat mich getäuscht, denn in Wirklichkeit gibt es nur eine Erklärung dafür, warum sie jetzt einen Rückzieher macht. Sie hat sich in ihn verknallt, ist ihm auf den Leim gegangen wie die anderen. Ich sehe sie und ihn in dieser Umarmung immer noch deutlich vor mir. Und ihre Kussattacke von vorhin und das Getatsche waren lächerliche Ablenkungsmanöver.

Die Kanten schneiden tief in meine Handfläche, aber ich spüre keine Erleichterung.

Und plötzlich wird mir klar, was hier gespielt wird. Wie ein Blitz durchzuckt mich die grauenhafte Erkenntnis, nicht ich habe sie, sondern sie hat mich benutzt, um sich an Landgraf ranschmeißen zu können.

Es liegt ja klar auf der Hand! Es war Ally immer schon soo wichtig, ihm zu imponieren, ihn mit ihrem Schmuck zu beeindrucken. Und wenn ich so darüber nachdenke, dann war sie eigentlich viel zu schnell Feuer und Flamme für unsere Idee. Vielleicht glaubt sie ja auch, so kriegt sie bessere Noten und kann ihren Eltern zeigen, dass sie es genauso wie ihr bescheuerter Bruder voll draufhat.

Ich drücke die Steine, so fest ich kann. Außerdem hatten der Landgraf und Ally schon vor mir eine besondere Beziehung, sonst wäre ich ja niemals auf sie und ihre Homepage gestoßen.

Fester drücken. Das hilft, macht alles andere kleiner und kleiner, hilft, klarer zu sehen.

Und was, wenn Ally ihn jetzt warnt, meinen Namen erwähnt und von den Bildern erzählt? Was passiert dann mit mir und was bedeutet das für Mama? Kann ich das riskieren? Es würde ihr den Rest geben.

Da, endlich spüre ich, wie meine Haut sich ergibt. Ein Blutstropfen fällt auf meine Hose, Erleichterung und Ruhe strömen durch meine Adern.

»Was machst du denn da?« Ally starrt entsetzt auf den roten Fleck.

»Mit *Vanish Oxy Action* geht das wieder weg«, ringe ich mir einen Scherz ab, überspiele meine Scham und meinen Zorn, denn auf keinen Fall darf sie mitkriegen, dass ich verstanden habe, was für eine falsche Schlange sie ist.

Ein neuer Plan muss her! Ein Plan, der jeden drankriegt, der mich reingelegt hat, und sie Schmerz fühlen lässt. Richtigen Schmerz.

Einen Plan, der alle meine Demütigungen in einen einzigen großen Triumph verwandelt.

19. Ally

Mila ist weg.

Nach Augsburg gefahren. Ich sitze an meiner Werkbank und denke immer nur: Mila ist weg.

Ich sehe ziemlich viel Staub auf der Oberfläche, aber anstatt ihn sofort wegzuputzen, schreibe ich »Mila« in römischer Kapitalschrift, das lernen wir gerade bei Landgraf.

»Mila«, groß und klein, mit und ohne Seriphen.

Mila.

Nachdem ich ihr gesagt habe, dass ich das mit Landgraf nicht tun kann und damit aufhören will, ihn zu linken, hat sie nicht mehr viel gesagt, nur geseufzt und plötzlich war da dieser Blutfleck.

»Du glaubst ihm also doch mehr als mir. Aber gut, ich verzeihe dir, weil ich weiß, dass es so schwer zu glauben ist«, hat Mila schließlich gesagt. »Ich hatte nur gehofft, du, gerade du würdest die Leute besser durchschauen. Es ist so wie mit diesem prominenten Superlehrer an der Odenwaldschule, da hat auch nie jemand was gesagt, weil die Schüler wussten, niemand würde ihnen auch nur zuhören.« Sie hat mich lange angeschaut, ihre dunkelblauen Enzianaugen haben sich mit Tränen gefüllt, die eine nach der anderen über ihr zartes Gesicht gekullert sind, und jede dieser Tränen war für mich wie ein Stich ins Herz.

Ich habe sie verraten. Verraten für einen eingebildeten Typen, der von allen geliebt werden will.

»Mila, es tut mir soo leid. Aber das alles war echt eine Nummer zu hart für mich«, habe ich versucht zu erklären. »Allein diese Höhle . . . es war die pure Hölle.«

»Ist schon gut, Ally. Ich habe zu viel von dir verlangt.« Dann hat sie mit dem Handrücken ihre Tränen weggewischt. »Ich war einfach nur egoistisch.«

»Dann bist du mir nicht mehr böse?«

»Kein bisschen«, hat sie gesagt, mir die Hand gereicht und mich umarmt. »Ich brauche jetzt ein bisschen Zeit für mich . . .«, hat sie mit rauer Stimme in mein Ohr geflüstert.

Und dann ist sie gegangen, hat sich aber noch einmal umgedreht. »Ich brauche jetzt ein bisschen Zeit für mich . . .«, dabei hat sie versucht zu lächeln, aber es sah aus, als müsste sie gelähmte Mundwinkel hochziehen.

Mila.

Manchmal ist das Zusammensein mit Mila doch so, als ob ich einen Film anschauen würde. Ich sehe, was sie tut, aber ich weiß nicht, was in ihr vorgeht. Was hat so ein Lächeln zu bedeuten? Heißt es, sie verzeiht mir nicht wirklich oder bedeutet es nur: Es fällt mir schwer, aber ich verzeih dir. Oder sind sogar beide Interpretationen falsch?

Wenn ich mir ihr zierliches Gesicht vor Augen rufe, mich daran erinnere, wie wir das erste Mal zusammen gelacht haben, dann möchte ich alles, was passiert ist, rückgängig machen, möchte nichts wissen von Landgraf, sondern einfach nur ihre Freundin sein. Möchte ihr helfen, sie beschützen, aber ohne jemanden reinzulegen. Oder ist es genau das, was Freundschaft ausmacht? Für einen anderen etwas tun, ohne es zu hinterfragen? Dann hätte ich versagt, jämmerlich versagt.

Nein!, rufe ich mich selbst zur Ordnung. Hör auf mit diesem Unsinn! Du hast nicht versagt, du hast es versucht, bist sogar in diese Höhle gegangen.

Und wieder lande ich bei der Frage, woher sie das wusste. Diese Höhle.

Ich wollte so gern mit einer Freundin zusammen sein und über meinen Schatten springen – stattdessen bin ich inmitten irgendwelcher Schatten gelandet, Schatten, von denen ich nicht mal wusste, dass sie existieren.

Mila.

Zeit, endlich aufzuräumen. Ich hole Küchenkrepp, um den Staub wegzuputzen. Aber dann tu ich's doch nicht. Es ist, als ob ich sie damit aus meinem Leben wischen würde.

20. Mila

Drei Tage lang habe ich nachgedacht. Konnte nicht schlafen und habe mir immer wieder »Drei Tage wach« angehört. Sogar Mama, die nie irgendwas merkt, war auf einmal beunruhigt. Ich musste ihr meinen Arm zeigen, aber natürlich waren da keine frischen Narben. Ich bin klüger geworden, seit ich in der Isar gemerkt habe, dass es auch an den Fußsohlen geht. Da hat man länger was davon und kann behaupten, man wäre beim Baden in eine Scherbe getreten.

Schließlich habe ich dann so getan, als würde ich schlafen, nur damit sie Papa nichts von meinem komischen Verhalten erzählt, wenn er zurück ist.

Immer wieder habe ich mir die Fotos angeschaut und mich gefragt, was da wirklich abgeht zwischen Ally und Landgraf. Er wirkt auf den Bildern so liebevoll, als wäre er ihr Vater. Ich konnte an nichts anderes denken als daran, wie die beiden mich reingelegt haben.

Schließlich habe ich es nicht mehr ausgehalten und bin, statt in die Schule zu gehen, nach München gefahren und habe Ally beobachtet. Sie hat geschwänzt, genau wie ich, und hat an ihrer Werkbank rumgearbeitet wie eine Verrückte. Besonders traurig ist sie mir nicht vorgekommen. Offensichtlich hat ihr die Freundschaft mit mir eben doch nicht so viel bedeutet, wie ich gedacht habe. Ally liebt nur ihren Schmuck.

Und gerade als ich vor Langeweile beinahe schon eingeschlafen wäre, ist Landgraf doch tatsächlich bei ihr aufgekreuzt. Zuerst wirkte sie nicht sonderlich erfreut, aber das ist wahrscheinlich nur so ein Trick, den Frauen anwenden, um

Typen anzuheizen. Doch nachdem er auf der Werkbank entdeckt hat, was sie ausgebrütet hat, waren die beiden plötzlich ein Herz und eine Seele. Waren wie in einer anderen Welt, zu der niemand sonst Zutritt hat. Er hat nicht nur mein Leben zerstört, sondern jetzt hat er mir auch noch meine Freundin weggenommen – und dafür gesorgt, dass nicht einmal sie mir mehr glaubt.

Verdammt, die beiden sehen so glücklich aus, unfassbar! Als hätten sie ein eigenes Universum mit einer Sonne, die nur für sie scheint. Und ich stehe hier draußen und existiere für die zwei gar nicht.

Wie schafft es dieser Dreckskerl überhaupt noch zu lachen, bei dem Lügengespinst, in dem er lebt? Jedes Wort aus seinem Mund ist eine Lüge und Ally hängt mit roten Wangen und freudestrahlend an seinen Lippen, als wäre er der Verkünder des Evangeliums.

Das ist zu viel!

So kurz vorm Ziel zu scheitern, macht mich rasend – wenn ich eine Handgranate hätte oder auch nur einen dicken Stein, ich würde ihn durch das Fenster werfen. Stattdessen fühle ich mich wie ein vor Angst gelähmter Matador, der gleich von einem wütenden Stier aufgespießt werden wird. In meinen Ohren rauscht es, als ob ein blutgieriges Publikum in der Arena schon Olé, olé, olé schreien würde. Und ich wünschte, ich hätte bunt geschmückte Speere, die ich todbringend durchs Fenster stoßen könnte.

Ein Gefühl der Hilflosigkeit macht sich in mir breit, gepaart mit der Gewissheit, doppelt verraten worden zu sein. Ich kann nicht glauben, dass dieses Ungeheuer ungestraft davonkommt.

Einmal mehr.

Nachdem es mir nicht gelungen ist, ihn irgendwie dranzukriegen, muss er weg – ein für alle Mal weg. Natürlich muss es wie ein Unfall aussehen und deshalb darf er nicht allein dabei sein. Und ich glaube, ich habe eine geradezu geniale Idee, wer mit ihm zusammen in der Höhle verunglücken könnte.

Ja doch, das scheint mir eine gerechte Strafe für Ally zu sein. Denn so wird sie erleben, wie es ist, wenn man jemanden verliert, den man liebt.

21. Ally

So ein Abendessen mit Jury, Mams und Paps ist anstrengender als alles, was ich kenne. Nicht nur, dass man in einem stinkvornehmen Schuppen Zeug essen muss, das von Oberkellnern mit einem Gehabe serviert wird, als speiste man im britischen Königshaus, nein, auch die Gespräche machen mich fertig. Erst ging es um Mamas Fälle – sie ist spezialisiert darauf, reichen Schnöseln aus der Klemme zu helfen: Kunstfehlerprozesse, Baumängel, Versicherungsleistungen, die ganze Palette. Und nachdem wir uns alle eine Stunde lang angehört haben, wie Mama ihre Klienten vor den unverschämten Ansprüchen armer Opfer gerettet hat, haben sie zu dritt auf mich eingeredet, meine Werkstattwohnung aufzugeben und zu Jury nach Schwabing zu ziehen. Das wäre besser für mich.

Ich verstehe sie nicht. Wieso sind sie nicht froh, dass ich auf eigenen Füßen stehen will? Sie haben die ganze Zeit nur von der Gefahr geredet, der ich mich aussetze, und immer wieder von dem Spanner, den Jury neulich gesehen haben will. Dass Mila ihn auch entdeckt und verscheucht hat, habe ich lieber für mich behalten, um die hitzige Diskussion nicht noch weiter anzuheizen.

Paps wollte mich dann nach Hause bringen, aber die beiden wohnen am anderen Ende der Stadt und Mams war so müde, dass sie andauernd gähnen musste, also hab ich darauf bestanden, mit der U-Bahn zu fahren. Jury hatte zum Glück noch etwas vor. Er hat total geheimnisvoll getan, von wegen er hätte eine ganz besondere Verabredung und so. Wäre ja spitze, wenn er endlich eine Freundin finden würde, die seinen Ansprüchen genügt, dann hätte er weniger Zeit, sich in mein Leben einzumischen. Zum Glück redet meine Familie so viel auf mich ein, dass ich nie in Versuchung gerate, ihnen etwas wirklich Wichtiges aus meinem Leben zu erzählen – ich würde es hinterher doch nur bereuen.

Nach all dem Gerede von Spannern, die mir auflauern, kommt mir der Weg von der U-Bahn zu meiner Wohnung heute doppelt so lang vor wie sonst. Außerdem ertappe ich mich dabei, dass ich mich ständig umschaue. Dabei ist kaum jemand um diese Uhrzeit unterwegs, nicht mal jetzt, wo es um elf Uhr noch fünfundzwanzig Grad hat. Es ist eine sternenklare Nacht, ich kann heute sogar den großen Wagen und die Kassiopeia erkennen, obwohl München so hell in den dunklen Himmel strahlt.

Ich seufze unwillkürlich. Komisch. Irgendetwas muss mit mir passiert sein. Früher fand ich es großartig, allein in meinen vier Wänden zu sein, aber jetzt gerade wünschte ich mir, dass dort jemand auf mich warten würde. Jemand, mit dem ich über meine Eltern oder Jury ablästern könnte, jemand, der mit mir noch runter an die Isar gehen würde. Da traue ich mich um diese Uhrzeit dann alleine doch nicht mehr hin. Und wenn ich ganz ehrlich bin, dann weiß ich auch, wer dieser jemand sein soll. Merkwürdigerweise ist es nicht Ferdi, sondern Mila.

Hundert Mal habe ich bei ihr angerufen, aber sie nimmt nicht ab und ruft auch nicht zurück. Sie hat mir also doch nicht verziehen. Und je länger ich darüber nachdenke, desto besser verstehe ich sie. Obwohl ich sicher bin, dass sie mich nicht belogen hat, schaffe ich es einfach nicht, mir den Landgraf als Vergewaltiger vorzustellen. Das alles macht mich dermaßen unglücklich, weil ich überhaupt keine Ahnung habe, wie ich aus dieser Zwickmühle je wieder rauskommen kann.

Als ich das Hoftor aufsperre, scheint es mir so, als wäre jemand hinter mir, aber als ich mich umdrehe, ist da niemand.

Aufatmend betrete ich meine Wohnung, schleudere noch im Stehen die Schuhe von mir und ziehe mich aus, um eine kühle Dusche zu nehmen.

Als ich in die Duschkabine steige, muss ich wieder an Mila denken und daran, wie sie hier geduscht hat und ich ihre Narben gesehen habe. Während ich mich mit einem nach Honig und Melone duftenden Gel einschäume, sehe ich Mila vor mir, wie sie mit nassen Haaren aus der Dusche steigt und mich anlächelt wie eine traurige Fee. Und dann erinnere ich mich deutlich daran, wie sie neben mir im Bett gelegen hat, ihr lockiges Haar ausgebreitet über ihrem Narbenarm. Und wie jedes Mal, wenn ich an sie denke, spüre ich dieses Ziehen im Bauch. Bin ich in sie verliebt? Heißt das, ich stehe auf Mädchen? Aber meine Gefühle sind ganz anders als die für Ferdi. Ferdi wollte ich nie beschützen, Mila aber schon. Als ich die Duschkabinentür zur Seite schiebe, kommt es mir so vor, als würde ich aus den Augenwinkeln heraus etwas Helles an meinem Fenster weghuschen sehen.

Einbildung. Das kommt von diesen sinnlosen Gesprächen mit meiner Familie!

Trotzdem klopft mein Herz deutlich schneller. So nass und nackt fühlt sich selbst etwas Eingebildetes ziemlich schrecklich an. Ich halte das Handtuch so, dass es mich komplett umhüllt, und schiele unauffällig zum Fenster. Jetzt ist das Helle wieder zurückgekommen. Das Helle ist ein Schal, der Rest verschmilzt mit der Dunkelheit.

Mein erster Impuls ist es, laut schreiend rauszulaufen, aber erstens bin ich nackt und zweitens wäre das sehr dumm. Der Kerl wäre gewarnt, würde abhauen und morgen Abend vielleicht wieder dastehen oder gleich über mich herfallen.

Polizei – ich muss die Polizei rufen! Langsam gehe ich zum Telefon, damit der Typ keinen Verdacht schöpft, und rufe die 110. Als jemand rangeht, muss ich mich ein paarmal räuspern, dann flüstere ich in den Hörer, dass hier ein Kerl ist, der mich durchs Fenster anstarrt und ich große Angst habe, er könnte irgendwie in meine Wohnung kommen.

Ich bin verdammt froh, als die freundliche Stimme am Telefon mich beruhigt und verspricht, dass sofort eine Streife vorbeikommen und nachschauen wird. Ich erkläre, dass es eine Hinterhof-Erdgeschosswohnung ist, die Frau bedankt sich und versichert mir, die Kollegen würden das schon schaffen.

Dann verschwinde ich hinter meinem Perlenvorhang, ziehe mich hastig an und flechte meine Haare, was reichlich schwierig ist, wenn einem die Hände zittern, aber ich muss mich beruhigen. Ich warte die ganze Zeit, dass ich endlich eine Sirene höre, aber es bleibt verdammt still.

Wie lange brauchen die Polizisten denn? Ich wohne doch mitten in der Stadt und nicht auf einer Alm!

Ungeduldig drehe ich mich um und schaue zum Fenster – Mist, jetzt ist das Helle weg! Wenn er nur nicht verschwindet, bevor die Polizei da ist . . .

In derselben Sekunde wird so laut an meine Tür gehämmert, dass ich erschrecke und die letzten Haarsträhnen fallen lasse.

»Polizei!«, sagt eine dunkle Stimme und für eine Sekunde stelle ich mir vor, dass das ein Trick ist, mit dem sich der Spanner Einlass verschaffen will.

Ich mache die Tür zögernd einen Spalt auf und sehe zwei Polizisten, die mir ihre Ausweise zeigen. Sie tragen Uniform, die bei dem einen stark über dem dicken Bauch spannt. Dann fällt mein Blick auf den Typen, der zwischen ihnen steht – es ist tatsächlich derselbe, den Mila neulich verjagt hat. Nur hat er diesmal eine dicke Halskrause um – das war also das Helle, das ich gesehen habe! Außerdem trägt er den linken Arm in einer Schlinge und hat ein Gipsbein und eine Krücke.

Und vor dem hatte ich solche Angst . . .!

Die Polizisten fragen mich, ob das der Typ ist, den ich gesehen habe, ob er mir schon öfter aufgefallen oder vielleicht in die Wohnung gefolgt ist und ob ich Anzeige erstatten möchte.

Ich bin vollkommen überfordert, denke sogar flüchtig daran, Jury anzurufen, aber diese Möglichkeit verwerfe ich sofort. Das wäre nur Wasser auf seine Mühlen.

Der Typ starrt mich flehentlich aus großen Augen an und behauptet, er hätte nur mit mir reden und mich warnen wollen. Die Polizisten werfen sich einen Blick zu.

»Freundchen«, fängt der Dickbäuchige an, »wir haben ja schon viele Ausreden von Spannern gehört, aber die ist echt mal was anderes. Wollten Sie die junge Frau hier vielleicht vor sich selbst warnen?«

Der schlanke Polizist grinst, unterdrückt es aber sofort wieder. »Würden Sie sich bitte ausweisen?«, sagt er dann.

Aber der Typ hat keinen Ausweis dabei, behauptet, den hätte er im Wald verloren, was den beiden Polizisten ein ärgerliches »Ja klar, den ham' mer also im Wald verloren . . .« entlockt und dann beschließen sie, ihn auf die Wache mitzunehmen, um seine Personalien festzustellen. Sie schreiben auch meine auf und schlagen vor, dass ich morgen aufs Revier komme, um Anzeige zu erstatten.

Sie führen ihn zum Tor, das ich ihnen aufschließen muss. »Vorhin sind wir drübergeklettert«, erklärt der Schlanke. »Bei Gefahr im Verzug machen wir das manchmal.«

Und jetzt wird mir auch klar, warum ich keine Sirene gehört

habe – weil die beiden natürlich wussten, dass sie den Spanner sonst verscheuchen würden.

»Danke, dass Sie so schnell gekommen sind.« Ich schließe das Tor hinter ihnen. Doch plötzlich bleibt der Typ stehen und dreht sich zu mir um.

»Du brauchst keine Anzeige zu erstatten«, sagt er. »Ich bin kein Spanner und würde einer Frau niemals etwas antun. Ich wollte dich nur warnen, vor Mila.«

»Schon gut, Freundchen, schon gut. Wir nehmen Sie jetzt mit und dann sehen wir weiter.« Einer der Polizisten dreht sich zu mir um. »Ist mit Ihnen alles in Ordnung? Können Sie jemanden anrufen, der heute Nacht noch zu Ihnen kommt?«

Ich nicke, aber natürlich werde ich niemanden anrufen, denn ich muss nachdenken.

Warnen wollte er mich ...

Ich werfe den dreien einen Blick hinterher, wie sie den Gehsteig entlang zum Streifenwagen laufen. Dabei dreht sich der Typ noch einmal nach mir um.

Neulich hatte er noch keinen Gips.

Warnen vor Mila.

Verdammt, was geht hier eigentlich vor?

22. Mila

Ich habe mir das gut überlegt. Alle Alternativen durchdacht. Selbst wenn ich die Fotos heimlich ins Netz stelle, wird Ally sie sofort dementieren und erklären, was man auf ihnen wirklich sieht. Und vielleicht kriege ich dann sogar noch eine Klage wegen Verletzung des Persönlichkeitsrechts oder so was Ähnliches an den Hals, schließlich ist Allys Mutter eine Staranwältin. Und das würde Mama dann total fertigmachen.

Nein, ich denke, ein Unglück oder Unfall ist eine geniale Sache – eigentlich verrückt, dass ich da nicht schon früher draufgekommen bin. Das ist wesentlich besser, als nur seinen Ruf zu ruinieren, denn so ist er aus dem Weg geräumt und kann wirklich niemandem mehr wehtun.

Und weil Ally mich verraten und nur dazu benutzt hat, Landgraf näherzukommen, muss sie auch einen Preis bezahlen. Und dieser Preis wohnt hier in diesem Palast.

Nur mühsam kann ich meine Verachtung unterdrücken, als ich in Schwabing an der Tür ihres Bruders klingle. Alles ist so perfekt bei Allys Familie . . .

Er macht sofort die Tür auf, stutzt kurz, doch dann lächelt er mich an, als wäre ich ein Sechser im Lotto.

»Wow!« Sein bewundernder Blick gleitet über meinen Körper und die eben noch hell lodernde Flamme meines Zorns wird für einen Moment von diesem sanften Schleier aus Freundlichkeit und Begeisterung umhüllt, ja fast schon zum Verlöschen gebracht.

Was für eine Wirkung Allys blöder Bruder haben kann! Wie auch seine Schwester ist er sehr groß und breitschultrig, hat klare Gesichtszüge und eine makellose Haut. Allerdings hat er, anders als sie, ein kleines Grübchen im Kinn. Und seine Augen sind riesig und himmelblau, wie die eines Babys, was einen tollen Kontrast zu seinen dunklen, sehr kurz geschnittenen Haaren ergibt.

Die letzten Male hab ich ihn nie genauer angeschaut, weil er da nur ein lästiger Störenfried war, aber jetzt hier, wo dieser gut aussehende Hüne mir so viel Aufmerksamkeit schenkt, kann ich nicht anders, als ihn zur Kenntnis zu nehmen. Nicht, dass das irgendwas an meinen Plänen ändern wird. Er findet mich sexy, hat Ally behauptet, dann hoffen wir mal, dass sie die Wahrheit gesagt hat. Glücklicherweise hat sie mir auch erzählt, dass er die Mädels satthat, die ihn anhimmeln. Also versau's nicht, Mila.

Keiner von uns sagt etwas. Nur Jurys Wow schwebt immer noch in der Luft. Er macht die Tür weiter auf und deutet mit der Hand eine Einladung an. »Du bist Mila, wenn ich mich richtig erinnere?«

Wir betreten einen weiten Flur, der in einem Raum endet, in den Allys Wohnung dreimal reinpassen würde. Dort stehen drei schwarze Ledersofas, überall liegen Zeitungen und Bücher herum, eine Wand ist grau gestrichen, eine rot, der Rest weiß. Bilder gibt es keine, auch keine Vorhänge, sodass man durch die Fensterfront direkt in den Englischen Garten schauen kann. Jetzt bin ich kurz davor, wow zu sagen.

Plötzlich bleibt er stehen und schaut mich entsetzt an. »Ist irgendwas mit Scarface, äh . . . mit Face? Sie war gestern Abend so komisch.«

Wunderbar, Jury macht sich gleich Sorgen um seine Schwester, das hätte ich nicht besser planen können.

»Sag schon, Mila, was ist los?«

Jetzt nur keinen Fehler machen. »Das ist nicht so einfach

zu erklären, aber ich glaube, Ally könnte deine Hilfe brauchen.«

»Um Gottes willen, jetzt mach es nicht so spannend, was ist denn passiert?«

»Können wir uns setzen?«

»Klar, entschuldige, willst du etwas trinken?«

Als ich nicke, verschwindet er in einem Nebenraum und kommt mit Cola, Wasser und Saft zurück. Das alles stellt er auf den silbernen niedrigen Tabletttisch vor den Sofas und holt aus einem hochglanzpolierten roten Sideboard Gläser.

»Cola bitte«, sage ich und ziehe die Fotos aus meiner Tasche. Das wird ihn mächtig aufregen, diesen Beschützer.

Beschützer. So einen hätte ich auch immer gern gehabt...

Doch plötzlich wird mir klar, dass er mich fragen wird, warum oder woher ich diese Fotos habe, und mir rutscht das Herz in die Hose. Natürlich wird er sich darüber aufregen, aber so, wie ich Jury einschätze, mehr über mich als über die Fotos. Er wird mich anschreien und mich als Miststück beschimpfen, weil ich seiner Schwester nicht geholfen habe. Er hätte niemals seelenruhig zugeschaut und Fotos gemacht, sondern wäre zu Ally hingestürmt und hätte Landgraf fertiggemacht.

Verdammt, daran habe ich gar nicht gedacht.

Toller Plan, Mila!

Das geht auf gar keinen Fall. Ich versuche, die Bilder so unauffällig wie möglich wieder einzustecken, und trinke einen großen Schluck von der Cola.

»Also?«

»Ich habe Ally versprochen, niemandem davon zu erzählen.«

Er grinst mich schief an. »Aber genau das wirst du jetzt tun. Das wird ihr nicht gefallen und an deiner Stelle würde ich mir das gut überlegen. So wie ich meine Schwester kenne, ist es sehr wahrscheinlich, dass du danach nicht mehr ihre Freundin sein wirst. Vertrauen ist ihr absolut wichtig und sie kennt da keine Grautöne. Es gibt für sie nur richtig und falsch. Sie hätte Jura studieren sollen.«

Was für ein Glück, dass er sich so gerne reden hört, so habe ich Zeit, um nachzudenken. »Das mag sein, aber manchmal ist es besser, man opfert sich auf dem Altar der Freundschaft und hilft. Anstatt bloß zuzuschauen, wie jemand vor die Hunde geht.«

Er zieht eine seiner Augenbrauen hoch und pfeift durch die Zähne. »Opfern auf dem Altar der Freundschaft, schreibst du für ›Den Wachturm‹? Was ist denn das für ein Gesülze? Oder bist du auch wieder nur so eine, die sich über meine Schwester an mich ranmachen will?«

Okay, ich hab zu dick aufgetragen. »Nein, danke, du bist nicht mein Typ und ich habe bereits einen Freund.« Ich stehe auf. »Dann eben nicht. Ally hatte doch recht, du bist ein arroganter, eingebildeter Widerling.«

Jetzt lacht er laut. »Das klingt wesentlich authentischer als das Gerede von wegen Altar und opfern. Also, jetzt hör auf mit dem Theater und spuck's aus.«

Ich überlege, wie weit ich gehen soll, dann setze ich mich wieder hin. »Ich tue das für Ally«, sage ich und versuche, den richtigen Tonfall zu finden. »Also, Ally war mit diesem Typen beim Höhlenklettern . . .«

»Aber nicht mit dem Landgraf, oder?«

»Doch, mit genau dem.«

Unfassbar, wie sich sein Gesicht verändert – es nimmt einen geradezu drohenden Ausdruck an. Er haut mit der Faust auf ein Sofakissen. Warum reagiert er auf den Namen gleich so sauer? Das läuft ja viel besser, als ich gedacht hatte.

»Ich glaube, dieser Typ hat, also ich weiß nicht, wie ich das sagen soll . . .«

Er presst seine Lippen fest aufeinander und die Pupillen in seinen Babyaugen verkleinern sich zu Stecknadelköpfen.

»Wie du *was* sagen sollst?«

»Ich weiß nicht genau, was passiert ist, aber ich glaube, er hat Ally . . . ähh . . . belästigt.« Gute Wortwahl.

»Verdammt, ich habe ihr gesagt, sie soll wegbleiben von dem kranken Typen!«

»Wieso krank?«

Er springt auf und geht im Wohnzimmer hin und her. »Ich hab sie geradezu angefleht, mit dem Kerl auf keinen Fall in eine Höhle zu steigen.«

Ich brauche mich nicht mal anzustrengen, um verwirrt auszusehen.

»Als Ally mir von ihrem Plan erzählt hat, habe ich mich an einen merkwürdigen Zeitungsartikel über ihn erinnert, aber das ist jetzt total egal.«

Ach der, jetzt verstehe ich. Und wie ich diesen Artikel kenne! Carolinas Name stand zwar nicht drin, aber ich wusste trotzdem, dass es dabei um sie ging. Danach war mir klar, dass ich ihn stoppen musste.

»Wie geht es Ally? War sie bei einem Arzt? Wir werden das Schwein anzeigen. Ich muss sie sofort anrufen.« Seine Stimme überschlägt sich fast. Er holt sein Handy aus der Hosentasche und tippt Allys Kurzwahlnummer ein.

»Wenn du jetzt mit ihr sprichst, machst du alles nur noch schlimmer.« Ich versuche, nicht so panisch zu klingen, wie ich bin. »Sie wird sich von mir verraten fühlen und komplett dichtmachen. Und wenn du dann auch noch mit dieser *Ich-hab's-dir-ja-gleich-gesagt-Nummer* kommst, wird sie ganz bestimmt auflegen und das war's dann.«

Er wirft sein Handy auf den Tisch und reibt seine Nase.

»Verdammt, ja, genau so tickt Face. Du kennst sie wirklich gut.«

»Körperlich ist sie so weit okay, aber Ally will nicht darüber reden. Ich glaube, sie denkt, sie wäre irgendwie selbst schuld daran.«

»Typisch Ally.« Plötzlich konzentriert er wieder den Blick auf mich. »Wenn sie nicht redet, woher weißt du dann überhaupt, dass er ihr was getan hat?«

»Ich habe ihre komischen blauen Flecken gesehen.«

Allys Bruder wird bleich, lehnt sich zurück und schließt die Augen, als wollte er dieses Bild sofort verscheuchen. »Das ist alles meine Schuld«, flüstert er vor sich hin, ballt eine Hand zur Faust und schlägt damit auf die andere Handfläche. »Ich habe mich lustig gemacht über ihre Angst vor engen Räumen und sie damit dem Typen geradezu in die Arme getrieben. Und dass sie überhaupt solche Angst hat, ist auch meine Schuld.«

Es könnte nicht besser laufen. Er fühlt sich schuldig! Perfekt. Das lasse ich für einen langen Augenblick so im Raum stehen und setze dann noch eins drauf.

»Ich habe mit angeschaut, wie sie stundenlang unter der kochenden Dusche geblieben ist, so als wollte sie etwas abwaschen.« Das kommt glaubhaft über meine Lippen, denn das habe ich auch schon versucht.

»Alles abgewaschen. Verdammt! Dann gibt es keine Beweise.« Er rutscht wieder nach vorne auf die Sofakante. »Und warum bist du eigentlich hier?«

Er ist unglaublich schlau, ich muss wirklich aufpassen, dass er mir nicht auf die Schliche kommt.

»Ich bin zu dir gekommen, weil ich das nicht mit ansehen konnte, und als sie sich geweigert hat, darüber zu reden, habe ich einen Plan entwickelt. Aber dazu brauche ich deine Hilfe.«

Seine Augen strahlen begeistert. Er gießt mir frische Cola ein und will sofort alle Details wissen. Und es dauert nicht lange, da ist er geradezu begeistert von meinem Vorhaben.

Und ich bin begeistert, dass er so begeistert ist.

23. Ally

Ich konnte bis in die frühen Morgenstunden nicht einschlafen, habe den Wecker ausgeschaltet und bin dann erst gegen Mittag schweißgebadet aufgewacht. Der Typ ist durch meine Gedanken geschwirrt wie eine elende Stechmücke, immer und immer wieder hat er mir ins Ohr gesurrt: Warnung: Mila, Achtung: Mila, Gefährlich: Mila.

Und ich habe mich gefragt, was er wirklich wollte, denn warum sollte ein normaler Spanner so etwas zu mir sagen? Andererseits: Wieso hat er nicht einfach mit mir geredet, sondern durchs Fenster geglotzt? Das ist doch auch nicht ganz koscher.

Irgendetwas an der ganzen Geschichte macht mich stutzig. Woher hatte der Typ plötzlich diese Verletzungen? Und dann habe ich versucht, mich zu erinnern, wie das genau war, als Mila ihn weggejagt hat – wie sie an ihm gezerrt und ihn geschubst hat und er hat sich nicht mal gewehrt. Woran ich mich auch gut erinnern kann, ist, wie er dann noch mal stehen geblieben ist und mich angeschaut hat.

Ich muss unbedingt mit ihm reden und danach erst werde ich entscheiden, ob ich ihn anzeige. Aber wie erkläre ich das den Polizisten? Ob die ihn eingesperrt haben? Jury wüsste so etwas bestimmt. Vielleicht sollte ich ihn anrufen, ihm die ganze Geschichte erzählen und hören, was er über den Typen denkt – und über Mila.

Mila.

Die ganze Nacht lang habe ich gegrübelt. Weshalb ist sie bei der richtigen Höhle gewesen? Warum will mich ein Wildfremder vor ihr warnen? Je länger ich über sie nachgedacht habe, umso klarer wurde mir, dass ich sie nicht wirklich gut kenne. Ich bin bisher kein einziges Mal bei ihr zu Hause gewesen. Was weiß ich denn schon über sie?

Als die ersten Vögel begonnen haben zu zwitschern, war ich dann so weit, mich zu fragen, ob sie vielleicht gar nicht in Augsburg wohnt. Sie wollte nicht, dass ich sie dort besuche, angeblich, weil es bei mir ohne Eltern viel cooler ist. Natürlich habe ich das geglaubt.

Jetzt sitze ich da und starre auf mein Handy, das ich schon seit einer ganzen Weile in der Hand halte. Ich habe auch keine Festnetznummer von ihr – und wenn man jemanden auf dem Handy anruft, weiß man nie, wo derjenige gerade wirklich ist ...

Aber ich will so nicht von Mila denken, denn ich bin verdammt sicher, dass sie wirklich Schreckliches durchgemacht hat. Ich darf ihr solche Gedanken nicht antun, ich muss mit ihr reden.

Zum hundertsten Mal tippe ich ihre Nummer und zum hundertsten Mal geht der Anruf ins Leere. Oder ich rede doch mal mit Jury über Mila. Aber würde sie das gut finden? Ich glaube nicht, sie fand ihn ja total blöd.

Es klingelt!

Mila ruft zurück, endlich!

Aber es ist bloß Jury, der mich jetzt gleich zum Mittagessen in ein angesagtes Sushilokal einladen will. Wie ungewöhnlich, Jury überfällt mich sonst immer einfach in meiner Wohnung. Seit wann ruft er vorher an? Und seit wann lässt er sich von mir zu Currywurst mit Pommes überreden, und zwar vorne an der Isar am Kiosk?

Total merkwürdig! Offensichtlich hat er ein schlechtes Gewissen oder einen Anschlag auf mich vor, sonst hätte er sich nie auf diese Art von Junkfood eingelassen.

Gut, dann werde ich mit ihm reden. Er ist zwar eine Nervensäge, aber immerhin Jurist und er weiß bestimmt, was ich im Hinblick auf den Spanner unternehmen kann. Und vielleicht hat er ja auch eine Idee, wie wir den Landgraf drankriegen könnten, ohne diese Fotos zu verwenden. Allerdings müsste ich dann zugeben, dass ich gegen seinen ausdrücklichen Rat mit Landgraf in der Höhle war. Aber das würde ich Mila zuliebe riskieren.

Es ist sogar direkt an der Isar so heiß, dass mein Spitzen-T-Shirt an mir klebt wie eine angeschweißte Folie. Ich schwitze derart, dass sogar mir die fette Wurst *too much* ist, aber das würde ich Jury gegenüber nur über meine Leiche zugeben. Ich stopfe mir also begeistert Currywurst mit Pommes rotweiß in den Mund und überlege schon eine ganze Weile, wie ich anfangen könnte.

Auch Jury läuft der Schweiß in Strömen über das Gesicht, trotzdem isst er tapfer seine Currywurst, ohne ein Wort zu sagen. Ab und zu schaut er auf seine Uhr und dreht sich dann in alle Richtungen, als würde er noch auf jemanden warten.

»Was ist denn los?«, frage ich ihn schließlich, denn normalerweise textet er mich jede Sekunde, die wir uns sehen, voll.

»Ich bin sehr froh, dass du Mila zur Freundin hast«, murmelt er mit vollem Mund.

Beinahe hätte ich mich am letzten Stück Currywurst verschluckt. Das ist unheimlich, fast so, als könnte er Gedanken lesen.

»Mila?! Ich dachte, du findest sie merkwürdig. Und hast du nicht gesagt, mit der würde was nicht stimmen?«

»Ich hab meine Meinung geändert, da war ich ein bisschen voreilig.«

»Und darf man fragen, warum der heilige Jury plötzlich an seinem unfehlbaren Urteil zweifelt?«

Er wischt sich mit der Serviette über das Gesicht und wirft mit einem Ächzen die kleine Piksgabel auf die leere Schale. Dann schaut er sich wieder suchend um.

»Hab sie zufällig im Englischen Garten getroffen, als ich joggen war, und da kamen wir dann ins Quatschen.«

»Zufällig. Aha . . .« Das glaube ich nie im Leben!

Er weicht meinem Blick aus. Alles klar, er lügt, aber warum?

»Wieso wolltest du mich eigentlich so unbedingt sehen?«

»Schwesterchen, ich hatte Sehnsucht, das ist alles.«

»Sehnsucht, das glaubst du ja selbst nicht, oder? Aber es ist auch egal, denn ich wollte dich sowieso etwas fragen, aber es ist ein bisschen heikel.«

»Schieß los.« Jetzt schaut er mir wieder ins Gesicht, aber so, als würde er schreckliche Neuigkeiten erwarten.

Ich überlege, ob ich mit dem Spanner anfange oder mit Milas Geschichte, und weil ich feige bin und keine Lust auf seine Vorhaltungen habe, fange ich mit Mila an.

»Wenn ein Mann ein Mädchen missbraucht und man hat keine Beweise . . .«

»Um Gottes willen, Ally!« Jury klingt heiser, räuspert sich ein paarmal. »Ally, du musst mir nichts . . .«

»Es geht nicht um mich, sondern um eine Freundin.«

»Ah ja, eine Freundin, natürlich, klar.«

»Um genau zu sein um Mila.«

»Klar. Mila.«

»Warum wiederholst du alles, was ich sage?«

»Tue ich das?« Er klingt ehrlich überrascht, aber was mich total nervös macht, ist die Tatsache, dass er besorgt wirkt.

»Also, irgendwas stimmt nicht mit Mila. Ich glaube, sie hat Schreckliches durchgemacht, aber das rechtfertigt nicht, dass sie von mir verlangt . . .«

»Mila hat also Schreckliches durchgemacht?«

»Jetzt hör doch mal auf, wie ein Papagei mit mir zu reden. Also Mila . . .«

Er fällt mir ins Wort und legt mir die Hand auf den Arm. »Vielleicht sollten wir lieber über dich reden, anstatt über Mila.«

»Über mich gibt es aber nichts zu sagen.«

»Bist du dir da ganz sicher?« Er betrachtet mich so forschend und irgendwie besorgt, dass ich spüre, wie ich im Gesicht noch röter werde, als ich es wegen der Hitze sowieso schon bin. Ahnt er, dass ich doch in der Höhle war?

»Es ist okay, vollkommen okay, wenn du nicht mit mir darüber sprechen willst. Mila und ich haben uns schon überlegt, wie wir dir helfen können.«

Mila und er? Ich putze meine Hände an der billigen dünnen Serviette ab, noch gründlicher als sonst, um Zeit zum Nachdenken rauszuschinden.

»Willst du noch ein Eis?«

»Mila und du? Seit wann seid ihr so dicke Freunde?«

»Hey, hey, Schwesterchen, da läuft nichts, obwohl sie echt ziemlich attraktiv ist. Sie hat sich einfach Sorgen um dich gemacht und deshalb ist sie zu mir gekommen.«

Entgeistert starre ich ihn an und habe das Gefühl, im falschen Film zu sein. *»Sie* hat sich Sorgen um *mich* gemacht.« Irritiert schüttle ich den Kopf. »Ich wollte mit dir über sie reden. *Sie* hat Probleme. Gewaltige Probleme.«

Jury legt seinen Arm um mich. »Hey, hey, schsch, Face, ich verstehe das, du kannst es mal wieder nicht zugeben. Weil es passiert ist, obwohl ich dich gewarnt habe. Klar, wenn du auf mich gehört hättest, dann . . .« Er hört abrupt auf und beisst sich auf die Lippen. »Entschuldige, das hätte ich nicht sagen sollen. Es tut mir leid, so leid.« Und jetzt umarmt er mich so fest, dass sich unsere feuchten Kleider berühren. Ich stoße ihn weg.

»Was läuft hier eigentlich ab?«

»Gar nichts, Face, mach dir keine Sorgen. Wir kümmern uns um dich.« Er schaut hinter mich und sieht plötzlich unendlich erleichtert aus.

Arme umschlingen von hinten meine Taille und ich erkenne sofort diesen speziellen Duft von Mila. Und obwohl mich das gerade total überrascht hat, mag ich diesen Geruch – ich würde mich am liebsten umdrehen und sie in die Arme nehmen und bei ihr ist es mir auch egal, wie nass geschwitzt ihre Kleider sind.

»Danke, Jury, dass du das eingefädelt hast.« Sie lässt mich los und stellt sich zwischen Jury und mich.

Ich schaue zwischen den beiden hin und her. Was soll das denn jetzt?

»Ich hab mir solche Sorgen gemacht, als du dich nicht mehr gemeldet hast! Ich habe zigmal auf deine Mobilbox gesprochen, aber du hast mich nie zurückgerufen, da habe ich Jury um Hilfe gebeten.« Sie zwinkert ihm zu und denkt, ich sehe es nicht.

»Wenn so etwas passiert, dann ist es wichtig, dass man darüber spricht«, sagt sie und nickt dazu.

»Aber *ich* habe *dich* angerufen – *du* hast dich einfach nicht mehr gemeldet.«

Mila und Jury werfen sich einen Blick zu, als hätte ich genau das gesagt, was sie von mir erwartet haben. So als wäre ich eine Dreijährige, die trotz Schokospuren am Mund ihren Eltern weißmachen will, dass ihr böser Kuschelhase alle Schaumküsse aufgegessen hat. Und ganz genau wie eine Dreijährige würde ich am liebsten aufstampfen, mich auf den Boden werfen und heulen. Was zum Teufel geht hier vor?

»Jury, du wirst doch Mila nicht mehr glauben als mir, oder?«

Wieder dieser Scheißblick.

»Jury, dann frag Mila doch nach den Bildern, dann wird nämlich klar, was hier gespielt wird.«

Er zieht eine Augenbraue hoch und schaut Mila fragend an. Aha, das stand nicht in ihrem Drehbuch.

Sie zieht ihre Schultern hoch und macht eine wegwerfende Geste mit ihrer linken Hand. Als hätte ich davon gesprochen, von Aliens entführt worden zu sein.

»Jury, mir fehlt nichts, ich bin vollkommen in Ordnung. Ja, ich war in dieser schrecklichen Höhle mit Landgraf und ja, es war fürchterlich, aber . . .«

»Du musst nicht drüber reden, Face, ist schon gut.« Er sieht irgendwie erleichtert aus, als hätte ich eine Fleißaufgabe gut gelöst.

»Gut, dass du endlich anfängst, darüber zu reden!« Mila lächelt erst Jury zu, dann mir. »Das hilft.«

»Jury ich muss mit dir allein sprechen. Mila, verschwinde bitte, du hast dich ewig nicht gemeldet und jetzt bin ich froh darüber. Verschwinde.«

Jury legt den Arm um meine Schultern. »Hey, Mila meint es doch nur gut, sie hat sich solche Sorgen um dich gemacht. Nur deshalb hat sie mir alles erzählt.«

Jetzt reicht es mir. »Was alles?« Ich starre Mila an und fasse es nicht. Was hat sie Jury nur für Lügen aufgetischt?

»Alles also, ja? Hat sie dir dann auch von ihren Narben erzählt? *Die* sollten dir Sorgen machen, nicht ich. Na los, Mila, zeig sie ihm!« Noch während ich rede, schäme ich mich in Grund und Boden, jetzt habe ich alles kaputt gemacht, jetzt gibt es kein Zurück mehr – aber ich bin mir auch sicher, mit Mila stimmt etwas nicht. Herrgott, meine Gefühle für sie sind so widersprüchlich . . .

»Ally, beruhige dich. Mich interessieren Milas Narben nicht die Bohne, ich mache mir um *dich* Sorgen.«

»Du redest, als hätte man dich einer Gehirnwäsche unterzogen. Jury, hör mir zu: Mit mir ist alles in Ordnung. Es ist Mila, um die wir uns Gedanken machen sollten.«

»Ganz egal, was mit Mila ist, Ally, ich versichere dir, Landgraf wird die Strafe bekommen, die er verdient hat.«

Mila und er strahlen sich an wie Oskarpreisträger bei ihrer Dankesrede.

Ich würde gerne jemanden schlagen oder irgendwo dagegentreten und gleichzeitig fühle ich mich so hilflos. Verdammt, warum glaubt mir Jury denn nicht? Ist er so blind? Wie hat Mila es nur geschafft, dass er alles, was ich sage, uminterpretiert? Ich versuche es noch einmal klar und deutlich.

»Landgraf hat mir nichts getan, im Gegenteil!«

»Wie ich dir gesagt habe – das ist ganz typisch, dieses Leugnen, ein Opfer zu sein«, flüstert Mila Jury gerade so laut zu, dass ich es hören kann. Dann schaut sie mich an und verbeißt sich ein Lachen, als Jury beifällig zu ihren Worten nickt.

»Ich hasse dich, Jury, ich hasse dich! Du denkst, du weißt alles, weil du so schlau bist, dabei kapierst du nicht die Bohne! Nichts ist so, wie es scheint. Mila benutzt dich, so wie sie mich benutzen wollte.« Ich warte nicht auf seine Antwort, sondern renne davon wie von tausend Hunden gehetzt. Ich muss dringend mit dem Typen von gestern Abend reden.

Sofort.

24. Mila

Jury schaut seiner Schwester nachdenklich hinterher, dann wendet er sich wieder mir zu.

»Sie ist sehr verletzt«, sage ich und versuche zu erraten, was in ihm vorgeht.

Leichte Panik steigt in mir auf. Ganz ruhig bleiben. So wie Ally sich gerade benommen hat, kann er unmöglich wissen, was hier wirklich gespielt wird.

»Muss wohl so sein, denn eigentlich redet Ally nie Unsinn, aber das klang gerade fast so.« Er lächelt in sich hinein. »Ich meine, sie macht natürlich allen nur möglichen Blödsinn, aber sie lügt nicht und redet keinen Schwachsinn.«

»Nein, natürlich nicht. Aber das ist ja auch eine neue Situation.« Ich werfe ihm einen strafenden Blick zu. »Was sie erlebt hat, ist beileibe kein *Blödsinn,* sondern eine wirklich furchtbare Erfahrung. Und jeder reagiert anders darauf . . .«

Er beisst sich auf die Lippen. »Du hast recht, das war eine überflüssige Bemerkung von mir. Ich muss jetzt gleich zur Uni. Wollen wir noch mal alles durchgehen wegen Samstag?«

»Ich glaube, das Wichtigste ist, dass du dir Landgraf erst in der Höhle vorknöpfst, wenn ihr schon tief drin seid. Damit er den Braten nicht zu früh riecht und womöglich abhaut.«

»Als Jurist muss ich unseren Plan verurteilen, aber als Bruder finde ich, der Kerl hat eine Abreibung verdient, und hoffe, dass sein lückenloses Geständnis ihn dann vor den Richter bringen wird. Zum Glück bin ich kein Polizist.« Jetzt zwinkert er mir zu. »Vor Gericht sind mittels Gewalt erpresste Geständnisse durch Polizeibeamte unbrauchbar.«

Mir läuft eine Gänsehaut über den Rücken. Obwohl er so schlau ist, hat er keine Ahnung, was in der Höhle wirklich passieren wird. Ich glaube, das, was ich da fühle, nennt man Mitleid.

Aber Mitleid ist dumm. Mitleid ist verlogen, erhebt den, der es fühlt, über den, dem es gilt. Manche lügen sogar aus Mitleid und machen damit alles noch schlimmer. Da ist es doch viel ehrlicher, zornig zu sein oder verständnislos. Und Zorn habe ich genug in mir.

»Es ist mir fast ein bisschen peinlich, das zu sagen . . .« Jurys blaue Augen strahlen und nehmen so die Farbe eines goldenen Sonnenuntergangs an. »Aber was ich definitiv toll an dem Ganzen finde, ist, dass ich jetzt in eine Höhle komme, in der ich sonst niemals geklettert wäre. Woher hast du eigentlich davon gewusst?«

»Ally hat mir erzählt, dass Landgraf sie zu einer ›geheimen Höhle‹ gebracht hat. Also habe ich mich ein bisschen umgehört und mitgekriegt, dass er für viel Geld Leute mit in ›seine‹ Höhle nimmt.«

Jury verzieht angewidert seinen Mund. Dann mustert er mich eindringlich mit seinen Riesenaugen. »Mila, was meinst du, nachdem wir Ally gerächt haben, könnten wir dann mal zusammen ausgehen? Du bist so anders als alle Mädchen, die ich bisher getroffen habe.«

Ich kann nicht verhindern, dass sich mein Magen merkwürdig verhält, so als würde ich gerade eine steile Rutsche runterrasen. Lächerlich, sage ich mir, das ist einfach lächerlich! Niemand hat sich jemals wirklich für mich interessiert. Für meine Eltern war ich nur ein leidiger Unfall, den sie nicht gewollt haben. Viel zu früh, haben sie mir erklärt, sei »es« passiert, aber sie würden mich »trotzdem lieben«. Natürlich habe ich mich da angestrengt, die Beste in der Schule zu sein und sie nicht zu enttäuschen. Habe versucht, Papa zu amüsieren, damit er nicht so oft von zu Hause weg und Mama dann traurig ist. Habe gehofft, dass ich Geschwister kriegen würde oder ein Haustier, aber umsonst. Mama ist immer nur dann aufgeblüht wie eine ihrer englischen Teerosen, wenn Papa in ihrer Nähe war. Alles andere war für sie nur lästig: Elternabende, Sommerfeste, Theateraufführungen. Und sie hat immer mir die Schuld gegeben, wenn er wieder einmal nicht nach Hause kam. »Dein Vater ist eben ein unabhängiger Geist«, hat sie dann auf dem Sofa liegend zu mir gesagt. »Für ihn ist eine Familie und vor allem ein Kind ein Klotz am Bein, das ihn daran hindert, kreativ zu sein. Da braucht er eben diese Zeit für sich.«

Und wenn ihre Freundinnen wissen wollten, warum sie immer noch nicht verheiratet ist, dann hat sie seine Sprüche zitiert, aber so getan, als wäre es ihre eigene Meinung, zum Beispiel: Die Ehe wäre ja schon eine wunderbare Erfindung, aber das sei eine elektrische Zahnbürste ja auch. Nein, die Liebe sollte frei sein und bleiben.

Ich habe ihr diesen Schwachsinn abgenommen und versucht, sie über seine Abwesenheit hinwegzutrösten. Bis ich rausgefunden habe, was für ein verlogenes Spiel das war. Was für ein böses, menschenverachtendes Spiel.

Und als ich mich Carolina anvertraut habe, hat sie sich umgebracht. Als ich mich Tom anvertraut habe, hat er die Flucht ergriffen. Und als ich mich Ally anvertraut habe, hat sie mich verraten.

Da müsste ich schön blöd sein, auf das Getue von diesem reichen Schnösel reinzufallen.

Jurys blaue Himmelaugen fixieren mich immer noch. Er wartet auf meine Antwort.

»Ich weiß es nicht«, sage ich, obwohl es ehrlicherweise heißen müsste: »Nie im Leben«, denn ich weiß, dass es kein Danach für ihn geben wird.

Er sieht sehr enttäuscht aus.

Vielleicht, murrt da eine lästige Stimme in meinem Kopf, die mit dem unkontrollierten Gefühl im Bauch verwandt sein muss, vielleicht könntest du dich doch damit anfreunden, dass Jury überlebt. Aber dann wird es nicht nach einem Unfall aussehen. Und damit wäre mein schöner Plan ruiniert.

25. Ally

Den Ausflug zum Revier hätte ich mir wirklich sparen können. Die Polizisten von gestern Abend hatten keinen Dienst und die zwei Kolleginnen, die da waren, haben mir ziemlich gelangweilt mitgeteilt, dass man nur die Personalien überprüft und ihn dann mit einer Verwarnung wieder laufen gelassen hätte, weil er noch nie auffällig gewesen sei. Aber sie haben mir empfohlen, beim nächsten Mal Anzeige wegen Hausfriedensbruch zu erstatten. Beim nächsten Mal! Und sie wollten mir nicht mitteilen, wie der Typ heißt. Ganz egal, was ich ihnen vorgejammert habe. Vorschrift sei Vorschrift.

Dann werde ich eben alleine herausfinden, wer er ist und wo er wohnt. Immerhin scheint er Mila zu kennen – es kann unmöglich Zufall sein, dass er ihren Namen genannt hat.

Überhaupt Mila – ich habe keine Ahnung, was sie vorhat, welches Spiel sie hier spielt, und deshalb muss ich bei ihr ansetzen. Also fange ich an, alles über sie zusammenzutragen, was ich weiß. Erschrocken stelle ich fest, dass ich mich nicht mehr erinnere, wie sie mit Nachnamen heißt. Nur einmal ganz am Anfang, als sie das erste Piercing gekauft hat, haben wir darüber gesprochen. Aber dummerweise habe ich da viel länger über mich und meinen blöden Namen Scarlett Müllerhans lamentiert und ihren Namen nicht weiter beachtet. Es war ein normaler Name, aber nicht so gewöhnlich wie Huber oder Müller und Schulze und ich glaube, es war ein »ei« drin, aber das ist auch schon alles, was mir einfällt. Ich durchsuche unsere Mails, ob da irgendwo ein Hinweis existiert. Nichts. Und ohne ihren Nachnamen kann ich sie nicht mal im Internet googeln.

Ich schreibe alles, was ich über sie weiß, auf einen Zettel:

Vater und Mutter, aber keine Geschwister

Mutter psychisch labil, aber besorgt um ihre Tochter

Ich starre aus dem Fenster, während ich auf dem Bleistift herumkaue. Was weiß ich noch über Mila? Mir fällt ein, dass sie einmal nach Hause gehen musste, um ihrer Mutter bei einer Blumendeko zu helfen . . . Also notiere ich weiter:

Mutter – Blumenladen in Augsburg?

Während ich weiter mein Gehirn durchforste, klingelt es ganz zaghaft wie aus Versehen an meiner Tür – das kann nur Mams sein! Aber mitten am Tag? Als ich ihr aufmache, kommt sie quer über den Hof gerannt, auf ihren Stöckelschuhen und im engen schwarzen Businesskostüm. Es muss etwas passiert sein, denn sie legt großen Wert auf ein perfektes Outfit und vermeidet es gerade im Sommer, ins Schwitzen zu geraten.

»Gott sei Dank!« Sie presst mich schwer atmend an sich und streicht mir übers Haar.

Was soll das denn? Diese Art von Zärtlichkeit ist in unserer Familie sonst eigentlich tabu. Ich sträube mich ein bisschen, denn sie lässt mich gar nicht mehr los.

»Mama, was ist denn passiert?«

Sie tritt einen Schritt zurück, lässt aber ihre Hände auf meinen Schultern, und als ich ihr ins Gesicht schaue, sehe ich, dass ihr Augen-Make-up verwischt ist, ganz so, als hätte sie geweint.

Sie drückt mich wieder an sich. »Es hat mich jemand angerufen und behauptet, du würdest schwer verletzt in deiner Wohnung liegen, und wenn ich dich lebend sehen wollte, dann müsste ich jetzt sofort kommen.«

»Aber du hast doch eine Geheimnummer.«

»Der Anruf kam direkt in die Kanzlei. Es war ein Mann, der

behauptet hat, er wäre dein Lehrer und müsste dringend mit mir sprechen, deshalb hat die Sekretärin ihn durchgestellt. Mir hat er erklärt, er wäre gar nicht dein Lehrer, sondern ein Freund.« Mama schüttelt sich. »Ein Freund! Er hatte seine Stimme verstellt und dann hat er gesagt, wenn ich dich noch mal lebend sehen will, soll ich sofort nach dir schauen.

Ich war so aufgeregt, ein Wunder, dass ich auf dem Weg hierher keinen Unfall gebaut habe. Scarlett, mein Schatz, was ist hier los?«

Sie klingt so aufrichtig besorgt, dass meine Kehle wie zugeschnürt ist. Nicht wie sonst, wenn es nur darum geht, dass ich hier wegziehen soll, weil es ihr peinlich ist, dass ich – O-Ton Mams – in einer solchen Bruchbude in so einem miesen Viertel hause.

Ich möchte ihr gern erzählen, was passiert ist, aber alles ist so verworren, dass ich nicht weiß, wo ich anfangen soll. Mila, Jury, der Spanner, Landgraf – ich blicke ja gerade selber nicht mehr durch! Oh Mann, wie kann ich es nur schaffen, dass sie wirklich zuhört? Meine Zunge liegt wie Blei im Mund und ich finde keinen Anfang.

»Wie kommt jemand dazu, so etwas zu tun?«, flüstert Mama, noch bevor ich etwas sagen kann. »Macht ein Mensch das, um mich zu ärgern, oder steckt da eine geheime Botschaft dahinter? Wie auch immer, ich habe jedenfalls für solche Spielchen keine Zeit.«

Sie hat sich gefasst und klingt schon beinahe wieder wie die toughe Anwältin, die über eine effektive Strategie nachdenkt. Dann schaut sie mich kopfschüttelnd an, als hätte ich mir den Anruf ausgedacht, um sie zu ärgern.

Dieser Blick bringt mich wieder zurück – das ist meine Mutter, wie sie leibt und lebt. Und so komme ich ganz sicher nicht in Versuchung, ihr irgendwas zu erzählen. Sie würde sowieso nichts verstehen. Gar nichts!

Meine Mutter schaut auf ihre mit Diamantsplittern besetzte Armbanduhr – das ist die Art von Schmuck, die sie liebt – und seufzt. »Scarlett, ich bin ziemlich sicher, dieser Vorfall hängt mit deiner Wohnung hier zusammen und mit den Menschen, die du durch deine obskure Piercing-Homepage anlockst. Hattest du in der letzten Zeit vielleicht einen unzufriedenen oder merkwürdigen Kunden?« Sie zupft ihren Rock gerade, prüft den Sitz ihres Jacketts und nestelt an den Manschetten der schneeweißen Bluse herum. »Vielleicht sollten wir einen Privatdetektiv anheuern, der dich bewacht, was meinst du?«

»Oh ja, das fände ich toll! Vielleicht verpasst ihr mir auch noch elektronische Fußfesseln, dann könnt ihr immer sehen, wo ich bin.«

Sie schüttelt den Kopf, dann lächelt sie mich an. »Schätzchen, ich meine es doch nur gut. Wir machen uns unentwegt Sorgen, seit du hier wohnst. Und jetzt auch noch dieser Anruf.« Sie streicht die vorderen Spitzen ihres perfekt geschnittenen Bobs, die beim Kopfschütteln in Unordnung geraten sind, wieder hinter ihre Ohren.

»Mama, das war bestimmt bloß ein harmloser Spinner. Und hast du schon mal überlegt, ob das nicht einer deiner Klienten gewesen sein könnte?« Ich richte meine Augen auf Mama und füge ein spitzes »Oder besser gesagt eins deiner Opfer« hinzu.

»Scarlett, das ist ein äußerst unangemessenes Wort. Ich schätze es nicht, dass du so über meine Arbeit sprichst. In meinen Prozessen gibt es keine Opfer!«

»Jaja, schon klar! Aber Ärger gibt's doch dauernd, jedenfalls steht das in der Zeitung. Nicht jeder ist glücklich mit deiner Arbeit.«

»Das stimmt leider.« Sie zieht einen kleinen Handspiegel aus einem Fach ihrer großen Ledertasche und überprüft ihr Make-up. Leckt ihre Fingerspitzen an und fährt sich über die Augenbrauen, danach malt sie sich ihre Lippen in dezentem Rosa nach. »Du hast recht, ich sollte auch in diese Richtung denken, ich war ungerecht. Entschuldige bitte. In der Tat hat da neulich, nachdem wir den Kunstfehlerprozess gewonnen hatten, der Mann der verstorbenen Frau Drohungen gegen mich und den Arzt ausgestoßen.«

»Dann lass doch den überwachen!«

Ich möchte nur noch, dass sie geht. Und tatsächlich wendet sie sich zur Tür, dreht sich dann aber doch noch mal um und mustert mich eingehend. »Das werde ich auch. Mit dir ist ja alles in bester Ordnung, auch wenn du ein bisschen blass aussiehst. Und diese unsägliche Dirndlfrisur. Scarlett, mein Schatz, andere Frauen würden töten für dein herrliches Haar. Ich mach dir einen Termin bei Giovanni.«

»Nur über meine Leiche. Und wenn du mir einen Detektiv auf den Hals hetzt, dann flippe ich komplett aus, ist das klar?«

»Natürlich, mein Schatz. Also, ich muss dann wieder.«

Sie winkt mir zu und stöckelt gewohnt dynamisch zum Hoftor und steigt in ihr knallrotes Cabrio.

Mir ist, als wäre eine Horde Büffel über mich hinweggetrampelt. Diesen Effekt hat Mams schon auf mich, seit ich denken kann. Und ich weiß, dass es Jury auch so geht. Er hat einfach nur einen besseren Panzer als ich.

Ich bin sicher, dass es der verletzte Typ von gestern Abend war, der Mams angerufen hat. Er scheint wirklich zu glauben, dass ich in Gefahr schwebe. Woher stammen seine Verletzungen? Alles schwirrt durch meinen Kopf und gleichzeitig fühle ich mich so schwach, als hätte mir jemand das Mark aus den

Knochen gesaugt. Wenn jetzt noch ein kleines Kätzchen über den Hof tapsen würde, müsste ich sofort bitterlich heulen.

Aber zum Glück passiert das nicht, also räuspere ich mich ein paarmal und mache mich wieder daran, mehr über Mila herauszufinden. Leider ist sie nicht bei Facebook, was mir erst aufgefallen ist, nachdem Jury es neulich erwähnt hat. Sonst hätte ich einfach bei den Fotos ihrer Freunde nachschauen und so vielleicht diesen Typen finden können. Ich selbst bin ja auch kein aktiver Facebook-User, sondern habe dort bloß eine Homepage für meine Piercings, die Jury für mich angelegt hat. Er hat mich schon so oft dazu gedrängt, auch eine private Seite anzulegen, aber ich habe immer behauptet, ich fände es uncool, so viele Daten von mir preiszugeben. In Wirklichkeit wär's mir peinlich, öffentlich zugeben zu müssen, dass ich so wenig Freunde habe.

Ich schaue mir an, was ich aufgeschrieben habe, bevor Mams gekommen ist, und erstelle dann mithilfe des Internets eine Liste mit Blumenläden in Augsburg. Es sind unglaublich viele. Seufzend greife ich zum Telefon und beginne, einen nach dem anderen abzutelefonieren. Nach zwei Stunden bin ich bei *W* angelangt und je länger ich *Blumen Weigand* anschaue, desto sicherer bin ich mir, dass das der Name ist, den Mila erwähnt hat.

Ich überlege, was genau ich sagen soll, damit ich an den Typen rankomme – schließlich weiß ich ja noch nicht mal seinen Vornamen. Und selbst wenn es ein Freund oder Bekannter von Mila ist, heißt das noch lange nicht, dass auch Milas Mutter ihn kennt. Mams hat meine Freunde nie zu Gesicht bekommen und die Heerscharen von Jurys Freundinnen kennt sie auch nicht alle.

Egal, ich kann mir hier noch tagelang Horrorszenarien ausmalen, ich rufe jetzt an.

»Blumen Weigand, Guten Tag«, meldet sich eine freundliche, eher leise Stimme.

»Entschuldigung, ich bin auf der Suche nach Mila.«

»Die ist leider nicht da. Haben Sie es schon bei ihr auf dem Handy versucht?«

Endlich bin ich richtig, denke ich und versuche, mir meine Nervosität nicht anmerken zu lassen. »Ja, habe ich, aber dummerweise kommt immer eine Störungsansage, aber vielleicht können Sie mir auch helfen. Mila war mit einem Freund bei mir und der hat hier seinen Hausschlüssel liegen lassen. Ich würde ihm gern sagen, dass er sich keine Sorgen zu machen braucht, weil der Schlüssel hier ist. Aber ich weiß nicht, wie er heißt und wo er wohnt.«

Das Schweigen in der Leitung dauert ewig und nur das leise Atmen am anderen Ende verrät, dass Frau Weigand noch nicht aufgelegt hat. Hoffentlich merkt sie nicht, wie bescheuert diese Geschichte ist – warum sollte ich noch nicht mal den Namen dieses Typen kennen? Ich bekomme einen Schweißausbruch und bin froh, dass man mein knallrotes Lügengesicht durchs Telefon nicht sehen kann.

»Und wer sind Sie?«, fragt Frau Weigand dann endlich.

»Milas Freundin aus München.«

»Milas Freundin?« Ungläubiges Nachhaken.

»Ja, warum fragen Sie?«

»Das freut mich, Mila erzählt mir nicht so viel.«

»Dann kennen Sie gar keine Freunde von ihr?«

»Tut mir leid, nein. Der Einzige, an den ich mich erinnere, ist Tom. Tom Linder, aber von dem habe ich keine Nummer.«

»Das ist schon okay. Jetzt fällt's mir auch wieder ein«, lüge ich weiter. »Tom war sein Name. Also, vielen Dank und Auf Wiederhören.«

Ich lege schnell auf und mache mir keine große Hoffnungen, dass er der Typ sein könnte. Trotzdem gebe ich seinen Namen bei der Bildersuche auf Google ein. Na super, es gibt circa zweihundertvierzehntausend Ergebnisse. Okay, das sind zweihundertvierzehntausend Chancen. Doch selbst wenn ich weniger als eine Sekunde für ein Bild brauche, wird das eine lange Nacht.

Ich koche mir einen Kaffee und setze mich anschließend wieder vor den Rechner. Alles ist besser, als noch länger im Nebel herumzustochern. Während ich ein Foto nach dem anderen anschaue – Bilder von Vereinen, Politikerporträts, Spaßbilder und Firmenfotos –, überlege ich, was es noch für Möglichkeiten gäbe. Jury könnte bei der Polizei anrufen und einen auf Anwalt machen und vielleicht würde er ja so den Namen von dem Typen herausbekommen – aber die Option verwerfe ich erst einmal. Auf Jury bin ich gerade genauso schlecht zu sprechen wie auf Mila.

Ich klicke mich durch unzählige Fotos, ohne Erfolg. Dann beschließe ich, es mit den Seiten meiner Glückszahlen zu versuchen, aber Fehlanzeige. Schließlich gebe ich noch Zusatzbezeichnungen ein wie Augsburg, Schule, Sport – nichts.

Immer wieder schiele ich zum Fenster, diesmal in der Hoffnung, der Typ würde dort aufkreuzen, aber natürlich tut er das nicht. Trotzdem bilde ich mir ständig ein, es wäre jemand da.

Ich trinke einen Kaffee nach dem anderen, um wach zu bleiben. So gegen drei Uhr gestehe ich mir ein, dass das eine vollkommen schwachsinnige Idee war. So viele Bilder sind drei- und vierfach vorhanden und man fängt an, nur noch einen oberflächlichen Blick auf die Seiten zu werfen.

Ich stehe auf und vertrete mir die Beine. Draußen wird es allmählich hell, vereinzelt zwitschern schon ein paar Vögel.

Ich muss ausgiebig gähnen und mich strecken. Noch zehn Seiten, nehme ich mir vor, dann gebe ich auf.

Ich setze mich wieder hin, vielleicht hätte ich doch besser alle Linders in Augsburg durchtelefonieren sollen, anstatt zu prüfen, ob der . . .

Bingo!

Ich kann es kaum fassen – da vor mir, das ist der Typ. Er heißt also wirklich Tom Linder. Ungeduldig klicke ich auf das Bild, um es zu vergrößern. Wenige Sekunden später öffnet sich die Homepage der *Cave-Doctors*. Der Typ ist ein Höhlenkletterer, genauso wie Landgraf. Ob die sich wohl kennen? Ich klicke mich zum Impressum durch, wo die Adresse eines Pit Gruber in Augsburg und eine Telefonnummer angegeben sind, die ich am liebsten sofort gewählt hätte, aber es ist vier Uhr morgens, das kommt sicher nicht so gut.

Jetzt nachdem ich weiß, dass es wirklich Tom Linder ist, den ich unbedingt sprechen muss, suche ich alle Linders in Augsburg im Telefonbuch heraus und nehme mir vor, sie später abzutelefonieren. Ein Tom Linder ist nicht dabei, aber vielleicht lebt er ja bei seinen Eltern und hat keinen eigenen Eintrag.

Immerhin kann ich jetzt ins Bett gehen und ein paar Stunden schlafen. Ich bin ganz sicher, dass ich ihn morgen erwische und dann dem ganzen Irrsinn ein Ende bereiten kann.

26. Mila

Es klopft an meine Zimmertür. »Mila, Besuch für dich.«

Mama schiebt Tom in mein Zimmer. Sie hat ihn immer schon gemocht. Genervt starre ich die beiden an. Tom hat nicht nur das linke Bein und einen Arm eingegipst, sondern er humpelt und sieht so aus, als hätte er seit drei Nächten nicht geschlafen.

»Was willst du denn hier?«, frage ich ihn, nachdem meine Mutter die Tür geschlossen hat.

»Mit dir reden. Dir helfen. Ich will dir klarmachen, dass du offensichtlich vollkommen austickst.«

»Verschwinde und lass mich in Ruhe!«

»Du kannst von Glück sagen, dass ich dich nicht angezeigt habe.«

»Wenn du im Wald auf einen morschen Hochsitz kletterst und dann runterstürzt, ist das nicht mein Problem.«

»Selbst wenn wir mal so tun, als ob ich von alleine gefallen wäre, dann hättest du mir trotzdem helfen müssen. Unterlassene Hilfeleistung kann bestraft werden. Das alles gefällt mir nicht. Was wolltest du überhaupt da?«

»Vögel beobachten.«

Er schüttelt den Kopf, allerdings nur leicht, weil ihn die Halskrause dabei behindert. »Mila, du brauchst Hilfe.«

»Höchstens dabei, dich hier rauszuwerfen. Und jetzt geh.«

»Ich werde mit deinem Vater reden und ihm erzählen, was du im Wald treibst. Und warum hast du deine komplette Ausrüstung zu diesem Typen in Schwabing gebracht?«

»Spionierst du mir nach?«

»Natürlich, was soll ich denn sonst machen, um dich zu stoppen?«

»Ich weiß nicht, eine Demo oder eine Volksabstimmung vielleicht . . . Der Sturz im Wald hat dir offensichtlich das Hirn vernebelt. Ich kann doch meine Kletterausrüstung leihen, wem ich will.«

»Und was ist mit dieser Goldschmiedin? In was für eine Sache ziehst du sie da mit rein?«

»Du spinnst, Tom. Ich ziehe niemanden irgendwo rein. Ally ist meine Freundin und da ist es nur ein Akt der Freundschaft, wenn ich ihrem Bruder meine Ausrüstung leihe.«

»Wenn das Freundschaft ist, seine ohnmächtige Freundin zu fotografieren wie ein Spanner, dann bin ich der Weihnachtsmann.«

»Ja dann, Santa, mach dich auf die Socken, in einem halben Jahr ist es wieder so weit.«

»Mila, bitte hör auf. Rache ist nie die richtige Lösung. Ich bin sicher, wir könnten mit deinem Vater reden und . . .«

»Du hast ja keine Ahnung!«, unterbreche ich ihn wütend. »Ausgerechnet mit meinem Vater willst du reden! Das ist, als würdest du einen Blinden zur Führerscheinprüfung zulassen. Er muss lügen, sonst kriegt er keine Fahrerlaubnis. Ich werde das selbst alles in Ordnung bringen – auf meine Art, und das wird das Beste für uns alle sein. Und jetzt geh! Und funk mir bloß nie mehr dazwischen, du Schlappschwanz.«

»Mila!«

»Verschwinde!«

»Ich weiß nicht, was du vorhast, aber es ist falsch. Es wird dich am Ende noch mehr verletzen.«

»Verdammt!«, brülle ich jetzt, »verdammt, hau endlich ab!«

Er humpelt zur Tür und geht. In meinem Körper brodelt es. Tom hat nicht die leiseste Ahnung, wie sich das anfühlt, dieses wütende Kochen, er weiß gar nichts. Für ihn ist es schlimm, wenn kein Klopapier im Bad ist oder wenn er es nicht schafft, einen Zehner zu klettern.

Ich muss hin und her gehen wie ein Tier im Käfig, hin und her und hin und her und kann gar nicht mehr aufhören, denn wenn ich damit aufhöre, muss ich etwas anderes tun, um dieses Lavabrodeln abzustellen. Mama kommt und will wissen, was los ist.

»Nichts«, versuche ich, mit normaler Stimme zu ihr zu sagen, dabei merke ich, wie wütend ich mittlerweile auch auf sie bin. Warum hat sie nie etwas gemerkt? Warum hat sie all die Jahre mir den schwarzen Peter hingeschoben, statt hinzuschauen und zu erkennen, was los ist?

Dieses Gefühl ist neu. Jahrelang habe ich gedacht, sie wäre ein Opfer und ich müsste sie schützen. Aber sie war gar kein Opfer, denn ein Opfer weiß, dass es Opfer ist, aber meine Mutter ist einfach nur ahnungslos und ihre Ahnungslosigkeit macht mich rasend. Und wenn ich ihren demütig gesenkten Kopf sehe, könnte ich kotzen.

Es bestärkt mich darin, endlich etwas zu unternehmen. Dem Ganzen ein Ende zu setzen.

27. Ally

Ich habe alle Linders durchtelefoniert, nirgends wohnt ein Tom oder Thomas Linder. Und bei der Telefonnummer, die im Impressum der *Cave-Doctors* angegeben ist, meldet sich nur ein Anrufbeantworter. Und je länger ich versuche, diesen Tom ausfindig zu machen, desto unruhiger werde ich. Immer stärker habe ich das Gefühl, dass sich irgendetwas Schreckliches zusammenbraut.

Ich beschließe, jetzt sofort nach Augsburg zu fahren und zu der Adresse dieser *Cave-Doctors* zu gehen. Schnell suche ich die bravsten Klamotten, die ich finden kann; einen Jeansrock und eine ärmellose weiße Spitzenbluse – darin sehe ich etwas vertrauenswürdiger aus als in schwarzem Leder. Nachdem ich bei diesem Kletterverein war, werde ich zu *Blumen Weigand* gehen und noch mal versuchen, mit Mila zu reden.

Eine halbe Stunde später bin ich am Hauptbahnhof und stelle fest, dass ich mir eine schlechte Zeit zum Zugfahren ausgesucht habe. Es ist nicht nur der heißeste Sommertag aller Zeiten, nein, es ist auch noch Freitagmittag, am Hauptbahnhof wimmelt es von Pendlern, die nach Hause wollen, und von Leuten, die übers Wochenende wegfahren.

Dauernd werde ich angeschubst, hektische Reisende ziehen ihre Koffer nur knapp an meinen nackten Füßen vorbei und zu allem Überfluss streift ein widerlicher Köter an meinen nackten Beinen entlang. Es ist so heiß, dass sich beim Atmen flüssige Hitze in den Lungen auszubreiten scheint. Die Klamotten kleben feucht am Körper und trotzdem fühle ich mich wie ausgetrocknet.

Wegen der Hitze sind sämtliche ICEs und ICs, die sonst nach

Augsburg fahren, ausgefallen. Alle Pendler warten auf einen Bummelzug, der aber auch schon eine halbe Stunde Verspätung hat.

Cola, ich brauche eine Cola! Ich drängle mich zu den Automaten auf dem Bahnsteig durch. Leer, total leer. Ich überlege kurz, ob ich es riskieren soll, zu einem der Kioske oder in den Supermarkt zu rennen, aber bei meinem Glück kommt genau dann der Zug. Außerdem, was für eine Idee: rennen! Bei der Hitze ist schleichen schon zu anstrengend.

Ich laufe wieder Richtung Gleise und sehe aus dem Augenwinkel, wie sich gerade jemand an den Leuten auf dem Bahnsteig vorbeiquetscht, der mir bekannt vorkommt. Sieht aus wie Landgraf. Im ersten Moment möchte ich mich am liebsten wegducken, schließlich war ich seit unserem Höhlentrip nicht mehr in der Schule. Aber dann wird mir klar, dass ich ihn nach Mila fragen könnte. Nein, nicht könnte, dass ich ihn nach Mila fragen muss. Wenn ich weiterkommen will, *muss* ich mit ihm reden. Dringend.

Deshalb quetsche ich mich in seine Richtung vor, was mir böse Blicke der Wartenden einbringt. Gerade als ich ihn fast erreicht habe, fährt der Zug ein und der gesamte Bahnsteig fängt an, sich hektisch in Bewegung zu setzen, wie ein überdimensionaler Ameisenhaufen. Ich werde mit zu den Türen geschwemmt und verliere Landgraf wieder aus den Augen.

Na egal, ich werde ihn während der Fahrt suchen. Aber bis ich drin bin, ist der Zug so voll, dass es völlig undenkbar ist, bei diesen Menschenmassen durch die Abteile zu streifen.

Während der Zugfahrt konzentriere ich mich aufs Atmen, es ist viel zu heiß, um auch nur einen klaren Gedanken zu fassen. Außerdem stinken die schwitzenden Menschen und aus der Toilette wabert ein ekelhafter Geruch. Als der Zug in

Augsburg einfährt, bin ich am ganzen Körper in Schweiß gebadet und lechze nach einer Dusche.

Beim Aussteigen suche ich den Bahnsteig nach Landgraf ab, vergeblich. Aber der Bahnhof hat nur einen Ausgang, deshalb postiere ich mich dort in der Hoffnung, dass er nach mir aus dem Zug ausgestiegen ist.

Ich muss nicht lange warten, da stürzt er an mir vorbei. So schnell, dass ich hinter ihm herrennen muss. Er geht zum Parkplatz, wo er offensichtlich ein Auto stehen hat, denn ich erwische ihn erst, als er die Fahrertür aufgemacht hat. Es ist nicht der weiße Renault Megane, mit dem er mich zum Klettern abgeholt hat, sondern ein alter hellblauer VW-Käfer.

»Hallo, Tobias.«

Er wendet sich mir zu, seine Gesichtszüge entgleisen für einen Moment, aber nur so kurz, dass ich nicht sicher bin, ob ich mir das nicht eingebildet habe.

»Hallo, Ally, was machst du denn in Augsburg? Ihr Münchner verirrt euch doch nie hierher! Ich dachte du bist krank?«

Mist, er hat's eilig und ich muss irgendwie die Sprache auf Mila bringen. »Mir geht's schon wieder besser. Und ich besuche Freunde hier. Mi. . .«

»Scarlett, tut mir leid, aber ich muss dringend zur Fachhochschule für Gestaltung. Du weißt ja, ich bin dort Dozent und ich bin eh schon zu spät, verdammte Bahn!«

Er lächelt mir zu und steigt ein. Während ich fieberhaft überlege, wie ich ihn noch ein paar Sekunden aufhalten kann, lässt er schon den Motor an, und gerade als ich denke, dass er jetzt losbraust, kurbelt er hektisch das Fenster runter. »Ally, offensichtlich hast du deinen Bruder angelogen und ihm nichts von deinem Kollaps erzählt. Das solltest du noch nachholen, damit ich mich nicht verplappere, wenn ich morgen mit ihm losziehe.«

Ich trete völlig verwirrt näher zu ihm hin und beuge mich zum Autofenster. »Wie meinst du das denn?«

»Na, du hast ihm wohl dermaßen vorgeschwärmt, dass er richtig viel Geld dafür bezahlt, damit ich ihn morgen mit in dieselbe Höhle nehme. Ziemlich überzeugend dein Bruder, wird sicher ein guter Jurist. Entschuldige, ich muss los. Und schwänz bitte nie mehr die Schule!« Er zwinkert mir kurz zu, lässt den Motor aufheulen, parkt schwungvoll aus und verschwindet im nächsten Moment um die Kurve.

Ich stehe da wie vom Donner gerührt.

Jury kann nur von einem einzigen Menschen von dieser besonderen Höhle wissen, und zwar von Mila, denn ich habe ihm gegenüber kein Sterbenswörtchen darüber verloren.

Das muss der Plan sein, von dem Jury geredet hat. Oder versucht Mila, mithilfe meines Bruders das zu erreichen, was bei mir nicht geklappt hat? Aber wie soll das denn funktionieren? Und warum das alles?

Mir schwirrt der Kopf vor lauter Fragen und ich wünschte, jemand wäre hier bei mir und würde sagen, dass ich spinne und mich beruhigen soll.

Auf dem Weg zu den *Cave-Doctors* in der Rosenstraße, die hinter dem Bahnhof liegt, rufe ich Jury auf seinem Handy an. Er leugnet, mit Landgraf überhaupt gesprochen zu haben. Wie ich denn auf so eine abgefahrene Idee käme. Ich sollte mich abregen und sofort aufhören, mir über Landgraf Gedanken zu machen. Und dann fragt er mit so einer merkwürdigen Stimme, ob ich nicht am Sonntagmorgen zum Brunch zu ihm kommen wolle, er hätte eine tolle Überraschung für mich. Ich bin sicher, er lügt.

Nach zwanzig Minuten, die mir in der Hitze wie zwei Stunden vorgekommen sind, stehe ich endlich vor dem Haus, einem gammligen Altbau, und kann am Klingelschild erkennen, dass der Höhlenverein im zweiten Stock untergebracht ist.

Ich klingle, aber nichts passiert. Na super. Ich will nicht wieder gehen, ohne irgendwas erreicht zu haben. Spontan drücke ich bei *Hubermoser* auf die Klingel, die wohnen im selben Stock. Keine zwei Sekunden später ertönt der Summer, ohne dass jemand wissen will, wer ich bin.

Während ich die Treppen hochsteige, überlege ich mir, wie ich vorgehen soll, und habe tatsächlich eine Eingebung.

Oben angekommen erwartet mich eine sehr fidel wirkende alte Frau. Sie hat die Figur eines jungen Mädchens, trägt einen langen silbergrauen Pferdeschwanz und knallroten Lippenstift. Sie tänzelt mir ein Stück entgegen, als wäre sie bis vor Kurzem noch Primaballerina gewesen.

»Was gibt's, junge Frau?«, sagt sie und ihre grauen Augen funkeln mich an, erkennbar voller Hoffnung, dass ich etwas Aufregung in ihr Leben bringe.

Ich reiche ihr die Hand und stelle mich vor; insgeheim bin ich total froh, dass ich meine brave Spitzenbluse trage. Dann behaupte ich, ich müsste ganz dringend bei den *Cave-Doctors* rein, weil der Tom was vergessen hätte, und er meinte, im Haus wäre bei jemandem ein Schlüssel hinterlegt, aber ich wiederum hätte leider vergessen, bei wem.

Schon komisch, wie leicht mir mittlerweile das Lügen fällt! Ich werde nicht mal mehr rot dabei.

Die Alte zittert mit dem Kopf und lächelt. »Da hat er sie verarscht, mein Kind. Niemand im Haus hat einen Schlüssel.«

Na toll, Detektiv spielen hab ich mir wirklich ergiebiger vorgestellt.

»Sie sehen ganz vertrauenswürdig aus«, stellt die Alte fest und nickt. »Und den Tom scheinen sie auch zu kennen. Wie geht's ihm denn jetzt?«

Zum Glück schalte ich ausnahmsweise mal sofort, sie redet von seinem Gips. »Oh, schon viel besser, der Gips am Bein kommt auch bald runter, dann kann er endlich wieder selbst in den zweiten Stock steigen.«

»Hmm, vielleicht hat er sich beim Absturz ja am Kopf verletzt.« Sie überlegt einen Moment, dann gibt sie sich einen Ruck und zwinkert mir zu. »Der Schlüssel liegt nämlich immer unter dieser Fußmatte. Aber von mir haben Sie das nicht.« Sie dreht sich mit einer anmutigen Pirouette um und schließt die Tür.

Ich gehe zur Fußmatte und tatsächlich, da liegt ein Schlüssel.

Gerade als ich mich danach bücke, macht sie ihre Tür wieder auf und kommt zu mir. »Sie müssen die Tür fest zu sich ranziehen, wenn sie den Schlüssel umdrehen, sonst geht die nicht auf – in diesem Haus klemmen alle Türen ganz fürchterlich.«

Diesmal wartet sie, bis ich es geschafft habe, dann schwebt sie widerwillig zurück in ihre Wohnung, wirft mir noch einen nachdenklichen Blick zu und ich fürchte, wenn ich rauskomme, lädt sie mich zu einem Kaffee ein.

Mir ist ein bisschen mulmig bei dem Gedanken daran, dass ich hier in eine fremde Wohnung eindringe, und ich schleiche deshalb leise und vorsichtig wie ein Einbrecher. Es riecht komisch, nach Staub und Moder und Schweiß und feuchter Erde. Vom Flur gehen zwei Zimmer ab, ich nehme das linke und spähe hinein. Oh Gott, was ist das denn? Ich schaue schnell wieder weg und renne zurück in den Flur. Mein Herz rast. Da baumeln Leichen von der Decke!

Das kann nicht sein, beruhige ich mich, das würde doch sonst stinken. Aber es riecht wirklich sehr seltsam hier, behauptet eine Stimme in meinem Kopf, dieselbe Stimme, die auch sagt: Mach, dass du hier rauskommst, und zwar sofort! Aber eine andere widerspricht: Du spinnst, warum sollten hier Leichen von der Decke baumeln? Das hier ist schließlich kein Horrorfilm, Ally.

Ich atme also tief durch und gehe noch mal in das Zimmer zurück. Näher hin zu den baumelnden Körpern – und stelle fest, dass es keine Leichen sind, sondern nur Schlaze, die von der Decke hängen und wahrscheinlich zum Trocknen mit Papier ausgestopft wurden. Mein Herzschlag beruhigt sich, während ich mich in dem Raum umsehe. Am anderen Ende des Zimmers kann ich ein Regal erkennen, in dem Schleifsäcke, Helme mit Lampen, Karabiner, Gurte und Seile, Handschuhe und Wanderstiefel aufbewahrt werden.

Erleichtert schleiche ich in den anderen Raum, wo es neben einem durchgesessenen blauen Samtsofa auch einen alten Schreibtisch samt Computer und Drucker gibt. An den Wänden hängen Höhlenquerschnitte, Höhlenaufrisse und Landkarten mit roten Fähnchen drin. Außerdem sind überall Fotos von Höhlen. Aber ich sehe keine Ordner, in denen ich vielleicht Mitgliedsadressen finden könnte.

Ich fühle mich immer unbehaglicher – was ist, wenn jemand kommt und mich erwischt? Ich halte den Atem an und lausche. Nichts. Okay, dann muss ich wohl an den Computer. Ich setze mich auf den klapprigen Bürostuhl und schalte den Rechner ein. Es dauert ewig, bis er hochgefahren ist. Gefühlte hundert Jahre. Dabei macht er Geräusche, die bestimmt im ganzen Haus zu hören sind. Ungeduldig trommle ich mit den Fingern auf die Tischplatte und bete, dass diese alte Mühle nicht auch noch passwortgeschützt ist. Gespannt schaue ich auf den Monitor. Wow, was ist das? Der Bildschirm öffnet sich und gibt den Blick in eine riesige Tropfsteinhöhle frei. Endlich habe ich auch mal Glück! Allerdings dauert es ewig, bis ich so etwas wie eine Mitgliederliste gefunden habe, diese *Cave-doctors* scheinen echte Spaßvögel zu sein. Die Liste findet sich nämlich unter dem Dateinamen *Lebende und ausgestorbene Höhlentiere.*

Von Tom Linder gibt es nur eine Handynummer, doch mehr brauche ich gar nicht. Ich bin so aus dem Häuschen, dass ich sofort mein Handy raushole und seine Nummer eintippe.

Ein leises Geräusch hinter mir lässt mich herumfahren. Es ist die alte Dame von nebenan.

Aber jetzt lacht sie mich nicht mehr so freundlich an. Sie schwingt einen riesigen Hammer in ihrer rechten Hand. Sofort fallen mir alle Horrorfilme ein, die ich jemals gesehen habe. Eine verrückte Alte, die unschuldige Leute in diese Wohnung lockt und dann umbringt . . .

»Ähhh, was tun sie da?«, frage ich schockstarr und starre wie ein hypnotisiertes Kaninchen auf den Hammer.

»Wollte nur sichergehen, dass Sie nichts stehlen. Wissen Sie, das sind wirklich so nette junge Männer. Die trinken immer mal eine Tasse Tee mit mir und erzählen von ihren Abenteuern. Aber Mädchen hab ich hier noch nie gesehen, deshalb kam mir Ihre Geschichte, nachdem ich darüber nachgedacht habe, ziemlich unglaubwürdig vor. Wissen Sie, ich handle oft viel zu spontan und da dachte ich mir, schau doch mal nach, Luisa, ob alles mit rechten Dingen zugeht.«

Meine Beine zittern, weil sie am liebsten wegrennen würden, aber ich zwinge mich, ganz ruhig zu bleiben.

»Gehen wir doch einfach«, schlage ich also vor und versuche, sehr bestimmt zu klingen. »Ich komme wieder, wenn die Jungs da sind.« Aber ich weiß nicht so recht, ob ich es wagen kann, auf die Dame zuzugehen. Sie hat diesen gemeingefährlichen Hammer in der Hand – und ihre Augen funkeln so merkwürdig.

»Gut. Sie gehen voran, ja.«

Nein, denke ich, was, wenn sie mir dann von hinten mit dem Hammer den Schädel einschlägt? Irgendwie wirkt die Alte ein bisschen verwirrt und ich sollte besser so schnell wie möglich von hier verschwinden.

Ich schalte den Computer aus und gehe auf die Frau zu. Sie zieht den Hammer einmal durch. »Bleiben Sie auf Abstand und gehen Sie voraus, ja?«

Mir bleibt nichts anderes übrig – schließlich kann ich froh sein, wenn sie nicht die Polizei ruft. Gut für mich, dass sie so »spontan« ist.

Als wir wieder draußen sind und die Tür verschlossen ist, lässt sie den Hammer entspannt sinken. »Verraten Sie bitte niemandem, dass ich Ihnen erzählt habe, wo der Schlüssel liegt, ja?«

Jetzt blitzen ihre grauen Augen wieder so unternehmungslustig wie vorhin, und wenn sie nicht den Hammer in der Hand halten würde, dann wäre ich fast geneigt zu glauben, dass ich mir das alles nur eingebildet habe.

»Nein, ich werde schweigen wie ein Grab«, verspreche ich und mache, dass ich hier wegkomme.

»Wollen Sie vielleicht ein Tässchen Tee mit mir trinken, auf den Schreck?«, ruft sie mir nach und beugt sich über das Geländer und alles, was mir dabei einfällt, ist der Film »Arsen und Spitzenhäubchen«, wo nette alte Damen Menschen mit giftigem Tee umbringen.

»Bei der Hitze würde Ihnen das sicher guttun, Sie sehen etwas blass aus . . .«, schiebt sie nach, aber ich rufe nur noch »Nein danke!« und renne die restlichen Stufen runter auf die Straße. Dort lehne ich mich an die Hausmauer und schnaufe tief durch. Was mache ich hier eigentlich, drehe ich vielleicht auch langsam durch?

Auf alle Fälle sollte ich jetzt mit diesem Tom reden und herausfinden, was seine kryptische Warnung zu bedeuten hat. Ich wähle erneut seine Nummer, aber es springt nur die Mobilbox an. Ich lege wieder auf, weil ich nicht weiß, was ich sagen soll, ohne wie eine Irre zu klingen.

Gut, dann knöpfe ich mir eben erst einmal Mila vor – auf zu *Blumen Weigand*. Um dort hinzukommen, muss ich mit der Straßenbahn ein paar Stationen stadtauswärts fahren und dann noch ein paar Meter gehen.

Es ist eine sehr große Blumenhandlung, die man schon von Weitem sieht, weil sie an einem großen Platz liegt. Vor den Schaufenstern befinden sich viele Tische und Regale mit Vasen voller Sonnenblumen, Rittersporn und dicken, leuchtend roten Gladiolen.

Irgendwie hatte ich mir die Blumenhandlung von Milas Mutter viel kleiner vorgestellt, obwohl Mila ja nie etwas erzählt hat. Vielleicht, weil sie von ihrer Mutter immer nur als psychisch labiler Person gesprochen hat?

Irgendetwas irritiert mich an dem, was ich da vor mir sehe, aber ich komme nicht darauf, was es ist. Vor dem Laden parken Autos. Leute steigen ein und aus oder laden Blumen in den Kofferraum. Aber es sind nicht die Blumen, es hat mit den Autos zu tun. Und plötzlich weiß ich es.

Direkt vor dem Laden auf einem Parkplatz, der mit »Privat« gekennzeichnet ist, parkt ein hellblauer alter Käfer.

Ist das ein Zufall, weil Augsburg die Stadt der Käferoldtimer ist, oder bedeutet es, dass Landgraf hier ist?

Ich bleibe stehen und überlege, was ich tun soll.

Im selben Moment kommen zwei Leute aus dem Laden. Die Frau sieht aus wie Mila, zart und dunkelhaarig, nur etwa zwanzig Jahre älter. Sie läuft Arm in Arm mit einem Mann – um genau zu sein: mit Landgraf. Sie gehen zu dem blauen

Käfer, dort küssen sich die beiden innig. Er wirft eine schwere Tasche auf den Rücksitz, steigt ein und sie bleibt stehen, bis er weggefahren ist, und winkt ihm hinterher.

Jetzt verstehe ich gar nichts mehr. Null.

Mein Herz schlägt bis zum Hals. Davon hat mir Mila nie etwas gesagt. Wenn der Landgraf der Lover ihrer Mutter ist, warum hat sie mir das verschwiegen? Und warum hat er mir erzählt, er wäre auf dem Weg zur Arbeit? Sind Milas Geschichten über ihn einfach erstunken und erlogen? Doch woher stammen dann die Narben an Milas Arm?

Mir ist trotz der Hitze auf einmal kalt. Sehr, sehr kalt.

Wenn sie alles wirklich nur erfunden hat, dann muss sie ihn abgrundtief hassen. Aber wenn er sich als der Lover ihrer Mutter an ihr vergangen hat, wäre dieser Hass verständlich und so wäre auch zu erklären, warum ihre Mutter ihr nicht glauben wollte. Aber warum hat Mila dann Jury da mit reingezogen? Und warum erzählt Jury etwas anderes als Landgraf?

Ich setze mich auf die Bürgersteigkante und weiß nicht mehr, was ich tun soll. Ich wünschte, ich hätte einen Freund oder Lena wäre hier und würde mich in den Arm nehmen und ins Ohr flüstern, dass alles gut ist und ich Mila einfach vergessen und aus meinem Leben streichen soll.

Aber ich weiß, dass das unmöglich ist. Es gibt kein Zurück mehr, so wenig wie für eine durstige Mücke, die in der Sonne glitzernde Wassertropfen sieht, geradewegs darauf zufliegt und viel zu spät merkt, dass sie im Netz einer hungrigen Spinne gelandet ist.

28. Mila

Es ist ja nicht so, dass ich ihm nicht noch eine Chance gegeben hätte. Aber er hat sie versaut. Außerdem war er so unanständig, in seiner Jackentasche vor Kurzem dieses Foto mit ihrem Kommentar zu vergessen: »Ist Benjamin nicht unglaublich süß?« Ich habe das Bild zerfetzt und dann verbrannt, doch aus meinem Kopf konnte ich es nicht mehr entfernen, dort hatte es sich geradezu eingeätzt.

Aber ein Gutes hatte dieser Fund: Danach konnte ich mich ohne falsche Sentimentalitäten an die Arbeit machen. Ich habe lange überlegt, was ich tun kann, damit es auch wirklich wie ein Unfall aussieht. Erst wollte ich seine Seile anritzen, aber das hätte man später rausfinden können. Nein, es musste mehr nach fahrlässigem Handeln von seiner Seite aussehen.

Und dann war es so lächerlich einfach, alle Batterien in seiner Ausrüstung durch fast leere zu ersetzen, dass es schon fast keinen Spaß mehr gemacht hat. Er hat alles gecheckt, bevor er mit Mama Kaffee getrunken hat, anschließend habe ich die Batterien ausgetauscht und ich glaube nicht, dass er die Lampen morgen früh noch mal überprüfen wird.

Jetzt liegen die vollen Batterien in meinem Zimmer. Am liebsten würde ich einen kleinen Altar um sie herumbauen, mit Kerzen und ein paar Blumen, so eine Art Opferaltar. Nur um sicherzugehen, dass es klappt. Es gefällt mir, Macht über ihn zu haben, ohne dass er es weiß. Es kommt mir so gerecht vor und ich wünschte, ich könnte jemandem von meinem genialen Plan erzählen, aber das geht natürlich nicht. Mit Mama kann ich nicht darüber reden, mit Tom erst recht nicht und mit Ally auch nicht. Schade. Irgendwer sollte das zu würdigen wissen.

Ich merke, wie diese Unruhe in mir aufsteigt, diese Unruhe bei der ich mich gar nicht mehr fühle, bei der ich nicht mehr da bin, wie ausgelöscht. Dabei habe ich gedacht, dass ich nur die Batterien anschauen muss, damit das aufhört. Ich gehe in kleinen Kreisen um den Altar herum, versuche, mich zu beruhigen und schließe mal wieder einen Deal mit mir ab: Wenn ich es schaffe, mich jetzt nicht zu ritzen, dann wird alles klappen, aber wenn ich's nicht schaffe, dann nicht.

Verdammt, es kribbelt überall so, ich bin nur noch ein prickelnder Hautschlauch. Ich beiße mir fest auf die Zunge. Komm, Mila, nur ein bisschen, ein winziges bisschen.

Eine kleine Erleichterung!

Nein. Mila, nein.

Ich renne vor mir selbst weg nach unten und hole mir in der Küche etwas zu trinken. Mama räumt gerade die Spülmaschine aus. »Warum hast du dich vorhin schon wieder so danebenbenommen? Du solltest dich etwas zusammenreißen, sonst flüchtet er sich noch mehr in seine Arbeit als jetzt schon. Und du hast wieder nichts gegessen, das gefällt mir auch nicht.« Sie lässt sich auf die Eckbank fallen, seufzt und fährt sich mit beiden Händen durch die Haare. »Weißt du, Mila, das ist alles zu viel für mich. Ich schaff das nicht mehr. Wir müssen verkaufen.«

Ich setze mich neben sie, das Kribbeln ist nur mehr ein lautes Rauschen, aber ich habe es noch nicht besiegt. Ich zwicke mich leicht in die Ellenbogenbeuge, um klar im Kopf zu werden. »Mama, dann verkaufen wir eben, das macht doch nichts.«

»Aber *Blumen Weigand* gibt es schon seit hundert Jahren in Augsburg. Mein Vater würde sich im Grab umdrehen.«

»Früher gab's auch noch keine Blumen bei Aldi für zweifünfzig. Verkauf doch und dann verschwinden wir von hier und fangen ganz woanders neu an.«

Sie schüttelt den Kopf. »Du bist immer noch so ein Kindskopf, obwohl du schon siebzehn bist. Jetzt machst du erst mal dein Abitur und dann sehen wir weiter. Und bis dahin werde ich das auch noch schaffen.«

In Wirklichkeit geht es nicht um mich, sondern sie kann sich ein Leben ohne ihn nicht vorstellen. Und deshalb fragt sie nie nach, wo er gewesen ist oder warum er schon wieder in München übernachtet hat. Sie will einfach nichts wissen und tröstet sich damit, dass er nur hier und da mal eine Affäre hat und er ja immer wieder zu ihr zurückkommt. Und heiraten, so behauptet sie immer noch, wäre für sie sowieso nie infrage gekommen, denn sie wollte niemanden per Gesetz an sich ketten.

Was für ein Witz! Manchmal spüre ich unbändige Lust, ihr die Wahrheit über Landgraf einfach an den Kopf zu knallen, aber ich habe Angst vor dem, was sie sich dann antun könnte. Und genau dafür verachte ich sie – und weil es gar nicht geht, dass ich meine Mutter so hasse, verabscheue ich wiederum mich, und das Einzige, was dann noch hilft, was mich erleichtert, ist die Klinge, die meine Haut durchbohrt, Millimeter für Millimeter. Dann sprudelt der Hass rot über meine Arme davon und lässt mich seltsam leer zurück.

»Nachher müssen noch Blumen für eine goldene Hochzeit nach Mehring ausgeliefert werden, kannst du fahren?«

»Klar.« Wenn sie wüsste, wie gut ich fahren kann, und vor allem, wie oft ich verbotenerweise schon ohne sie herumgefahren bin, wäre sie bestimmt entsetzt. Und morgen früh brauche ich das Auto auch. Nachdem sie beim Großmarkt war, wird sie den ganzen Samstag beschäftigt sein, denn da ist immer am meisten los und es besteht keine Gefahr, dass sie etwas merkt.

Während wir die Blumen nach Mehring ausliefern, wird mir klar, dass es nicht reicht, die Batterien auszutauschen. Um ganz sicherzugehen, muss ich noch mehr tun. Und ich weiß auch schon, was.

29. Ally

Die Rückfahrt von Augsburg nach München war viel angenehmer als die Hinfahrt. Die ICs fuhren wieder und ich hatte in einem klimatisierten leeren Großraumwagen viel Zeit, über alles nachzudenken. Am liebsten hätte ich mir aufgeschrieben, was mich beschäftigt, aber ich hatte nichts zu schreiben dabei.

Es fing alles an, nachdem Mila in meinem Leben aufgekreuzt ist. Erst hat sie zwei Bauchnabelpiercings gekauft, dann die Erinnyie und schließlich sind wir uns näher gekommen, so nah, dass ich Mila sogar geküsst habe. Kurze Zeit später hat sie mir erzählt, was Landgraf ihr angetan hat, und wir haben versucht, ihn mit Fotos zu überführen. Ein Mädchen aus Landgrafs Truppe hat sich umgebracht. Dann ist dieser Tom aufgetaucht, der uns beobachtet hat, plötzlich verletzt war und mich vor Mila warnen wollte. Ich gehe mit Landgraf in die Höhle, er rettet mich und steht mir beim Kotzen bei. Mila wird stinksauer, weil ich es nicht länger übers Herz bringe, Landgraf reinzulegen. Der wiederum küsst Milas Mutter und geht morgen mit Jury in die Höhle, in der wir waren, aber Jury belügt mich und erzählt mir nichts von diesem Vorhaben.

Warum, warum, warum?

Mir schwirrt der Kopf. Egal wie sehr ich auch darüber nachdenke, ergeben all diese Puzzlesteine doch kein richtiges Bild. Irgendetwas fehlt da noch.

Nun bin ich endlich wieder in der friedlichen Stille meiner Wohnung und sehne mich danach, für ein paar Minuten die Augen zuzumachen. Frisch geduscht tappe ich zum Bett, schaue aber vorher noch nach, ob der blickdichte Stoff, den ich übergangsweise vor mein Fenster geklemmt habe, noch richtig befestigt ist. Ja, alles bestens. Dann schnappe ich mir meinen Laptop, weil ich nach Mails gucken will. Und tatsächlich habe ich eine im Posteingang.

Sie ist von Mila.

Mein Herz beginnt, schneller zu schlagen, und während ich mich aufs Bett setze, platze ich fast vor Neugier. Ich bin gespannt, ob sie mir wieder irgendwelche kruden Geschichten auftischen will.

Hi Ally, schreibt sie, *bevor sich unsere Wege trennen, würde ich gern noch einen ganz besonderen Anstecker bei dir bestellen. Etwas, das nicht jede hat. Er soll ganz aus Silber sein und etwa so groß wie ein Zwei-Euro-Stück. Und weil du ja so großen Wert auf deine künstlerische Freiheit legst, lasse ich dir vollkommen freie Hand, was die Gestaltung des Themas angeht. Ich denke, dir wird da sicher etwas Passendes einfallen. Thema ist allerdings nicht »Dr. Jekyll und Mr Hyde«, sondern ganz einfach »Hel«.*

Ganz einfach »Hel«? Ich bin auf einmal wieder hellwach. Sie will eine Hel!

In der Schule haben wir uns neulich erst mit Mythologie beschäftigt. Hel ist die Tochter des schrecklichen Loki und der Riesin Angrboda, daran erinnere ich mich noch ganz genau. Sie ist die nordische Todesgöttin, die halb weiß und halb schwarz dargestellt wird, als Zeichen dafür, dass sie schon halb verwest ist. Und wenn ich mich richtig erinnere, dann kommt das Wort Hölle auch von Hel.

Ich habe Angst weiterzulesen, dabei ist es nur noch ein Satz:

Ich würde den Anstecker dann gern bei seiner Beerdigung tragen.

Mila

Mein Herz setzt für einen kurzen Moment aus, ehe es anfängt, hart gegen meinen Brustkorb zu hämmern. Ungläubig starre ich auf den Monitor und lese den letzten Satz immer und immer wieder. Das kann nicht ihr Ernst sein. Mila redet von Landgrafs Beerdigung! Aber das heißt, das würde bedeuten, das wäre ja . . . Sie muss vollkommen verrückt geworden sein.

Ich springe aus dem Bett, hole mein Handy und versuche mit zitternden Fingern, wieder Tom anzurufen. Nichts. Ich versuche es bei Jury. Der geht sofort ran.

»Ich weiß genau, dass du morgen mit Landgraf zum Klettern gehst, und versuch ja nicht, mich wieder anzulügen!«, platze ich als Allererstes raus.

Ich höre leises Lachen im Hintergrund. Er ist nicht allein.

»Es ist Ally«, höre ich ihn zu der Person sagen, ehe er wieder ins Handy spricht. »Ally, ich weiß nicht, wie du auf so eine schwachsinnige Idee kommst, ich werde doch nicht mit so einem Psychopathen in eine Höhle steigen.«

»Du lügst.« Plötzlich habe ich eine Eingebung. »Ist das Mila, die bei dir ist?«

»Ja, gut geraten. Ich hoffe, du hast nichts dagegen, ich finde sie mittlerweile echt süß.«

Hel!

»Bitte, Jury, sag mir die Wahrheit. Es ist wichtig. Und ich fürchte sogar, es geht um Leben und Tod.«

»Immer soo dramatisch, Scarface. Jetzt mach mal halblang.« Er lacht mich aus. Dann höre ich Milas Stimme, die ihm ins Ohr flüstert. »Sag ihr, dass alles geregelt ist und sie sich keine Sorgen zu machen braucht, sag ihr, dass wir jetzt noch etwas anderes vorhaben.«

Hels Geschwister waren die gefürchtete Midgardschlange und der Fenriswolf.

»Jury, bitte, Mila ist eine falsche Schlange, sie hat dir lauter Lügen erzählt. Bitte geh da morgen nicht hin, ich bin sicher, es wird etwas Schreckliches passieren. Hör mal, was immer sie dir erzählt hat, Mila lügt. Ich war heute in . . .«

»Schwesterchen«, unterbricht Jury mich, »jetzt geh mal schön ins Bett, trink einen kalten Eistee und lass mich noch ein bisschen Spaß haben. Ich muss morgen früh aufstehen. Ja?« Er haucht ein Küsschen ins Telefon, dann legt er auf.

Dieser Vollidiot legt einfach auf!

Und ich kann Milas Gesicht beinahe vor mir sehen, ihr schmales süßes Gesicht, das Jury anschaut wie ein verletztes Reh. Möchte nicht wissen, was für eine Geschichte sie ihm wegen der Narben erzählt hat.

Ich bin sicher, er geht morgen mit Landgraf zum Klettern und dabei wird etwas Schreckliches passieren. Wenn ich es schon nicht schaffe, Jury aufzurütteln, dann muss ich wenigstens Landgraf warnen.

Hektisch suche ich im Telefonbuch nach Landgrafs Nummer – unter Tobias Landgraf finde ich tatsächlich einen Eintrag. Aber die Frau am Telefon behauptet steif und fest, ihr Mann sei schon gestern zum Höhlenklettern in die Fränkische Schweiz gefahren. Es wäre eine mehrtägige Höhlentour und er sei dort leider nicht erreichbar.

Das kommt mir sehr merkwürdig vor, sie muss ihn falsch verstanden haben, denn mir hat er ja von Jury erzählt! Okay, wenn ich ihn auch nicht erreichen kann, dann brauche ich erst recht Hilfe. Von jemandem, der sich mit Höhlen oder wenigstens mit Klettern auskennt. Tom, ich versuch's wieder bei Tom – nichts.

Ich kann nicht schlafen, weiß nicht, was ich tun soll. Überlege mir, Mama anzurufen, aber ich weiß genau, dass sie alles als Hirngespinst abtun und knallharte Beweise von mir verlangen würde, bevor sie die Polizei alarmiert. Und was für harte Fakten habe ich denn schon? Die Mail von Mila hat nicht die mindeste Beweiskraft! Da steht ja nicht mal, von wessen Beerdigung sie spricht. Geschweige denn, dass sie jemanden töten wird.

Ich setze mich an meine Werkbank. Und ganz so, als ob Mila magische Kräfte hätte, fange ich an, die Göttin des Todes zu zeichnen.

Blödsinn! Ich werfe den Stift hin. Wie kann ich nur hier herumsitzen und malen? Ich muss was tun, muss zu Jury fahren, ihn rausklingeln, ihn daran hindern, dass er sich in eine tödliche Falle begibt.

Ich stehe auf, ziehe mich mit flatternden Händen an, bestelle mir ein Taxi und lasse mich zu Jurys Wohnung nach Schwabing fahren. Dort angekommen, springe ich aus dem Auto und klingle Sturm.

Nichts. Die Fenster zur Straße sind auch dunkel. Was hat Mila mit ihm gemacht? Liegt er vielleicht schon tot in der Wohnung? Oder hat sie ihn irgendwohin entführt? Ich muss in seine Wohnung, und zwar sofort. Leider habe ich keinen Schlüssel, aber der Hausmeister hat einen. Wenn ich nur wüsste, wie der heißt. Egal, ich klingle einfach bei allen, die im Haus wohnen. Es ist mir auch egal, dass es schon so spät ist.

Drei Minuten später steht ein kleiner Mann mit einem freundlich wirkenden Retriever vor mir, der behauptet, er wäre der Hausmeister, und wenn ich nicht sofort aufhören würde, so einen Rabatz zu machen, dann würde er die Polizei rufen. »Gut!«, brülle ich ziemlich ungehalten, »nur her mit der Polizei!«

Der Mann stutzt, dann sieht er mich genauer an. »Du bist doch die Tochter von den Müllerhans'.« Ich sehe im Licht der

Hauslaterne, wie es in seinem Hirn rattert. Mutter Staranwältin ...

Und auch bei mir fängt es endlich an zu arbeiten. Das war ja eine tolle Idee, alle in diesem Luxusschuppen wach zu klingeln. Hat eigentlich mein Gehirn in letzter Zeit aufgehört, richtig zu funktionieren?

Ich lächle den Hausmeister entschuldigend an, aber der wirft mir nur einen finsteren Blick zu. »Bevor ich die Polizei rufe, hole ich lieber eure Eltern«, sagt er dann.

Oh Gott. Gedanken rasen durch meinen Kopf. Ich stelle mir vor, wie Mama hier aufkreuzt und ein Riesentheater veranstaltet – Jury würde mich für immer dafür hassen. Vor allem dann, wenn Mila nur ein rachsüchtiges Spiel mit mir spielt und sie Jury gar nichts antun will.

Ich fühle mich wie ein Ball, der immer wieder an die Wand geschmettert wird, vollkommen verworren im Hirn, weil er nur noch hin und her springt. Dabei war ich in meinem Leben bisher doch immer diejenige, die die Bälle wirft.

Und da fällt es mir wie Schuppen von den Augen: Ich muss aufhören, auf Mila immer nur zu reagieren. Ich brauche einen Plan, bei dem *ich* die Schachzüge bestimmen kann. Nur so kann ich sie stoppen.

30. Ally

Nachdem ich wieder zu Hause war, habe ich über einem Plan gebrütet und immer wieder ergebnislos versucht, Jury anzurufen. Dann hat kurz nach Mitternacht das Telefon geklingelt – es war Tom!

Ich war so erleichtert, dass ich endlich mit jemanden über diesen ganzen Irrsinn sprechen konnte. Nachdem wir uns über Mila ausgetauscht haben, waren wir uns einig, dass wir aktiv werden müssen, um sie zu stoppen. Nach dem Telefonat war dann an Schlaf gar nicht mehr zu denken.

Es dämmert schon, als Tom endlich bei mir läutet. Ich lasse ihn rein und biete ihm einen Kaffee an. Er hat auch Ringe unter den Augen, die fast so schwarz wie seine Pupillen sind.

»Und du bist sicher, dass du das riskieren willst?«, frage ich ihn.

Er nickt bedächtig und streicht mit dem gesunden Arm seine schwarzen Locken hinter die Ohren. Er wirkt kompakt und muskulös und geht mir nur bis zum Kinn.

»Aber dein Führerschein ist weg, wenn du mit dem Gipsbein und der Armschiene am Steuer einen Unfall verursachst.«

»Was sollen wir denn sonst machen? Selbst wenn wir jetzt zur Polizei gehen, würden die ganz bestimmt nicht so schnell aktiv werden. Das geht schon, ich hab eine Automatikschaltung und meine Verletzungen sind auf der linken Seite.«

»Und wenn wir uns nur in etwas reingesteigert haben?«, gebe ich zu bedenken, weil es mir jetzt auf einmal ungeheuerlich vorkommt zu glauben, dass Mila so weit gehen und jemandem den Tod wünschen könnte.

Tom schüttelt den Kopf. »Und meine Verletzungen, was ist mit denen? Sie tickt gerade vollkommen aus. Wer nicht für sie ist, ist gegen sie. Sie hat mich von dem Hochsitz gestoßen und in Kauf genommen, dass ich mir das Genick breche. Und wir haben uns mal geliebt!«

»Können wir nicht einfach die Höhlenrettung rufen und hierbleiben?«

Tom schüttelt wieder den Kopf. »Erstens wissen wir nicht sicher, wohin sie gehen werden, und zweitens wissen wir ja auch nicht, was genau passieren wird. Wir sollten die Rettung nicht nur auf Verdacht rufen, das kann teuer werden. Nein, wir folgen ihnen, checken die Geodaten der Höhle und dann rufen wir die Höhlenrettung. Eine bessere Idee habe ich nicht.«

»Ich bin sicher, die beiden gehen in dieselbe Höhle, wo er auch mit mir war. Das hat Landgraf mir jedenfalls gesagt.« Und noch während ich das behaupte, spüre ich, wie ich unsicher werde. Er hatte mir auch angekündigt, wir würden zur Angerlochhöhle fahren, und dann waren wir doch woanders.

»Okay.« Tom kippt den letzten Schluck Kaffee in den Ausguss und spült die leere Tasse mit der gesunden Hand unter laufendem Wasser ab. »Hast du vielleicht die Geodaten der Höhle?«

»Natürlich nicht!«

»Und ich hab sie auch nicht, und wenn wir der Bergrettung sagen, irgendwo im Untersberg sind Höhlenkletterer in Bergnot, dann können die wirklich nichts machen, weil es dort so viele Höhlen gibt. Also los, vielleicht sind wir längst zu spät und haben sie schon verpasst.«

Ich nehme meinen Rucksack, den ich nach seinen Anweisungen schon gepackt habe, und begleite Tom zu seinem Auto, das vollgestopft ist mit seiner Kletterausrüstung.

»Wozu brauchen wir das alles? Du kannst in deinem Zustand doch gar nicht klettern.«

»Ich nicht, aber du.«

Ich in diese Höhle? Niemals! Mir bricht der Schweiß aus allen Poren und mein Herz rast und hämmert plötzlich wie verrückt, dabei sitze ich doch im Auto und bin noch gar nicht dort. Meine Kehle ist wie zugeschnürt.

»Was ist mir dir, ist dir schlecht? Du bist plötzlich so bleich.«

Tom fährt sehr langsam und bedächtig, was ja bestimmt auch richtig ist angesichts von Gipsarm und Gipsbein, aber es macht mich gerade wahnsinnig.

»Ich . . .« Ich muss mich ein paarmal räuspern, weil mein Mund vollkommen ausgetrocknet ist. »Ich hab Panik vor engen Räumen.«

»Oh.« Er wirft mir einen kurzen Blick zu. »Dabei wirkst du gar nicht hysterisch.«

Ich spare mir eine zickige Antwort, schließlich brauche ich seine Hilfe. Wir fahren zu Jurys Garage, dort warten wir, dass sein silberner Audi TT herausfährt. Keiner sagt ein Wort. Ich bin damit beschäftigt, meinen Körper zu beruhigen, ihm zu erklären, dass ich noch in keiner Höhle bin, sondern nur in einem Auto, aus dem ich jederzeit aussteigen kann.

»Panikattacken, das kenne ich«, sagt Tom, nachdem wir lange schweigend dagesessen haben.

»Echt?«, kann ich es mir nicht verkneifen, »dabei siehst du gar nicht hysterisch aus.«

»Das hab ich als Kompliment gemeint. Tut mir leid, wenn du das in den falschen Hals gekriegt hast.« Tom grinst mich an. Und obwohl ich ihn eigentlich gar nicht kenne und die Situation gerade reichlich absurd ist, tut sein Lächeln richtig gut.

»Also, jetzt mal von Hysteriker zu Hysteriker«, versucht

Tom, die angespannte Stimmung aufzulockern, »ich hab eine Schlangen- und Spinnenphobie. Davon wusste ich aber nichts, bis ich meinen Zivildienst in Nigeria angefangen habe. Ich meine, ich mochte diese Viecher noch nie, aber dass es so schlimm war, hab ich erst dort begriffen. Also, eines Tages stand ich da Auge in Auge mit einer armdicken Schlange. Sie lag auf meinem Bett. Das war vielleicht scheußlich.« Er schüttelt sich so heftig, als ob es gerade erst gestern gewesen wäre.

Wenn wir nicht wegen Mila und Jury hier wären, dann hätte ich ihn gern gefragt, was ihn nach Nigeria verschlagen hat, aber ich bin viel zu sehr von dem Gedanken besessen, was geschehen wird, wenn ich allen Ernstes noch mal in diese Höhle steigen muss. »Und was ist dann passiert?«

Tom grinst mich wieder an. »Ich war mir sicher, dass ich einen Herzinfarkt bekommen und gleich sterben würde. Meine Beine waren wie gelähmt und mein Herz fühlte sich an wie eine Trommel auf Ecstasy. Zum Glück hat mein Mitbewohner das alles mitbekommen und mich nach draußen gebracht, weg von der Schlange. Und danach hatte ich ein langes Gespräch mit dem Medizinmann des Dorfes.«

»Du nimmst mich auf den Arm.«

Er schüttelt den Kopf. »Nein, also der Medizinmann war nicht so, wie man das aus billigen Hollywoodfilmen kennt. Er hatte keine Ketten mit Totenköpfen oder Knochen umhängen. Stattdessen trug er einen schwarzen Anzug.« Jetzt lächelt er mich wieder an. »Allerdings war er darunter nackt bis auf ein silbernes Jesuskreuz und weißt du, was er mir gesagt hat?«

»Nein, jetzt erzähl schon.«

»Er sagte: Es ist immer gut, wenn der Mensch Angst hat. Angst ist eine gute Kraft und bringt deinen Körper dazu, vor dem Säbelzahntiger zu fliehen, wenn du ihn nicht erlegen kannst. Aber wenn dein Körper nur *glaubt,* es wäre ein Säbelzahntiger, dann warte, bis dein Geist verstanden hat, dass es nichts als ein Trugbild ist, und du wirst sehen, nach einiger Zeit beruhigt sich dein Körper und wird wie gereinigt wieder auf die Jagd gehen können.«

»Und hat dir das etwas genutzt?«

»Ich hasse Schlangen immer noch, aber ich habe nach und nach gelernt, dass die Panikattacke sich von alleine wieder legt und ich nicht daran sterbe. Es gab viele Schlangen in dem Camp, in dem wir waren.«

Das klingt wirklich sehr abgeklärt, aber ich bin nicht Tom.

Wir schweigen wieder, aber jetzt ist es ein viel vertrauteres Schweigen. Toms Auto hat keine Klimaanlage, sodass es ständig heißer wird und ich mit der Zeit das Gefühl habe, meine Beine würden nicht nur am Plastiksitz kleben, sondern mit ihm verschmelzen.

»Wenn du mich fragst«, sagt Tom nach über einer Stunde, »sind sie längst weg. Kein Höhlenkletterer geht erst so spät los. Na ja, außer ein paar abgefahrenen Typen, aber zu denen gehört Landgraf nicht. Tut mir leid, dass ich erst so spät bei dir eingetrudelt bin, aber mit dem Gips brauche ich für alles ewig.«

Gerade als wir Richtung Autobahn losgefahren sind, klingelt mein Handy.

Mila! Ich gehe sofort ran.

»Hast du meine Bestellung erhalten?«, fragt sie mich, und als ich das bestätige, kichert sie. »Mach sie so schön, dass Landgraf sich im Grab umdreht, wenn ich sie bei seiner Beerdigung tragen werde.«

»Mila, was hast du vor?« Ich stelle das Handy auf laut, damit Tom auch mithören kann.

»Was ich vorhabe, ist längst erledigt, und ich werde dir ganz sicher nichts mehr auf die Nase binden, denn du hast mich genauso wie alle anderen verraten. Aber weil ich eine sentimentale Gans bin, hier ein paar letzte Worte von deinem Bruder. Ich hab ihm natürlich nicht gesagt, dass es die letzten Worte sein werden, die du von ihm zu hören bekommst, und auch nicht, dass ich sie aufgenommen habe. Also hör gut zu, ich spiel's dir nur einmal vor.«

Ich schlucke, meine Kehle fühlt sich furchtbar trocken an. Dann lausche ich mit angehaltenem Atem auf Jurys Stimme, die plötzlich zu hören ist.

»Hmmm, was ich an meinem Schwesterherz schätze, was ist denn das für eine Frage? Sie ist ein guter Mensch und hat es verdient, dass ich mir Landgraf morgen vorknöpfe. Hey, komm her und lass uns jetzt über was anderes reden, ja?«

Es klickt und dann ist die Leitung tot.

»Wir sollten Gas geben.« Tom hat die Lippen fest aufeinandergepresst und die Muskeln in seinem Gesicht sind hart vor Anspannung.

»Warum hat sie mich angerufen?«, frage ich.

»Sie will spüren, dass du Angst hast«, unternimmt Tom einen Erklärungsversuch, zuckt dann aber hilflos mit den Achseln. »Sie weiß wahrscheinlich selbst nicht mehr, was sie da tut.«

Oder will sie vielleicht insgeheim, dass wir sie stoppen?, überlege ich stumm. Und was sollte ihre Bestellung bei mir? Sie wollte, dass ich weiß, was sie vorhat. Tut sie das alles nur, um mich zu quälen oder um Hilfe zu bekommen?

»Aber das ist doch jetzt auch scheißegal, warum sie angerufen hat«, verliert Tom für einen kurzen Moment die Nerven und schlägt mit seiner gesunden Hand aufs Lenkrad. Dann wirft er mir einen kurzen Seitenblick zu und sagt etwas ruhiger: »Wir sollten uns beeilen!«

Ich nicke zustimmend. »Gib Gas!«

31. Mila

Ups. Ich sollte besser aufpassen. Ich bewege das Lenkrad wieder weg vom Mittelstreifen und lege das Handy beiseite. Auf keinen Fall darf ich beim Autofahren auffallen, sonst ist mein Führerschein für begleitetes Fahren ab siebzehn wieder weg. Mann, Jury und Landgraf rasen über die Autobahn, als wäre der Teufel hinter ihnen her – womit sie gar nicht so falsch liegen, denke ich grinsend und drücke das Gaspedal durch, aber Mamas Karre gibt nicht so viel her. Ich darf die beiden auf keinen Fall verlieren.

Überhaupt sollte ich besser auf mich achten. Gestern war ich nahe daran, mich in Jury zu verlieben. Er hat mich mit Küssen überhäuft und dabei langsam ausgezogen und ich war wie betäubt, eingelullt von seiner zärtlichen Stimme und den Babyaugen. Doch dann hat er zum Glück selbst dafür gesorgt, dass ich wütend wurde.

Zuerst hat er den Anhänger entdeckt, den Ally gemacht hat, den dicken Silbertropfen, aus dem eine schreckliche Fratze hervorquillt, meine Erinnyie. Die fand er total abscheulich, und als ich ihm verraten habe, dass Ally sie gemacht hat, war er völlig entsetzt. Schmuck sollte seiner Meinung nach die Schönheit einer Frau unterstreichen. Und kaum hatte er sich wieder beruhigt, da hat er meine Narben entdeckt und ganz anders als Ally darauf reagiert.

Es war ihm nicht die Spur peinlich und er wollte auch gar nicht wissen, warum ich das mache, sondern er kam sofort mit irgendwelchem psychologischen Behandlungs-Blabla und er würde da ganz tolle Therapeuten kennen und könnte sicher auch etwas arrangieren, damit sie Kassenpatienten behandeln.

Was für ein unerträglicher Klugscheißer! Ally sollte mir dankbar sein.

Das alles hat mich derart wütend gemacht, dass ich wieder zu mir gekommen und nach Hause gefahren bin, wo Mama mal wieder heulend auf dem Sofa lag und sich alte Videos reingezogen hat aus der glücklichen Zeit, wo sie ihn kennengelernt hat und ich noch nicht geboren war.

Am liebsten hätte ich sie in den Arm genommen und ihr gesagt: Mama, in sehr naher Zukunft wird deine beste Zeit überhaupt anbrechen. Nämlich die ohne ihn. Aber das wäre mehr als dämlich von mir. Denn wenn sie jemals herausfindet, dass ich etwas damit zu tun habe, wird sie mich in ein Heim stecken oder ins Gefängnis werfen lassen. Was ja der pure Hohn wäre, denn da gehört *er* hin.

Ihr Anblick, wie sie da so auf der Couch lag, hat in mir Zorn und ein ganz intensives Kribbeln aufsteigen lassen und mir endlich das Gefühl zurückgegeben, *da* zu sein, zu leben, auch wenn sie mich gar nicht sieht. Und das unglaublich Wundervolle war, ich musste mich nicht beherrschen, musste mich nicht ritzen, nein, ich war voller Kraft und konnte auf heute warten. Habe mir vorgestellt, wie es sein wird, wenn bei den beiden in der Höhle die Lichter ausgehen und ihnen schließlich kälter und kälter wird und sie den Rückweg im Dunkeln nicht finden. Konnte alles kanalisieren in diesen einen Gedanken: Sie werden nicht zurückkommen.

Ich parke den Lieferwagen weit genug entfernt und so, dass man ihn von der Straße aus nicht sehen kann, dann steige ich aus. Nach der Klimaanlage im Auto erschlägt mich die Hitze fast. Kein Windhauch, nur stehende, heiße Luft, die mich erdrückt wie ein viel zu schwerer Mantel.

Wie gut, dass ich so oft mit ihm hier war und das Terrain in- und auswendig kenne. Ich bin sicher, selbst wenn Ally es durch ein Wunder hierher schaffen würde, um Jury zu retten, sie würde den Höhleneingang niemals wiederfinden. Und Tom kann mir auch nicht mehr nachspionieren mit seinem Gips.

Landgraf wird sicher bis zu dem unterirdischen See klettern wollen, um Jury zu imponieren. Dieser See ist türkisgrün wie das Meer in der Karibik und hat einen Sandstrand. Da werden Jury die Augen rausfallen – wenn ihnen bis dahin die Lichter noch nicht ausgegangen sind. Sie werden dort sicher rasten und spätestens dann geben die Batterien ihren Geist auf. Und das bedeutet, sie kommen nicht über den See und müssen denselben Weg zurück. Und selbst wenn sie über den See kommen, dann werden sie den wahnsinnigen Grat über den Höllencanyon ohne Lampen niemals bewältigen können.

Sogar ich habe es mit Licht kaum geschafft, da drüber zu klettern. Allerdings war es das wert, denn dahinter war eine große Grotte mit weißen und rosafarbigen Perlsintern und von dort war es nicht mehr weit zum unteren Höhlenausgang.

Es ist sogar hier im Wald so schwül, dass mir das Wasser überall runterläuft, als wäre ich in der Sauna. Und es kommt mir so vor, als würden auch die Blätter alle schlapp an den Bäumen hängen. Dabei scheint die Sonne heute gar nicht. Der Himmel ist grau.

Jetzt müsste ich gleich in der Nähe vom Hochsitz sein. Ich gehe langsamer und konzentriere mich darauf, keinen Lärm zu machen. Schon von Weitem sehe ich die Klamotten, die neben dem Höhleneingang liegen, durch die Bäume leuchten.

Ich schleiche mich zum Eingang und lausche in die Höhle – nichts. Dann leuchte ich mit der Taschenlampe hinein, kann aber niemanden sehen. Sie sind also weg. Sehr gut. Vorsichtig ziehe ich an dem Seil im Haken. Verdammt, er hat es unten festgemacht! Ich hatte gehofft, dass er vor Jury den starken Helden spielen wird und so lächerliche Vorsichtsmaßnahmen außer Acht lässt. Aber ich habe mich getäuscht.

Zum Glück habe ich an alles gedacht und einen Teil meiner Ausrüstung dabei, den anderen habe ich Jury geliehen. Dann werde ich mich eben abseilen, die Knoten lösen und das Seil mitnehmen. Hier geht es zehn Meter weit runter. Und wenn ich schon mal unten bin, dann kann ich auch gleich noch das Seil vom Briefkasten rausziehen. Sicher ist sicher.

Mit Genugtuung stelle ich fest, wie feucht und kalt es hier unten trotz der Hitze der letzten Tage ist. Wunderbar, man müsste ein Zauberer sein, um diese Wände ohne Seil wieder hochzukommen, das würde nicht mal Tom schaffen und der klettert alles. Und Jury halte ich eh für einen Angeber, der sich, was klettern angeht, mächtig überschätzt.

So, weg mit der Verbindung zur Welt! Es ist so befreiend, das Seil aus dem Karabiner zu lösen und es zusammenzurollen. Mit jedem Stück fühle ich mich auch Carolina näher. Du bist gerächt, endlich! Endlich kannst auch du deinen Frieden finden, denke ich zufrieden und packe das Seil vom Briefkasten in meinen Schleifsack, ehe ich zurück zum Eingang gehe. Dort löse ich das nächste Seil. Meine Brust wird so eng und dann so weit, ich möchte gern Hallelujah singen. So grandios habe ich mich nicht mehr gefühlt seit . . . Ach, ich weiß es nicht. Das hätte ich schon viel früher tun sollen, statt mich mit komplizierten Racheplänen und solchen Weicheiern wie Tom oder Ally rumzuplagen.

Ich fange jetzt doch leise zu singen an, was ich schon sehr lange nicht mehr getan habe. Um genau zu sein, seit Carolinas Beerdigung nicht mehr. Da habe ich mir geschworen, dass ich dafür sorgen werde, dass er bezahlt. Endlich bezahlt.

Ich klettere mühsam wieder hinauf und löse mein Seil dann auch aus dem Haken.

Draußen kriege ich zuerst fast keine Luft. Die Hitze legt sich wie nasse heiße Handtücher auf meine Lungen und mir bricht sofort der Schweiß aus. Dabei scheint die Sonne nicht mal, im Gegenteil, der Himmel ist voll dunkelschwarzer Wolken.

Und jetzt nichts wie weg, auf nach Hause.

Ich werde diesen Widerling nie wieder sehen.

Bye-bye Landgraf, Tschüss Papa.

32. Ally

Nach gefühlten hunderttausend Jahren sind wir endlich da und stellen unser Auto neben Jurys TT. Wie es aussieht, sind Landgraf und er mit nur einem Auto gefahren.

Tom starrt finster durch die Windschutzscheibe in den immer dunkler werdenden Himmel. »Wir müssen uns beeilen, das sieht verdammt nach Regen aus.«

»Der ist nach der ganzen Hitze auch überfällig, sie haben ab Mittag sturzflutartige Niederschläge vorhergesagt. Aber wir sind doch nicht hier, um übers Wetter zu plaudern, oder?« Ich steige aus, schaue auf den Wald und versuche, mich zu erinnern, habe aber nicht den leisesten Schimmer, an welcher Stelle wir damals losgegangen sind. Ich war so in Panik.

»Du hast wirklich keine Ahnung von Höhlen«, sagt Tom zu mir, während er sich aus dem Auto quält. »Es gibt welche, die füllen sich in null Komma nix mit Wasser und dann Gute Nacht, Marie!« Tom deutet mit der Handkante einen Schnitt durch die Kehle an, dann humpelt er zum Kofferraum und holt ächzend die Ausrüstung heraus. »Hilf mir mal, pack mit an!«, kommandiert er.

»Wie meinst du das, ›Gute Nacht, Marie‹?«

»Das Wasser kann zum Beispiel Wege abschneiden.«

Ich schaue zum Himmel und dann wird mir noch mulmiger. Es dauert alles so lange, am liebsten würde ich einfach in den Wald rennen, aber damit wäre auch keinem geholfen.

»Wirst du das überhaupt schaffen, mit diesem Gipsfuß und der Schiene?«

»Das wird sicher kein Spaziergang, aber ich muss dich bis zur Höhle begleiten – oder kennst du dich mit GPS aus?«

»Wofür brauchen wir denn GPS?«

»Für die Höhlenrettung. Die brauchen genaue Daten, sonst finden die uns niemals. Wir wissen nicht, was Mila vorhat, aber du brauchst nur meine Verletzungen anzuschauen, dann weißt du, wie ernst es ihr ist. Und wenn es jetzt noch regnet, dann wird es wirklich eng. Also beeil dich.«

Ich bin beladen wie ein Esel und Tom hat sich trotz seiner Verletzungen auch einen vollen Schleifsack umgehängt.

»Müssen wir all diese Seile mitnehmen?«

»Ja. Erinnerst du dich an etwas?« Er schaut sich suchend um. »Ich bin damals Mila hinterhergeschlichen und habe mich leider nur auf sie konzentriert.«

»Aber ich dachte, du bist ein *Cave-doctor?«*

Er lacht bitter auf. »Ja, das bin ich und nur deshalb bin ich trainiert genug, mir diese Strapaze anzutun. Aber auch *Cave-doctors* sind keine Zauberer.«

Ich starre den Wald an, die Buchen, die Holunderbüsche. Böser Wald, denke ich, nein, Unsinn, Wald ist nicht böse. Aber dann fällt mir doch etwas ein, nämlich dass ich an den bösen Wolf gedacht habe ... »Ja, ich hab's, da muss irgendwo ein Stein sein, der wie die Haube von Rotkäppchen aussieht.«

Nachdem ich Tom erklärt habe, was ich damit meine, trennen wir uns und jeder sucht in einer anderen Richtung.

Schon nach einer Minute ruft mich Tom. »Ist es das?« Er zeigt auf den rötlichen Stein zu seinen Füßen.

»Ja!« Wir seufzen beide erleichtert und gehen an dieser Stelle in den Wald.

»Hier sind frisch abgebrochene Äste«, stellt Tom fest, »und hier ist das Gras niedergetreten.« Er geht zielstrebig weiter und ich folge ihm, dabei unterdrücke ich das immer stärker werdende Gefühl von Panik, die ganze Zeit kann ich nur an

Jury denken, meinen Superbruder, den ich mir schon so oft in die Hölle gewünscht habe. Aber wenn ihm jetzt etwas zustoßen würde, dann wäre das wirklich die Hölle. Angst steigt in mir auf, Angst um Jury – und Angst davor, dass ich noch mal in diese Höhle steigen muss. Keine Angst vor Säbelzahntigern, die gar nicht da sind, versuche ich, mir zu sagen und ruhig zu atmen.

Wir gehen bergauf, Tom keucht und stöhnt abwechselnd. Ich bin mir sicher, er hat Schmerzen, aber er beißt die Zähne zusammen und humpelt, so schnell er kann. An einer Wegbiegung bleibt er stehen und zieht ein Nickytuch mit lauter Totenköpfen aus der Tasche. Er faltet es dreimal und versucht, es sich umzubinden, um die lockigen Haare aus der Stirn zu halten, aber er schafft es nicht mit nur einem Arm.

Ich gehe zu ihm und helfe ihm. Er riecht gut, obwohl er stark schwitzt. Als ich fertig bin, treffen sich unsere Blicke und ich sehe zum ersten Mal, dass in seinen grauen Augen blaue Farbkristalle leuchten wie in einem Kinderkaleidoskop.

»Ich bin froh, dass du hier bist, aber warum bist du überhaupt mitgekommen?«, frage ich ihn.

»Was ist denn das für eine blöde Frage? Um zu verhindern, dass Menschen sterben.« Er zögert. »Nicht, dass du meinst, ich wäre so ein Gutmensch, aber ich habe Mila mal geliebt und sie braucht Hilfe. Ich bin froh, dass du mir Bescheid gesagt hast. Wollen wir hoffen, dass wir es rechtzeitig schaffen.« Er lächelt gequält, ehe er sich umdreht und weiterläuft.

Tom wird mir immer sympathischer, ich glaube nicht, dass Jury oder Ferdi so etwas für eine Verflossene tun würden – schon gar nicht, wenn sie so von ihr verletzt worden wären.

Langsam, sehr langsam nur kommen wir voran. Es ist so schwül, dass sich die Luft schon beim Einatmen klebrig anfühlt. Und weil wir so langsam sind, umschwirren uns gierige Mücken, aber ich bin dermaßen damit beschäftigt, all die Gurte und Taschen festzuhalten, dass ich nicht mal eine Hand zum Wegwedeln frei habe.

Ich frage mich, wie lange wir schon unterwegs sind. Doch dann entdecke ich am Boden diese Blumen mit den roten Blüten, die wie eine Art Turbanglöckchen aussehen. Erleichtert stelle ich fest, dass es nun nicht mehr allzu weit sein kann.

Genau in diesem Moment ertönt leises Donnergrollen.

»Das gefällt mir nicht.« Tom zeigt zum Himmel. »Wir sollten uns beeilen.«

Wir laufen schneller, ich halte den Blick auf den Boden gerichtet und plötzlich pralle ich auf Toms Rücken, der abrupt stehen geblieben ist. Wortlos zeigt er auf einen Personalausweis, der vor ihm auf dem Waldboden liegt.

Ich bücke mich und hebe ihn schwer atmend auf. »Das ist dein Ausweis«, sage ich und halte diesen ihm entgegen.

Tom grinst und plötzlich erinnert er mich an Winnie Puh, wenn er unverhofft einen Honigtopf entdeckt hat. »Sehr gut, du siehst, ich habe den Polizisten die Wahrheit gesagt. Ich muss ihn verloren haben, als ich vom Hochsitz zurück zum Auto gekrochen bin. Ich bin nicht sehr weit gekommen, und wenn nicht diese Gruppe österreichischer Botanikstudenten hier aufgekreuzt wäre, dann läge ich wahrscheinlich immer noch hier.«

Es donnert lauter.

Tom sieht sich etwas verloren um. »An diesen Waldabschnitt kann ich mich nicht mehr richtig erinnern. Verdammt!«

»Ich glaube, wir sind schon fast da«, sage ich und kneife die Augen zusammen, um besser sehen zu können. »Schau mal, dort drüben«, rufe ich aufgeregt, »dieser Fels, der wie ein Wal aussieht … «

Ich laufe einfach los, stolpere über das Gestrüpp, und je näher ich dem Wal komme, desto sicherer bin ich, dass es der richtige Felsen ist. Doch bevor ich ihn erreiche, versperrt mir ein Hindernis den Weg, es ist der Hochsitz. Er ist umgekippt und liegt wie ein abweisender Zaun vor dem Felsen. Ich klettere über die Holzbalken und renne zu dem Felsen hin, gehe noch ein paar Schritte weiter. Da liegen die Rucksäcke und Kleider von Landgraf und Jury, ganz oben auf seinem Haufen seine geliebte Sonnenbrille. Ich könnte heulen vor Erleichterung!

Schnell klettere ich zurück und rufe Tom. »Tom, Tom hier ist es!«

Über mir kracht ein so gewaltiger Donner, dass ich zusammenzucke und verdammt froh bin, dass Tom auch hier ist.

Als er endlich am Höhleneingang angekommen ist, setzt er sich seinen Helm auf und leuchtet mit der Helmlampe in die Höhle. Er stöhnt laut auf.

»Verdammt, Mila hat die Seile rausgenommen.«

Ich verstehe ihn fast nicht, denn jetzt ist auch noch starker Wind aufgekommen und erste Regentropfen knallen auf die Erde.

»Was soll das heißen?«

»Um in die Höhle reinzukommen, hast du dich doch letztes Mal abgeseilt – ja und wie bist du wieder rausgekommen?«, fragt er und schaut mich an wie ein total genervter Lehrer.

»Keine Ahnung!«

»Oh ja, stimmt, entschuldige, du warst ja ohnmächtig. Also, um wieder rauszukommen, brauchst du die Seile. SRT nennen wir das.«

»SRT?«

»Single-Rope-Technik, mit der schaffst du es, dich mit nur einem Seil ab- und wieder hochzuseilen.« Er zeigt mir den Sitzgurt mit der zentralen Aufhängung am Bauch und über der Brust und erklärt, wie die beiden Seilklemmen funktionieren. Aber alles, was ich mir wirklich merke ist, dass ich quasi wie eine Raupe am Seil nach oben aufsteigen muss, indem ich die obere Seilklemme, an der die Trittschlingen befestigt sind, hochschiebe, damit meine Beine in eine Hockstellung kommen und ich dann aufstehen muss, die Seilklemme wieder hochschieben, dann hocken und wieder aufstehen und immer so weiter. Aber ich kann mir nicht vorstellen, dass ich das wirklich schaffe, es ist so unwirklich, als würde mir jemand erklären, wie man ein Flugzeug fliegt und dann ernsthaft erwarten, dass ich einen Jumbo problemlos im Dschungel lande.

Starker Wind ist aufgekommen und verbiegt die Bäume, Tom muss laut schreien, damit ich ihn verstehe.

»Ich weiß nicht genau, wie es da drinnen aussieht«, brüllt er, »manchmal schafft man das auch ohne Seil, aber ich fürchte, es ist zu feucht.« Tom packt mich bei den Schultern und schaut mir in die Augen. »Du musst da jetzt runter, Ally, mit allen Seilen, aber ich bin sicher, du schaffst das!« Dann lässt er mich wieder los und brüllt: »Los, du musst dich anschlazen, und zwar zackig.«

Bevor ich auch nur ein Wort des Protestes sagen kann, fängt es an, wolkenbruchartig zu schütten. Tom flucht, rafft die Kleider von Landgraf und Jury zusammen und stopft sie in eine Plastiktüte, die er aus dem Schleifsack zieht.

Dann suchen wir uns einen Baum, unter dem wir etwas geschützter sind, aber es tratscht so dermaßen, dass ich jetzt schon pitschnass bin. Tom öffnet seinen Schleifsack und kippt einen gelb-weiß gestreiften Schlaz, Handschuhe, Gurte, Karabiner und einen Helm auf den Boden.

Die Handschuhe werden sofort vom stürmischen Wind weggeweht. Ich renne ihnen hinterher, werde dabei bis auf die Haut nass und frage mich, wie verrückt ich eigentlich bin. Habe ich im Ernst gedacht, es würde reichen, mal ein freundliches »Hallöchen« in die Höhle zu rufen, und damit wäre alles erledigt?

Als ich endlich mit den Handschuhen zurück bei Tom bin, liegt er im strömenden Regen am Höhlenrand und starrt in die Höhle hinein.

»Verdammt, verdammt, verdammt! Siehst du das?«

Als ich zögere, zerrt er an meinem Ärmel und zwingt mich, sich neben ihn zu legen und mit ihm nach unten zu starren. Ich sehe nichts anderes als diese weich glänzenden Wucherungen, nur sieht es so aus, als wären sie viel weiter oben als beim letzten Mal. Als ich das Tom sage, schüttelt er den Kopf.

»Das ist Wasser! So ein verdammter Mist, dass ich verletzt bin. Du musst sofort da runter, Ally. Das Wasser steigt schnell, es könnte sein, dass ihnen der Rückweg abgeschnitten ist. Du musst jetzt runter mit allen Seilen, die wir haben, und sie suchen. Los, los mach schon!«

Mein Hals fühlt sich an, als würden ihn eiserne Ringe zusammenquetschen. »Und wenn ich wieder ohnmächtig werde?«

»Das wirst du nicht, denk an den Säbelzahntiger! Hier stehen Menschenleben auf dem Spiel. Ich weiß nicht, was Mila noch getan hat, aber ich könnte mir vorstellen, dass sie nicht nur die Seile weggenommen, sondern auch die Ausrüstung manipuliert hat.«

»Kannst du nicht die Höhlenrettung anrufen, jetzt wo du die Geodaten hast?«

»Klar, Ally, das werde ich machen, sobald du unten bist. Aber du musst jetzt sofort da runter, siehst du denn nicht, wie das Wasser steigt? Versuche, immer tief und langsam zu atmen. Wenn du merkst, dass du anfängst zu hyperventilieren, dann halte die Hand so dicht vor den Mund, dass du die ausgeatmete Luft wieder einatmest.« Er ist mühsam wieder aufgestanden, zieht mich mit dem gesunden Arm auch hoch und reicht mir den Schlaz. Dieses Mal habe ich lange Hosen an und ziehe ohne Meckern Toms Fleecepullover über mein pitschnasses T-Shirt, das Wasser tropft aus meinen Haaren und ich frage mich, wie sinnvoll es ist, so nass in den Schlaz zu steigen. Aber Tom treibt mich so zur Eile an, dass nicht wirklich Zeit zum Nachdenken bleibt.

»Aber dort unten kommt dann so ein Briefkasten . . .«

»Scheiße, dann sollten wir uns noch mehr beeilen, die laufen besonders schnell voll.«

»Ich kann das nicht!« Meine Beine zittern im Takt mit meinem rasenden Puls.

Ein Blitz schlägt krachend irgendwo in der Nähe ein und der sofort eintretende Donner ist so gewaltig, dass wir beide einen Satz zur Seite machen. Plötzlich geht Hagel über uns nieder, unablässig und mit kleinen Eisbröckchen, stechend wie Nadeln aus Stahl.

»Und wenn ich mich da drinnen weiter abseilen muss?«

»Dann hat Landgraf dort sicher Haken angebracht und du hängst dich mit dem Gurt und der Abseilautomatik einfach dran.« Er lässt mich in den Gurt steigen und legt mir den anderen um den Hals über die Schultern.

Wieder schlägt ganz in der Nähe ein Blitz ein, als wollte das Gewitter niemals weiterziehen. Der Regen ist jetzt wieder wärmer geworden, doch dafür reißt der Wind Tannenzapfen von den Bäumen, die auf unsere Körper einschlagen wie kleine Kanonenkugeln.

»Hast du eine Uhr?«, fragt Tom, ohne ihnen Beachtung zu schenken.

Ich schüttle den Kopf, auf dem Tom gerade den Helm festzurrt.

»Dann nimm meine, du brauchst da unten eine Orientierungshilfe, sonst vergisst du die Zeit völlig.« Er legt mir die Uhr um. »Also, hör mir gut zu, ich rufe jetzt die Bergrettung, klar? Beeil dich trotzdem. Es ist so verdammt beschissen, dass ich diese Höhle nicht kenne, ich kann dir also nur raten, geh kein Risiko ein und sei vorsichtig.«

»Du machst mir wirklich Mut.« Ich versuche ein Lächeln, immerhin wäre ich ohne ihn nicht hier. Nur er kann mir helfen, Jury da rauszuholen. »Wo ich es eh kaum erwarten kann, in dieses Grab zu steigen.«

»Siehst du eine andere Möglichkeit?«

Ja, denke ich, wegrennen, so schnell ich kann, aber das ist natürlich unmöglich. Die beiden sind dort unten, während es in Strömen regnet, und wir haben keine Ahnung, was Mila mit ihrer Ausrüstung angestellt hat. Sie könnten sterben. Ich betrachte Tom, der vollkommen durchnässt vor mir steht, und mich flehend anschaut. Sein blaues T-Shirt klebt an seinem durchtrainierten Bauch und für eine Sekunde beneide ich Mila, dass Tom sich immer noch so um sie sorgt. Obwohl sie ihn fast umgebracht hätte. Er legt seinen gesunden Arm um mich und die Wärme seines Körpers geht sogar durch den Schlaz.

»Ally, wenn ich könnte, wäre ich schon unten. Wir dürfen nicht zulassen, dass Mila den Tod ihres Vaters und den deines Bruders zu verantworten hat. Beeil dich, reiß dich zusammen. Ich bin sicher, du kannst es.«

Er drückt mich fest an sich und dann gehen wir zu dem Einstieg und auf einmal bleibe ich abrupt stehen.

Landgraf ist Milas Vater?

»Wie, was hast du da gerade gesagt?«, frage ich Tom.

Aber der winkt ab. »Wir reden später, beeil dich jetzt!«

Er vergewissert sich, dass ich richtig eingehakt bin, erklärt mir noch mal, worauf ich achten muss und wie ich mich dann wieder nach oben ziehen kann, dann steige ich in die Höhle hinab.

Immer tiefer in den Abgrund. Mein Grab.

33. Mila

Verdammt, ich muss die Karre anhalten, sonst schlingert sie noch komplett in den Graben. Die Scheibenwischer kommen nicht mehr hinterher, so sehr klatscht der Regen aufs Auto. Und als ich das Auto endlich zum Stehen gebracht habe, sehe ich immer noch nichts. Wahnsinn, was da runterkommt.

Bei Carolinas Beerdigung hat die Sonne geschienen und es war eiskalt. Ihre Eltern waren verzweifelt, völlig am Boden zerstört und er ist nicht mal bei der Beerdigung aufgekreuzt. Sie und ich waren Teamführer in seinen Klettergruppen. Wenn ich auch nur eine Ahnung davon gehabt hätte, dass sie und Landgraf eine Affäre hatten, dann wäre ich niemals auf die Idee gekommen, ihr anzuvertrauen, was ich damals herausgefunden hatte.

Mein Hochgefühl ist mit jedem Kilometer, den ich gefahren bin, weiter weggeschwemmt worden. Ich fühle mich wieder klein wie ein lächerlicher Niemand.

Es war meine Schuld. Ich habe Carolina in den Tod getrieben, auch wenn ich es nicht gewusst habe. Wenn sie mir nur vertraut hätte, wäre das nie passiert. Und deshalb hat auch sie mich letztlich verraten.

Sobald mein Vater aufkreuzt, stirbt bei allen Frauen der Verstand ab. Sogar bei Ally, von der ich dachte, sie wäre anders. Na ja, eigentlich hätte ich wissen müssen, dass das nicht klappt, schließlich war es ja bei Carolina genauso gewesen. Dabei war's so toll, eine Freundin zu haben, die drei Jahre älter war und bereits so viel erlebt hatte wie andere in ihrem ganzen Leben nicht. Carolina hatte schon mal in LA gelebt und sogar gekokst, dann aber noch rechtzeitig die

Kurve gekratzt. Sie war wahnsinnig klug. Als sie meinen Arm gesehen hat, hat sie dafür gesorgt, dass ich damit aufhöre, und mir gezeigt, dass ich nicht nur ein elender Versager bin, den keiner lieben kann. Und dann bringt sie sich um – wegen ihm! Die Arme wusste ja nur von Mama und er hat ihr immer erzählt, er hätte nur noch wegen mir mit ihr Kontakt. Und weil er mit Mama nie verheiratet war, dachte sie, das wäre wahr.

Ich hatte geglaubt, alles über sie zu wissen, bis ich ihren Brief gefunden habe. Den Brief, den ich auswendig kann – eine weitere Klinge für mein Herz, die er zu verantworten hat.

Du hast zu mir gesagt, die Lüge tötet die Liebe, das mag sein, doch das Bittere ist, die Wahrheit tötet sie manchmal erst recht.

Oder vielleicht ist es auch einfach nur so, dass er ein großes Feuer in meinem Herzen entfacht hat, an dem er sich aber nicht mit mir zusammen wärmen wollte, und so bin ich lichterloh an ihr verbrannt, an meiner aussichtslosen Liebe.

Wenn du diese Mail liest, kannst du nichts mehr tun. Du hast alle Zeit der Welt, um sie zu lesen, denn ich bin schon tot. Und das ist nicht deine Schuld. Es ist niemandes Schuld. Im Gegenteil, ich danke dir, weil du mir, wenn auch unwissentlich, die Augen geöffnet hast. Ich war blind und wollte nicht sehen.

Jetzt sehe ich. Das hat zuerst sehr wehgetan, aber man darf eben nicht nur das glauben, was man glauben will. Und nachdem ich nun die Wahrheit kenne, habe ich auch die Kraft, mich zu entscheiden, ob ich damit leben möchte.

Ich maile dir, damit du dich nicht schuldig fühlst. Ich schreibe es noch einmal: Mein Tod ist niemandes Schuld, denn er ist meine freie Entscheidung. Ein Leben ohne ihn ist nicht das Leben, das ich führen will oder kann.

Ohne zu wissen, wer er ist, hast du gesagt, andere Mütter hätten auch schöne Söhne, aber so kann nur jemand reden, der nie erlebt hat, was Liebe ist. Du weißt ja, dass ich schon viel erlebt habe, und ich dachte auch, mich könnte nichts mehr umwerfen. Doch da habe ich mich gründlich getäuscht.

Ich wollte das nicht und habe auch nicht darum gebeten, doch sein Lachen, seine Hände, sein Mund – all das berührt mich durch und durch, verglüht mein Inneres zu glitzernden Sternenfunken, aus denen für mich das Glück gemacht ist.

Löscht mich aus und erschafft uns.

Doch wenn es uns *nicht geben kann, bleibt mir nichts. Ich verstehe, dass du mich für verrückt halten musst, es könnte sogar sein, dass das stimmt. Aber das ändert nichts daran, dass es für mich nur noch alles oder nichts geben kann.*

Versuch, ihm zu vergeben, er kann nicht anders. Er wird sich nie für nur eine entscheiden können.

Bitte versteh, dass es nicht in deiner Macht stand, mich daran zu hindern. Nur er hätte das vermocht. In einer Minute mit ihm habe ich mehr erlebt als in den zwanzig Jahren davor. Also habe ich lange genug gelebt.

Das sei dir Trost. Verzeih mir.

Sie war tot und ich konnte ihr nicht verzeihen – und ihm noch weniger. Sie haben mich benutzt, immer nur benutzt. Und er hat einfach weitergelebt, als ob nichts gewesen wäre. Die Vorwürfe ihrer Eltern waren gerechtfertigt, aber niemand hat ihnen geglaubt, wie auch mir niemand glaubt, der einmal meine Narben gesehen hat.

Immer wieder habe ich mich gefragt, ob ich es hätte verhindern können. Ob ich ihren Tod hätte abwenden können, wenn ich gewusst hätte, was dieses Lügenherz ihr angetan hat. Ich lege die Hände ans Lenkrad und den Kopf darauf. Ich würde gern weinen, aber es geht nicht. Stattdessen wünsche ich mir ein Messer.

Ein krachender Donnerschlag reißt mich aus diesen sinnlosen Gedanken. Ich zucke zusammen und dann schrecke ich hoch, als mir plötzlich klar wird, was eigentlich los ist. Es schüttet aus Kübeln. Ich habe die Seile aus der Höhle entfernt. Die beiden haben in Kürze kein Licht mehr. Sie werden sterben, weg sein für immer, so wie Carolina. Weg.

Landgraf weg. Jury weg.

Wenn Ally an Jurys Grab steht, wird sie wissen, dass ich es in der Hand gehabt hätte.

ICH.

Und ich sitze hier und lechze nach einem Messer, um an mir rumzuritzen. Ich muss vollkommen verrückt sein, irre. Mir wird übel.

Es blitzt jetzt mehrfach hintereinander, sodass es ganz hell im Auto wird. Zusammen mit neuem Donner kracht so viel mit Hagel durchsetztes Wasser auf die Windschutzscheibe, dass ich Angst habe, sie könnte dem Druck nicht standhalten.

Ach ja, du fürchtest, dass die Scheibe zerbirst, und was ist mit Jury und ihm? Die beiden sitzen in einer Höhle, in der das Wasser ansteigt, und zwar schnell – ohne Seile, ohne Licht.

Wie konnte ich so lange mein Gewissen ignorieren? Wie war es möglich, dass ich immer nur *ich, ich, ich* gedacht habe? Alles was ich getan habe, war *ich, ich, ich*. Sie werden sterben, Mila. Sie werden sterben, brüllt die Stimme meines Gewissens. Nicht wie Carolina, nicht weil sie das unbedingt wollten, sondern einzig und allein, weil *du* das wolltest.

Möchtest du am Sarg von Jury stehen und Ally beim Weinen zusehen? Und was ist mit ihm, deinem Vater? Du denkst, wenn er tot ist, wird alles besser. Aber glaubst du wirklich, du kannst mit der Schuld leben, eine Vatermörderin zu sein?

Das bist nicht du, Mila. Oder warum sonst hast du Ally diese Mail geschickt? Doch wohl in der Hoffnung, sie würde es schaffen, dich zu stoppen.

Diese Stimme wird immer lauter, übertönt sogar den prasselnden Regen. Ich ertrage das nicht länger, ich will sie nicht hören, sie soll schweigen! Ich kremple den linken Ärmel hoch und starre diese Narben an, als könnten sie mir eine Antwort auf meine Fragen geben, und gerade jetzt tut jede einzelne von ihnen so weh, als würde ich reinschneiden, sehr, sehr tief reinschneiden. Ich möchte mir den Arm abhacken, möchte raus aus diesem Körper, raus aus mir, aus diesem *ich, ich, ich!* Ich kriege keine Luft, reiße die Tür auf und stelle mich in den klatschenden Regen, der wie Ohrfeigen des Himmels auf mich niedergeht.

Sofort kühlt mich das Wasser ab, ich schaue in den Himmel und sehe nur einen nicht enden wollenden grauen Vorhang aus dicken Wasserperlen. Ein komisches Gefühl macht sich in meiner Brust breit. Enge, dann ein Brennen und Stechen und Schnüren und ich kann nur eins tun, um das abzustellen, muss den Mund aufreißen und schreien, ich schreie in den Regen und heiße Tränen laufen mir aus den Augen, vermischen sich mit den Regentropfen, und während es mich schüttelt, kann ich nicht aufhören zu schreien, immer lauter und lauter.

»Nein!«, schreie ich, »Neiiiin!«

34. Ally

Mit jedem Meter, den ich am Seil hinunter in den Schacht gleite, wird mir schwindeliger. Auf den ersten Metern habe ich noch über Mila und Landgraf nachgedacht, aber je tiefer ich komme, desto verrückter spielt mein Körper. Ich sehe nur unscharf, aber das kann auch am herabstürzenden Regen liegen, der immer stärker wird, anstatt endlich nachzulassen.

Atmen, sage ich mir, atmen, bloß nicht anfangen, hysterisch zu werden. Denk an Jury, denk daran, dass du sie rausholen musst. Es geht nicht um dich, es geht um die beiden. Das behauptet mein Kopf, aber mein Körper sagt etwas ganz anderes. Mein Herz hämmert wie eine Maschine kurz vorm Overkill. Wie lange kann ein Körper das aushalten?

Tom brüllt irgendwas von oben, was ich aber wegen des Rauschens nicht verstehen kann. Ich bin auf mich gestellt. Als ich unten ankomme und meine Füße auf den Boden setzen will, ist da gar kein Boden, sondern Wasser, es steht mir schon bis zu den Knien. Wie gut, dass ich dieses wasserfeste Zeug anhabe.

Ich versuche, mich an das zu erinnern, was mir Tom über das Verhalten in Höhlen gesagt hat, aber mir ist so dermaßen schwindelig, alles dreht sich um mich. Der Säbelzahntiger, wie war das noch? Nein, es ging da doch um eine Schlange. Ja, die Midgardschlange, die Schwester von Hel, der Totengöttin, die hätte sich hier bestimmt wohlgefühlt.

Hand vor den Mund, in die Hand atmen. Ich wate durch das Wasser, Richtung Briefkasten. Jury, denk an Jury. Ich weiß noch, wie wir zusammen schwimmen gelernt haben, es war das Einzige in meinem Leben, was ich vor ihm konnte. Ich stehe vor dem winzigen Schlitz in der Wand und zittere so, dass ich mich an der Höhlenwand festkrallen muss. Das Wasser reicht hier nur bis zur Wade. Ich suche mir einen festen Stand und drehe den Kopf so, dass die Lampe am Helm Licht in den Schlitz wirft, atme in die Hand, atme, suche einen Sicherungshaken, auch der ist leer, kein Seil weit und breit. Ich klinke mich ein. Den Kopf zur Seite drehen, um durchzukommen, dahinter hatte Landgraf eine große Höhle versprochen. Hier ist es plötzlich still, nur ein leises Gurgeln ist zu hören.

Mein Herz pumpt Blut im Rhythmus von Maschinengewehren, gleich werden meine Adern platzen, gleich wird mein Kopf explodieren. Atmen, atmen, Säbelzahntigertigertiger. Alles dreht sich.

Beruhigen, beruhigen. Ich bin auch zuerst vom Dreimeterbrett gesprungen, vor Jury, das habe ich total vergessen. Da war ich mutiger als er, hab ihn dann an der Hand genommen und zusammen mit mir hat er sich schließlich getraut.

Ich stecke an der Schulter fest. Total fest. Atmen. Ich versuche, den Blick auf etwas zu richten, da ist eine kleine Rosette in der Wand. Rosen, so was in Silber machen. Rosette, das buchstabiere ich, R-O-S-E-T-T-E, um mich abzuregen, und tatsächlich wird mein Blick klarer, der Schwindel wird weniger, aber das Hämmern bleibt.

Also, wie komme ich jetzt weiter? Wie kann ich die Schulter schmaler machen? Ich strecke den Arm nach oben und lasse mich mit nach links gedrehtem Kopf und hochgerecktem Arm weiter ab.

Verdammt, da ist Wasser. Wasser und noch mehr Wasser. Es reicht mir schon bis zum Bauch und je weiter ich runterkomme, desto höher steigt es. Aber wenn dort unten eine große Höhle ist, wäre das doch völlig unlogisch – es sei denn, dort ist auch schon alles voller Wasser. Und dann ertrinke ich. Und was ist mit Jury? Mir wird schwarz vor Augen.

Nein, du wirst jetzt nicht ohnmächtig.

Ich muss in beide Hände atmen, um klar zu werden. Ich werde die Luft anhalten und nach unten tauchen.

Verdammt, ist mein Licht überhaupt wasserdicht? Was, wenn es für immer ausgeht und ich hier drin bis ans Ende meiner Tage feststecke?

Völliger Unsinn, Ally, versuche ich, mich zu beruhigen. Tom hat bestimmt das beste Licht der Welt und außerdem kommt ja bald die Bergrettung. Also, los jetzt.

Ich halte die Luft an und gehe unter Wasser, uahh, ist das kalt. Abartig kalt! Dieser elende Briefkasten hört dort unten auf, aber ich sehe nicht, wo es weitergeht. Der Landgraf ist ein sadistisches Schwein, dass er Menschen hierher geschleppt hat. Ich ziehe an der oberen Seilklemme und stemme mich prustend wieder hoch, das Licht flackert. Nein, bitte nicht ausgehen, nicht jetzt. Ich muss den Mund weit aufmachen, um überhaupt noch Luft in meinen Körper zu kriegen, atme stoßweise. Versuche, einen Punkt zu fixieren, aber alles dreht sich schneller und schneller. – Was ist denn das? Dort oben rechts geht es in einen anderen Gang, das konnte ich vorhin nicht sehen, weil ich den Kopf nach links gedreht hatte.

Ich arbeite mich quälend langsam hoch, hake mich aus, lasse das Seil hängen, robbe in den Gang, fühle mich zerbrechlich wie ein Pringle in einer zu engen Rolle, muss auf den Ellenbogen weiterrobben, den Schleifsack ziehe ich hinter mir her, nichts denken, nur robben, kriechen und auf einmal merke ich, dass trotz der ständigen Bewegung mein Herz langsamer schlägt. Ich halte inne und schaffe es, die modrige Luft langsamer ein- und auszuatmen. Tatsächlich, das Hämmern in meiner Brust ist schwächer geworden, dafür bin ich wie beflügelt von dem Adrenalin, das durch meine Adern rast, es kann nicht mehr weit sein.

»Jury«, rufe ich, aber meine Stimme bleibt irgendwie in dieser schlammigen Röhre stecken, ich muss sie so schnell wie möglich hinter mich bringen und robbe weiter durch den zähen Schlamm, schiebe mich vorwärts, trotze der Höhle Zentimeter für Zentimeter ab und jede winzige Bewegung hört sich so schmatzend und katschend an, als wäre ich ein Stück Brot, das versucht, in einem Käsefondue zu überleben.

35. Mila

Ich bin umgedreht und dieser Scheißhimmel tut trotzdem alles, damit ich es nicht schaffe. Es ist, als ob ich in einer Nussschale einen wilden Wasserfall durchfahren müsste. Lächerlich langsam, Schritttempo.

Dafür rasen die Gedanken durch mein Hirn wie Blitze. Die zwei finden ohne Licht niemals zurück. Im Briefkasten steigt das Wasser und läuft in den oben darüberliegenden Gang. Durch den müssten sie robben, um zum Ausstieg zu kommen. Und selbst wenn sie es bis zum Ausstieg schaffen und ich dort die Seile wieder anbinde, kann es sein, dass das Wasser zu hoch ist. So lange kann kein Mensch die Luft anhalten.

Jetzt trete ich das Gas doch durch. Die Karre schleudert sofort und schlingert quer über die Straße. Idiotin! Verdammt, langsamer! Beherrschung! Geduld!

Nein, die einzige Chance, sie heil rauszukriegen, ist, wenn ich von der anderen Seite aus in die Höhle gehe. Aber ich habe keinen Schlaz, nur wasserfeste Wanderschuhe und eine lange Hose und die Lampen auf dem Ersatzhelm sind nicht wirklich wasserdicht – und ich muss durch den See. Egal, ich fahre jetzt zum unteren Ausgang.

So, hinter diesem Kaff muss ich abbiegen und hoch Richtung Wald fahren. Als wir die Höhle das erste Mal zusammen geklettert sind, haben wir den Käfer am oberen Eingang geparkt und unten den Lieferwagen. Ich erinnere mich, am Ende des Ortes war eine Gärtnerei und dann kam eine Schreinerei, hinter der sind wir dann auf den Forstweg Richtung Höhle.

Da kommt er.

Hier fressen sich die Räder noch langsamer durch den Schlamm, krachen in Schlaglöcher, reißen mich aus dem Sitz. Ich mache den Gurt enger. Muss noch mehr bremsen und versuche, mir in Gedanken den Weg durch die Höhle vorzustellen.

Bisher bin ich immer von oben gekommen und es ist unglaublich, wie anders alles aussieht, wenn man die Seiten wechselt. Zuerst muss ich durch den steilen Schluf, der wird auch voller Wasser sein. Aber er hat im Boden einen scharfkantigen Minicanyon, der wie eine natürliche Regenrinne wirkt, deshalb wird das Wasser gut abfließen – hoffe ich. Aber ich muss mir irgendwas um den Hintern binden. Danach kommt die Höhle mit den Perlsintern, aber die hat viele tote Abgänge, das wird schwierig, denn ich kann es mir nicht leisten, in so einem zu landen.

Nach einer Ewigkeit erkenne ich durch den Regen undeutlich das Naturschutzgebiet-Schild, ja, hier haben wir damals geparkt. Am liebsten würde ich sofort losrennen, aber ich zwinge mich, an alles zu denken und die Panik zu unterdrücken. In Gedanken gehe ich die Liste durch: Ich habe einen Schleifsack mit den Seilen und meinen Gurt. Den Ersatzhelm. Die Ersatzbatterien. Aber wie kann ich meinen Hintern vor den Spitzen im Schluf schützen? Ich durchsuche hektisch das Auto, finde aber nur ein altes Handtuch, mit dem Mama sich die Hände abtrocknet, wenn sie Schnittblumen in Kübeln ausliefern muss. Egal, das stopfe ich mir hinten in die Jeans, alles besser als nichts.

Und jetzt erst erlaube ich mir einen Gedanken an Jury und Landgraf. Mittlerweile ist ihnen das Licht sicher ausgegangen und es ist verdammt dunkel in einer Höhle ohne Licht. Es ist ein Märchen, dass man sich daran gewöhnt, man sieht einfach nichts. Null. Es ist stockfinster, nicht mal die Hand vor den Augen kann man erkennen.

Ally würde verrückt werden da drin. Und ich muss verrückt gewesen sein. Vollkommen verrückt, ihren Bruder töten zu wollen.

Ich checke noch mal alles durch, dann verlasse ich das Auto und renne, so schnell ich kann, in die Richtung, wo der Eingang versteckt liegt. Er ist bei den drei bösen Schwestern, so haben wir die verkrüppelten Latschenkiefern in der Nähe des Eingangs getauft. Aber der Regen verändert alles, die Bäume biegen sich im Wind und sehen alle wie böse Schwestern aus. Ich bin bis auf die Haut nass, als ich endlich den Eingang entdecke. Das Handtuch in meiner Jeans saugt sich voll mit Wasser und wird tonnenschwer. Egal, es bleibt drin.

Ich knie mich auf den Boden, Wasser strömt aus dem Eingang, und nachdem ich das Licht angeschaltet habe, sehe ich, dass der Minicanyon zwar randvoll ist, aber noch nicht überläuft.

Mein Blick fällt auf die Engstelle. Was für ein Schwachsinn, das Handtuch in den Hintern zu stopfen, ich muss ja den steilen Schluf hochrobben, da brauche ich das Handtuch vorne, damit die Felsspitzen mir nicht den Bauch und die Brust aufschneiden. Ha, du liebst es doch, aufgeschnitten zu werden, sagt eine böse Stimme in meinem Kopf, während ich hektisch das nasse Handtuch unter mein Shirt stopfe.

Dann lege ich mich der Länge nach hin und krieche auf den Ellenbogen in den Gang hinein. Während ich durch den Schlamm robbe, muss ich wieder an Ally denken. Das hier würde sie umbringen, der Dreck und die Enge; es ist so eng, dass ich stecken bliebe, wenn ich tief atmen würde. Au, verdammt, ich muss den Kopf dichter überm Boden halten, sonst ramme ich mir die spitzen Deckensteine noch durch den Helm bis in den Hinterkopf.

Ally . . .

Ich habe Ally auch nur benutzt, wie kann ich da allen Ernstes behaupten, *sie* hätte *mich* verraten? Ein Schwall Übelkeit steigt in mir hoch, ätzend wie Säure.

Los, Mila, beeil dich.

Ich kenne Landgraf, wenn dem das Licht ausgeht, wird er so wütend, dass er irgendeinen wahnwitzigen Scheiß macht, weil er es nicht erträgt, nicht Herr der Lage zu sein.

Ich spüre einen Luftzug, da vorne endet der Schluf.

36. Ally

Unglaublich, was da vor mir liegt, nachdem ich mich wieder aufgerappelt habe. Ich stehe in einer rosabraunen Zaubergrotte, in der es regnet, Wasser tropft von überall her, auch aus der gewölbten Decke, aber diese Decke sieht aus, als würden aus ihr lauter weißgelbe Makkaroni wachsen. Ich muss dieses Wunder einen Moment betrachten und kurz zu Atem kommen, hier geht auch ein Luftzug, der beruhigend wirkt.

Ich versuche, nicht daran zu denken, wo ich bin. Sofort den Gedanken an Tonnen von Stein abzuschalten, mich auf das Wasser zu konzentrieren, das glucksend und schmatzend und gurgelnd von überall her zu kommen scheint. Es hat sich am Boden gesammelt, sodass ich durch fast hüfthohes Wasser vorwärts waten muss.

Ich schaue mich um, ob ich irgendwo einen Haken in der Wand sehe, als Zeichen dafür, wo es weitergeht, aber ich kann nichts entdecken. Von dieser Grotte gehen zwei Löcher ab, ich wate durch das Wasser zum linken Loch und rufe hinein. Nichts. Dann schleppe ich mich zu dem rechten und rufe. Wieder nichts.

Und jetzt? Wie finde ich jetzt heraus, wo es weitergeht? Ich habe nicht mal eine Münze zum Werfen. Ich gehe links, links ist dort, wo das Herz ist.

Hier kann man fast aufrecht gehen, aber nach einer Krümmung endet dieser Höhlengang abrupt vor einer schwarzen Wand. Ich wate durch das Wasser wieder zurück und versuche es mit dem rechten Gang. Der ist zuerst auch sehr hoch, aber schmal, und komischerweise ist hier kein Wasser am Boden, wieso nicht? Die Wände wölben sich mir mit unregelmäßigen Ausbuchtungen entgegen und ich muss langsam gehen, damit ich nicht anstoße.

Und dann höre ich plötzlich Stimmen. Ich laufe, so schnell es geht, haue mir deshalb den Kopf ein paarmal an, aber ich bilde mir ein, wieder etwas zu hören.

»Halloooo!«, rufe ich und hier wird meine Stimme auch nicht verschluckt wie vorhin im Briefkasten, hier gibt es sogar ein Echo. Aber nur von meiner Stimme, nicht von Jurys oder Landgrafs.

Dahinten scheint sich der Gang wieder zu verbreitern. Ich beeile mich noch mehr und rufe immer wieder »Halloooo!«.

»Looo«, kommt es zurück, ich schweige und hoffe, etwas zu hören. Ja, tatsächlich, da kommt ein ganzes »Hallo!«. Großartig, ich kann zwar nicht sagen, wer das gerufen hat, aber das war ganz eindeutig kein Echo.

»Oh mein Gott!« Was ich da vor mir sehe, ist gewaltig und entsetzlich zugleich. In der Mitte des Gewölbes führt ein höchstens unterarmbreiter Pfad über einen Abgrund, der auf beiden Seiten so tief ist, dass ich gar keinen Boden sehen kann, nur Dunkelheit. Doch dieser Pfad ist kein normaler Weg, sondern er besteht aus nebeneinander hochstehenden steinernen Pfeilspitzen, die nur ab und zu von kleinen Plateaus umgeben sind. Ich beuge mich vor und fasse die nächsten vor mir hochstehenden an. Scharf wie eine Schwertspitze.

Da höre ich wieder ein schwach entferntes Hallo. Los, Ally, was gibt es da noch zu zögern? Und wenn ich dort runterfalle? Dann bin ich sicher mausetot, vor allem, wenn da unten auch solche Spitzen aus Stein lauern.

Ich muss den Schleifsack, der auch zwei Tragegurte hat, wie einen Rucksack anlegen, denn über diese Spitzen muss ich klettern. Ich steige aus dem Gurt mit den Trittschlaufen, quetsche alles oben auf den Schleifsack und schnalle ihn um.

Wünschte, ich wäre nicht so nass.

»Halloooo!«, ruft es wieder. Es liegt vielleicht an der Akustik in der Höhle, aber ich bilde mir ein, dass es weder Jury noch Landgraf ist, die Stimme klingt viel heller.

»Ist alles okay?«, brülle ich, weil ich mir überlege, dass ich dann vielleicht nicht über den Grat klettern muss. Hier unter der hohen Decke des Gewölbes und auf stabilem Untergrund fühle ich mich wohler und nicht so eingeschlossen.

»Nein!« Die Stimme ist jetzt viel näher.

Ich versuche, am anderen Ende der Schlucht etwas zu erkennen. Nichts.

»Hallo?« Die Stimme ist näher gekommen.

Ich stelle mich auf die Zehenspitzen, aber das andere Ende der Schlucht liegt im Dunklen. Plötzlich blendet mich eine Lampe.

»Ally, verdammt, was machst du denn hier? Was hast du hier zu suchen? Wo sind Jury und Landgraf?«

»Mila?«

»Hast du die zwei irgendwo getroffen?«, ruft sie.

Meine Knie werden plötzlich wieder zu Gummi. Mila steht dort drüben. Mila, die bei mir eine Göttin des Todes in Auftrag gegeben hat. Und ich bin mit ihr in einer Höhle – alleine. Ich sollte mich sofort aus dem Staub machen.

Aber was wird dann aus Jury?

»Ally. Bitte, warte«, schreit Mila, als ich mich von ihr wegdrehe, aber ich werde nicht wieder auf ihr Getue reinfallen.

»Ally, du kannst nicht zurück, wir müssen Jury und Landgraf finden.«

»Klar kann ich zurück, ich hab nämlich wieder überall die Seile angebracht, die du weggenommen hast.« Ich beiße mir auf die Lippen – das hätte ich ihr besser nicht verraten sollen. Wer weiß, was alles in ihrem kranken Hirn vor sich geht.

»Der Briefkasten und der seitliche Gang laufen voll mit Wasser, da bräuchtest du Sauerstoff, aber mit einer Flasche kommt man nicht durch den Schlitz – abgesehen davon, dass wir sowieso keine haben.«

Und was soll das heißen? Wie kommen wir sonst hier raus? Soll ich vielleicht auf diesem Höllenpfad diesen teuflischen Abgrund überqueren, nur damit mich drüben die irre Midgardschlange dann ins Jenseits stürzt?

Mein Herz, das sich gerade beruhigt hatte, arbeitet wie eine außer Kontrolle geratene Ölpumpe und die Höhlenwände fangen wieder an, sich um mich zu drehen. Nein.

»Ally, es tut mir leid.«

Ein Trick.

»Ally, ich habe über alles nachgedacht.«

Ich öffne den Schleifsack, um meine Gurte rauszuholen.

»Ally, bitte, geh nicht zurück. Wenn du die zwei nicht gesehen hast und ich sie auch nicht, dann haben sie sich verlaufen.«

»Guter Trick, Mila, vielleicht liegen sie irgendwo und sind schon tot und du . . .« Mir versagt die Stimme, nein, Jury ist nicht tot.

»Ally, geh nicht! Warte, ich komme zu dir und dann helfe ich dir über diesen Grat, ich bin da schon öfter drüber. Wir müssen uns beeilen, bevor den beiden noch etwas zustößt. Ich hab so viel Scheiß gebaut, bitte, Ally, das hier ist alles meine Schuld, aber du musst mir helfen, ein letztes Mal, bitte. Warte!«

Ich lasse mich doch nicht mehr von ihr für blöd verkaufen. Mist, ohne Tom ist es total kompliziert, in diesen Gurt zu steigen. Wieso war ich auch nur so bescheuert, ihn einfach auszuziehen?

Während ich mich mit dem Gurt abmühe, kommt Milas

Licht immer näher. Sie klettert verbissen um die Spitzen herum, und als sie dichter herankommt, sehe ich, sie ist ohne Schlaz und Gurt und trägt nur einen Helm mit Licht und einen offensichtlich fast leeren Schleifsack am Rücken. Ihre Jeans haben Löcher, ihre Brust sieht merkwürdig verformt aus und sie ist triefend nass.

»Ally«, keucht Mila, »Ally, bitte verzeih mir, ich hab den allergrößten Scheiß gebaut, wir müssen die Jungs hier rausholen. Sie haben kein Licht, sie könnten in einen Abgrund fallen.«

Ihre Stimme hat so etwas Verzweifeltes, dass ich wider Willen zuhöre. »Du hast mich immer nur angelogen. Warum sollte ich dir jetzt glauben?«

Mila macht einen Schritt auf mich zu und rutscht so plötzlich ab, dass mein Herz kurz stehen bleibt und ich entsetzt nach Luft schnappe. Mila hängt links von einer Pfeilspitze und hält sich nur noch mit den Armen fest.

»Ally, meine Hände sind nass, du musst mir helfen!« Sie schreit so laut, dass ihre Stimme von den Wänden zurückgeworfen wird.

Ohne länger nachzudenken, werfe ich die Gurte weg. »Mila, halt dich fest, ich komme.« Wie mache ich das jetzt? Ich beuge mich vor und klettere mit Händen und Füßen, aber meine Schuhe sind nass und bieten keinen besonders guten Halt.

Ich höre Milas angestrengtes Keuchen, während ich mich, so gut es geht, beeile, aber diese Spitzen sind wie glatt gespülte steinerne Dolche und meine Füße glitschen immer wieder weg. Zentimeter für Zentimeter schiebe ich mich vorwärts, jedes Mal wenn der schwere Schleifsack in eine andere Richtung fällt, reißt es mich zur Seite.

»Ich kann nicht mehr.« Mila stöhnt. »Ally, bitte . . .«

Oh Gott, sie hängt nur noch mit einer Hand an der Felskante. Ich springe mit einem Hechtsprung zu ihr hin, etwas Spitzes bohrt sich gnadenlos scharf in meinen Oberschenkel, aber ich schaffe es, sie am Handgelenk zu packen. Sofort greift sie mit der anderen Hand auch um mein Handgelenk und zieht mich so ein Stück runter.

War das alles nur ein Trick, um mich endgültig zu vernichten? Ich spüre, wie etwas warm in meinem Schlaz pulsiert und trotzdem rutsche ich mit ihr am Arm zurück über diese Spitzen, ziehe mit aller Kraft.

»Wir haben es gleich geschafft, gleich«, stöhnt Mila, »da ist ein Tritt, auf dem ich mich abstützen kann.«

Plötzlich lässt sie los, ich falle ein Stück zur Seite und schaffe es gerade noch, mich wieder zu fangen und an einer Spitze festzuhalten.

Mila stemmt sich hoch und kauert sich neben mich.

Es ist still bis auf unseren keuchenden Atem.

Ich will etwas sagen, aber es kommt nichts aus meiner Kehle, stattdessen wird mir irgendwie ganz komisch, nicht panisch, nein, flau und friedlich, so, als ob alle Kraft aus mir rausgespült würde. Die schwarzen Höhlenwände flackern wie ein gestörtes Fernsehbild und wirbeln um mich herum, langsam wie ein Babykarussell, dann schneller und schneller.

»Mila«, sage ich, aber ich höre mich nicht, höre nichts mehr. »Mila, stell das ab. Bitte.«

37. Mila

Ally liegt da wie tot. Ich klettere vorsichtig zu ihr hin, schüttle sie leicht. »Ally, komm zu dir.«

Nichts. Verdammt, hat sie einen Herzanfall oder so was?

Ich beuge mich tiefer über sie, höre, ob sie atmet. Nichts. Panisch versuche ich, ihren Puls am Handgelenk zu fühlen. Nichts.

Nein, Ally, du darfst jetzt nicht sterben!

Ich greife mit zitternden Fingern an ihren Hals, bin mir aber nicht sicher, ob es mein eigener Herzschlag ist, den ich da spüre, und drücke fester auf ihre Kehle, um mich zu vergewissern.

Sie schlägt die Augen ruckartig auf, starrt mich entsetzt an und zuckt vor mir zurück. Ich lasse ihre Kehle sofort los.

»Wolltest du ganz sichergehen, dass ich tot bin?«, fragt Ally und klingt sehr schwach.

»Nein, ich wollte nur deinen Puls fühlen.«

Sie verdreht ihre Augen und schließt sie dann wieder. »Den Puls«, flüstert sie. »Klar, Hel fühlt mir den Puls. Toller Witz.«

»Ally, ich bin nicht Hel, ich will das alles nicht mehr, ich schwöre dir, ich bin hier, weil ich euch alle heil aus der Höhle rausbringen will.«

»Bisschschn sschpät.« Sie schließt die Augen und sackt wieder weg.

»Ally!« Jetzt schüttle ich sie. »Ally, reiß dich zusammen.«

Ich lege ihren Kopf in meinen Schoß und weiß nicht mehr weiter. Wenn sie jetzt stirbt, dann . . .

Plötzlich macht Ally wieder die Augen auf. »Mein Bein«, wispert sie.

Sofort leuchte ich mit dem Helm ihre Beine ab. Und erst jetzt, nachdem das Licht auf ihre Beine fällt, sehe ich, was los ist. An ihrem linken Bein sind der Schlaz und die Jeans darunter aufgeschnitten. In ihrem Oberschenkel klafft eine Wunde, aus der unablässig Blut hervorsickert.

Okay, okay, ganz ruhig bleiben und überlegen. Hoffentlich ist es noch nicht zu spät. Ich schaue unter Allys Beine und sehe unheimlich viel Blut. Verdammt. Ich muss die Blutung stoppen, sofort! Immerhin, es spritzt nicht raus, also ist es keine Arterie. Aber Blut ist Blut, Mila, los, los. Wie viel Blut kann ein Mensch verlieren, ohne zu sterben?

Immerhin hat sie einen Schleifsack dabei, vielleicht finde ich da etwas Nützliches. Und dann fällt es mir wie Schuppen von den Augen: Diesen komisch gestreiften Schlaz kenne ich, er gehört Tom, genauso wie der Schleifsack. Ich drehe Ally zur Seite, nehme ihr den Schleifsack vom Rücken und durchwühle ihn nach der wasserfesten Verbandskiste, die Tom immer dabeihat.

Als ich sie gefunden habe, zittern meine Hände derart, dass ich die Box kaum aufkriege, geschweige denn die sterile Kompresse aus der Verpackung fummeln kann.

»Ally! Ally, bleib wach, rede mit mir!«

Sie schlägt die Augen auf und murmelt etwas von schlafen.

»Das geht nicht, Ally, du musst mir helfen. Hier, drück das fest auf dein Bein. Tut es weh?«

»Nein, gar nicht«, flüstert sie und schließt die Augen.

»Ally, warum bist du hier?« Ich muss sie bei Bewusstsein halten.

»Um Landgraf und Jury rauszuholen.«

»Dann darfst du nicht schlappmachen, reiß dich zusammen, okay?« Ich frage mich, wie sie es bis hierher geschafft hat, bei der Angst, die sie vor engen Räumen hat. »Wir verbinden dein Bein und dann müssen wir in die andere Richtung, durch den Briefkasten kommen wir so auf gar keinen Fall mehr zurück. Also, bitte hilf mit.«

»Schsch«, macht Ally. »Hör mal.«

Ich halte die Luft an. Da ist wirklich etwas, ein weit entferntes Hallo, es kommt aus der Nähe des Sees. Ich wickle hastig einen Verband um Allys Oberschenkel und sehe mit Grausen, dass er sofort durchblutet.

»Ally, wir müssen los, bevor die beiden noch weiter in die Irre gehen. Kannst du dich aufrichten?«

Sie versucht es, sackt aber wieder zurück. Ich werde sie stützen. Ich nehme alle Gurte, den Schleifsack und stehe auf. »Du musst dich an mir festhalten und dann gehen wir in Babyschritten auf die andere Seite, dort gibt es einen schönen See mit Sandstrand, da kannst du dich dann wieder ausruhen, während ich die beiden suche.« Was rede ich denn da für ein blödes Zeug? Der See ist eiskalt und der Sand ist nicht viel wärmer, aber ich will sie nicht alleine hier zurücklassen.

»Okay.« Ally hängt kraftlos und schlapp an mir wie ein Sack Mehl, der nass geworden ist. Schweiß läuft mir über die Stirn, obwohl es in der Höhle so kalt ist, dass ich meinen Atem in kleinen Wölkchen vor mir sehen kann. Immer wenn wir ins Taumeln geraten, muss ich mich an den Felsspitzen festhalten. Manche sind scharf wie Dolche und schneiden mir in die Hand, andere weich und rund und nie weiß man, was einen erwartet.

»Mila, warum bist du hier?«, fragt Ally plötzlich. »Wolltest du sehen, wie wir alle sterben?«

»Du solltest nicht reden, das strengt dich zu sehr an.«

»Wenn ich wach bleiben soll, dann musst du mir antworten, Mila.« Ally ist kaum zu verstehen, aber sie redet trotzdem weiter. »Warum hast du mir nie gesagt, dass Landgraf dein Vater ist, und wieso diese Story mit der Vergewaltigung?«

»Wir haben es gleich geschafft, nur noch ein winziges Stück«, lenke ich ab und zerre uns weiter, weg von dem fiesen Steg Richtung See.

»Mila, du schuldest mir was, also . . .« Ally sackt in sich zusammen.

Ich greife unter ihre Arme und ziehe sie so die letzten Zentimeter über die Schlucht in den nächsten Höhlengang, dort bette ich sie an die Wand, die hier rund und ausgewaschen ist, dann lasse ich mich keuchend neben sie fallen.

Ich muss die ganze Zeit ihr blutendes Bein anstarren, es erinnert mich an den lächerlich kleinen Blutfleck auf meiner Hose damals an der Isar. Wie konnte das alles passieren? Ich weiß nicht, wie ich Ally erklären soll, was ich selbst kaum verstehe. Kann man überhaupt verstehen, warum Hass für mich so viel leichter zu ertragen war als meine Angst und das Einsamsein? Oder warum der Hass meinem Leben ein Ziel, eine Aufgabe und damit einen Sinn gegeben hat?

»Hallo?« Das ist Landgrafs Stimme und sie klingt nicht allzu weit entfernt. Ich werfe einen Blick auf Ally, die mit geschlossenen Augen daliegt, dann stehe ich auf und mache mich daran, die beiden zu suchen.

»Hallo!«, brülle ich, so laut ich kann. »Wo seid ihr? Könnt ihr mich hören?«

»Wir sind hier!«, kommt es von Landgraf. »Beeilung, wir haben einen Schwerverletzten hier.«

38. Ally

Mir ist kalt und ich bin steif, als wäre mein Hintern am Boden festgefroren. Kann kaum meine Augen aufmachen und nachdem ich es geschafft habe, brauche ich einen Moment, um zu verstehen, wo ich hier bin. Mein Blick fällt auf weiße, wie Rosen aussehende Blumen, die über mir an der rötlichen Decke hängen. Es riecht nicht nur nach Erde und Schlamm, sondern auch nach Metall, wie Rost. Mein linkes Bein klopft und pocht, aber es macht mir nichts aus, weil sich mein Kopf anfühlt, als wäre er in ein gewaltiges Kissen von Schwanenfedern eingenäht und nur meine Augen schauen raus. Meine Hände liegen in gelbem Schlamm und eisiges Wasser läuft unter mir durch.

Und plötzlich fällt mir alles wieder ein.

Jury! Ich muss wissen, was mit Jury ist. Ich versuche aufzustehen, aber mir ist ziemlich schwindelig und ich falle wieder hin. Okay, dann bleibe ich eben liegen.

Neben mir kriecht eine Spinne die Wand hoch, eine große Spinne. Ist mir egal. Jury hat mir mal Spinnen in Einmachgläsern unters Bett gestellt, weil er mich ärgern wollte. Spinnen und die Schlange und der Säbelzahntiger. Tom. Oh Gott, Tom steht da oben im Regen und wundert sich, warum keiner zurückkommt. Komisch, dass die Höhlenrettung noch nicht hier ist. Ich bin doch sicher schon Stunden hier unten. Uhr, ich hab ja seine Uhr und könnte nachschauen, aber ich bin zu müde. Mila ist weg mit meiner ganzen Ausrüstung. Hel, die Todesgöttin. Ich schaue mich in der Höhle noch mal um. Da höre ich Stimmen. Sind die echt oder träume ich? Plötzlich erkenne ich eine Person vor mir.

Landgraf, ist das wirklich Landgraf? Er hat Kratzer im Gesicht und über dem rechten Auge eine dicke Beule. Unter Stöhnen kniet er sich vor mich hin und schüttelt ständig den Kopf. »Ally, es tut mir so leid. Lass mal dein Bein sehen.«

Ich habe Mühe, meine Augen offen zu halten. Mir ist so schwindlig und es tut weh, wenn er mein Bein bewegt. »Wo ist Jury?«, frage ich.

Keiner antwortet. Mir wird erst heiß, dann bricht mir kalter Schweiß aus. »Ist er tot?«, frage ich, möchte am liebsten schreien, doch es kommt nur ein Flüstern über meine Lippen.

»Nein.« Landgraf steht wieder auf. »Er ist nur verletzt. Verdammt, Mila, wir müssen uns beeilen, Ally und Jury müssen so schnell wie möglich hier raus.«

»Ich will zu ihm, bringt mich sofort zu ihm!« Mein Bruder, der nur wegen mir in diese elende Sache verwickelt wurde. »Bitte!«

Statt einer Antwort nimmt mich Landgraf stöhnend auf seine Schulter wie eine Teppichrolle und geht hinter Mila her durch einen verwinkelten Gang, der sich unverhofft zu einer riesigen Höhle verbreitert, in deren Mitte ein türkisblauer See schimmert.

»Hab ich Halluzinationen oder ist das echt?«, presse ich hervor. Das Sprechen strengt mich an und die Schmerzen in meinem Bein sind kaum noch zu ertragen.

»Ist echt«, erklärt Landgraf schwer atmend.

»Schön«, flüstere ich.

»Ja«, sagt Mila, klingt jedoch nicht sehr begeistert, »aber der See hat sich durch den Regen vergrößert, das heißt wir können nicht ganz durchschwimmen, um zum Ausgang zu kommen, sondern wir müssen ein Stück tauchen.«

»Mit Jury unmöglich.« Landgraf setzt mich vorsichtig in

den feinen Sand, der sich anfühlt wie trockene Schneeflocken.

Jetzt sehe ich, dass Jury neben mir liegt. Er ist nicht bei Bewusstsein, sein Gesicht ist voller Schrammen und sein Schlaz lädiert. »Was ist passiert?«, frage ich Landgraf voller Angst.

»Als die Batterien unserer Lampen ausgingen und die Ersatzbatterien auch leer waren und wir gemerkt haben, dass es regnet, wollte ich unbedingt so schnell wie möglich aus der Höhle raus. Ich war sicher, ich würde den Weg auch blind finden. Jury war auch dafür, es zu versuchen. Doch wir haben uns geirrt, wir sind in die völlig falsche Richtung gegangen und dann ist es passiert.«

»Was soll das denn heißen?« Wenn ich nicht verletzt wäre, würde ich ihm eine runterhauen. Jury so hilflos und verletzt vor mir zu sehen, verleiht mir neue Energie. Ich muss ihm helfen.

»Ally, es tut mir leid, ich wünschte, ich wäre gestürzt. Aber ich kann es nicht mehr ändern, und wenn ich das richtig deute, dann hat er sich dabei die Hüfte gebrochen.« Landgraf wendet sich Mila zu. »Und das alles ist deine Schuld! Ich verstehe nicht, warum du uns das angetan hast!« Während Landgraf Mila anschreit, legt er mir einen neuen Verband an, der viel fester sitzt als der vorige.

Mila steht neben uns, beißt sich auf die Lippen und schweigt. Jetzt erst fällt mir wieder ein, dass Tom behauptet hat, Landgraf wäre Milas Vater.

»Ja«, sagt Mila schließlich zu Landgraf und ihre Stimme klingt rau, »du hast recht, das alles habe ich zu verantworten. Ganz alleine ich. Und ganz egal, was du getan hast, ich hätte mich anders entscheiden müssen.«

Landgraf schaut von meinem Verband hoch zu ihr. »Was sollen denn diese Anspielungen?«

Mila zuckt mit den Schultern. »Du hattest auch die Möglichkeit, faire Entscheidungen zu treffen, aber du hast es nie getan.«

Jury gibt ein lang gezogenes Stöhnen von sich.

»Ist Jury bewusstlos?«, frage ich.

»Nein, ich habe ihm starke Schmerztabletten gegeben und gehofft, sie würden ihn etwas betäuben. Wenn er aufwacht, wird er unerträgliche Schmerzen haben. Wir sollten uns beeilen. Vielleicht hat er auch einen Schock oder innere Blutungen.«

Ich würde so gern den Arm um Jury legen, ihn wärmen, aber Landgraf hindert mich daran. »Spar dir deine Kräfte. Wir müssen noch durch den See.«

Wenn ich das, was er hektisch erklärt, richtig verstehe, müssen wir zum Ende des Sees. Dort ist unter einem Gewölbebogen der Weg zum Ausgang. Durch den Regen ist das Wasser aber bis an die Gewölbedecke gestiegen und deshalb müssen wir alle auf die andere Seite tauchen.

»Das ist nicht nötig«, melde ich mich zu Wort. »Es reicht, wenn einer von euch losgeht und Hilfe holt.« Ich erzähle den beiden, dass Tom oben wartet und die Bergrettung alarmiert hat.

Landgraf sieht mich verzweifelt an und schüttelt den Kopf. »Versteh doch, Scarlett, wir müssen hier raus, bevor das Wasser noch weiter ansteigt. Wir wissen nicht, ob dein Bruder innere Verletzungen hat, er muss so schnell wie möglich in ein Krankenhaus. Es zählt jede Minute für ihn.«

Meine Kehle ist wie zugeschnürt. Nein, nein, nein. Jury darf nicht sterben. Ich muss ihn heil hier rausbringen.

»Wir bräuchten eine Trage oder so was«, sagt Mila und ihre Stimme klingt zittrig.

»Wenn du nicht auch noch die Box mit der richtigen Rettungsausrüstung ausgeleert hättest, wären wir perfekt ausgerüstet«, tobt Landgraf.

»Man könnte eine Art Netz aus den Seilen knüpfen«, schlage ich vor, weil es zu nichts führt, sich jetzt zu zerfleischen. Erst mal muss Jury in Sicherheit gebracht werden.

Doch Landgraf ist skeptisch. »Ein Netz ist nicht gut, mit diesen Brüchen muss er stabiler liegen.«

»Dann ziehen du und ich unsere Schlaze aus«, schlage ich vor, »und polstern das Netz damit aus.«

Mila zieht ein nasses Handtuch aus ihrem T-Shirt. »Ich könnte noch das hier beisteuern.«

Sie vermeidet es, ihren Vater anzusehen, und sie machen sich wortlos daran, alle Seile auf den Boden zu schütten, dann fangen sie zu knoten an. Ich versuche zu helfen, so gut ich kann. Und jedes leise Stöhnen von Jury macht meine vor Kälte tauben Hände schneller.

»Immerhin sind das keine elastischen Seile«, meint Landgraf nach einer Weile, »wie Bergsteiger sie verwenden, sondern statische, die nicht nachgeben. Da liegt dein Bruder wenigstens einigermaßen sicher. So, das wär's.« Landgraf stopft die Schlaze in das Netz. »Mila, hilf mir mit Jury, bei drei heben wir ihn in die Trage. Du nimmst die Füße, ich den Oberkörper.«

Bei drei packen die beiden zu und Jury schreit so fürchterlich, dass ich zusammenzucke, als hätte mich jemand getreten. Dann machen wir uns alle vier zum See auf.

39. Mila

Als Jury angefangen hat, so entsetzlich zu schreien, wäre ich am liebsten tot umgefallen. Er hat erst aufgehört, als er im Wasser war, dann habe ich ihn losgelassen und bin zurück zu Ally, die am Ufer auf mich gewartet hat. Jury wehrt sich, will nicht von Landgraf unter Wasser gedrückt werden, versteht nicht, wozu das nötig ist. Ally schnaubt laut, als sie sieht, wie Landgraf ihn ohrfeigt und dann doch unter Wasser drückt.

»Wenn Jury das nicht überlebt, Mila«, zischt Ally mir zu, dann wirst du Hel ganz persönlich kennenlernen.«

Die beiden verschwinden unter der eiskalten Wasseroberfläche und tauchen durch das Gewölbe. Der See liegt sofort wieder glatt und ruhig da, als hätte er die beiden für immer verschlungen.

»Mila, hörst du mich, wenn Jury das nicht überlebt . . .« Allys Stimme bricht ab, ihr Gesicht ist unnatürlich weiß und glänzend wie gefrorenes Wasser. Seitdem sie den Schlaz ausgezogen hat, zittert sie nur noch, obwohl Papa ihr seinen Fleecepullover umgehängt hat.

Ich warte darauf, dass Landgraf zurückkommt.

Warum dauert das denn so lange? Ich würde Ally gern wärmen, aber ich bin mir sicher, dass sie das abstoßend findet, nach allem, was ich getan habe.

Endlich taucht Landgraf auf und gibt mir das Okay-Zeichen. Ally stützt sich auf mich und wir humpeln gemeinsam in das so trügerisch karibisch aussehende Wasser und tauchen dann gemeinsam durch den schmalen Spalt nach drüben. Die Kälte legt sich wie eine eiserne Klammer um meine

Brust. So schnell es geht, wate ich mit Ally auf der anderen Seite wieder zum Rand des Sees. Ich kann kaum atmen. Allys Augen stehen weit offen, ihre Pupillen sind riesig und sie grinst so merkwürdig, während sie immer heftiger zittert. Sie stolpert zu Jury und legt sich halb auf ihn drauf.

»Jury«, flüstert sie, »hey, Jury, mach jetzt bloß nicht schlapp, wir wollten am Wochenende doch zusammen ins Kino gehen. Sie zeigen den alten Charlie-Chaplin-Film, den wir immer so gern angeschaut haben.« Sie umklammert seinen Oberkörper, Tränen laufen ihr übers Gesicht.

»Weiter, wir müssen weiter«, drängelt Landgraf.

Ich gehe voraus und trage Jurys Füße, Papa die andere Seite. Jury hat sich die Faust in den Mund gesteckt, um nicht laut zu schreien. Jetzt müssen wir noch durch den Gewölbegang und dann den Schluf nach draußen fahren. Zum Glück geht es bergab, so können wir Jury in dieser Ersatztrage einfach nach unten befördern. Aber weil keiner von uns mehr einen Schlaz trägt, schneiden die spitzen Steine des Minicanyons überall ein und es fühlt sich an, als würde man über einen Nagelteppich rutschen. Niemals mehr werde ich mich ritzen. Ich verspreche mir selbst, wenn wir es heil rausschaffen, dann wird alles anders. Mit jedem Zentimeter, den wir zurücklegen, sage ich mir: Anders, Mila, alles wird anders.

Es rinnt mehr Wasser durch den Gang als auf dem Hinweg, und das macht es noch schlimmer, weil man überhaupt keinen Halt hat.

Wir arbeiten uns durch den Schluf wie Tiere auf der Flucht vor ihrem Metzger, nichts reden, nichts denken, nur raus, raus, raus.

40. Ally

Es wird heller und heller. Die letzten Zentimeter bewege ich mich wie ferngesteuert, spüre nichts mehr, will nur hin zum Licht, mich in Sicherheit wissen.

Draußen falle ich ins Gras, so weich, oh Mann, ist das weich und hell, so hell. Es schüttet zwar immer noch, aber nach der Kälte in der Höhle kommt es mir so vor, als wäre ich in einem warmen Whirlpool. Ich sauge die Luft tief ein, endlich Luft, die nach Wald und Sommerregen duftet, und vergesse für einen Moment die Schmerzen in meinem Körper.

Als Jury auch endlich draußen angekommen ist, krieche ich zu ihm. Seine Augen sind weit offen. »Wie geht's dir?«, frage ich.

»Spitze«, sagt er, »definitiv spitze.« Dann verdreht er die Augen und verliert das Bewusstsein.

»Wir müssen sofort zum oberen Höhleneingang, dort wartet Tom und ganz sicher ist die Bergrettung auch schon bei ihm«, sage ich zu Mila und Landgraf.

»Tom? Warum ist Tom eigentlich hier?«

»Ist doch jetzt egal«, mischt sich Landgraf ein, »los, los, Beeilung.«

Die beiden holen den Liefercombi von Milas Mutter und hieven Jury und mich auf die Ladefläche, dann fährt Landgraf los. Und das Nächste, an das ich mich erinnere, sind die vielen Blinklichter der Rettungswagen und Toms besorgtes Gesicht über meinem.

31. Ally
Vier Wochen später

Mit blutenden, löchrigen Füßen gehe ich über einen schmalen Pfad aus Pfeilspitzen, der über einen tiefen Abgrund führt, hin zu Jury, der dort mitten auf dem Weg am Bauch aufgespießt ist, und dessen Hände und Füße wie geisterhafte Tentakeln über dem Abgrund baumeln. Ich will schneller hin zu ihm, aber meine Beine sind bleischwer und machen jeden Schritt zur Qual. Nur noch wenige Zentimeter. Da erhebt sich Jury und ist plötzlich Mila, die mich triumphierend angrinst und wie eine Aufziehpuppe mechanisch »Verzeih mir, verzeih mir, verzeih mir« wispert und dabei immer näher kommt. Dann rammt sie mir ihre Fäuste in den Bauch und ich stürze in den Abgrund. Falle und falle und falle.

Ich schrecke hoch, schweißgebadet, mit jagendem Puls und unerträglichem Druck auf der Brust. Diesen Traum habe ich ständig. Nichts Neues also, Ally, beruhige ich mich, nur böse Fantasien der Nacht. Ich stehe auf, humple die Treppen runter zum Kühlschrank und gieße mir Mineralwasser ein. Die Wunde im Oberschenkel hat sich durch Fledermauskot und Höhlenschlamm infiziert und übel entzündet, deshalb musste viel Fleisch weggeschnitten werden. Trotzdem werde ich wieder normal laufen können, aber die Narbe wird mich immer daran erinnern, denn sie ist groß und wulstig.

Mama hat darauf bestanden, dass Jury und ich zu Hause wohnen, damit sie uns pflegen kann. Sie war entsetzt über das, was passiert ist, und so wütend, dass sie Landgraf verklagt und ihm die Presse auf den Hals gehetzt hat. Das hat unsere Eltern dann so beschäftigt, dass Jury und ich sie nur selten an unserem Krankenlager gesehen haben. Aber dafür waren wir umgeben von zwei Privatkrankenschwestern und einem Heer von Physio- und Ergotherapeuten, Masseuren und Traumapsychotherapeuten.

So haben Jury und ich zum ersten Mal seit Langem wieder viel Zeit miteinander verbracht. Allerdings streiten wir uns nur. Wegen Mila, immer wegen Mila. Ihr Vater hat alle Schuld auf sich genommen, hat behauptet, er hätte die Ausrüstung nicht sorgfältig genug überprüft, den Wetterbericht aus Geldgier ignoriert, sodass sie aus allem fein raus ist. Und ihr ganzes Verzeih-mir-Gequatsche in der Höhle war garantiert nur ihrer Angst geschuldet. Von mir aus soll Jury darauf reinfallen, aber ich lasse mich nicht mehr benutzen, von niemandem.

Sie hat ihn mit ihren Anrufen, Mails und Blumensträußen eingewickelt. Jeden zweiten Tag kam ein frischer für Jury und einer für mich. Zuerst habe ich meine sofort in den Müll geworfen, aber dann habe ich gemerkt, dass die Krankenschwestern die Blumen mochten, also habe ich sie ihnen geschenkt. Jury hat seine Sträuße im Zimmer behalten, wo es aussieht wie in einem blauen Salon. Glockenblumen, Enzian, Anemonen und blaue Mauritius, sogar blaue Rosen waren dabei. Und irgendwann hat Mila mir sogar einen Brief geschrieben, den ich aber nicht angenommen habe.

Ich humple die Treppen wieder hoch und bilde mir ein, Stimmen aus Jurys Zimmer zu hören. Redet er mit der Nachtschwester? Er kann noch immer nicht aufstehen, nicht mal, um zur Toilette zu gehen, weil sein Hüft- und Oberschenkelbruch so kompliziert ist und schlecht verheilt. Trotzdem findet er, ich sollte Mila verzeihen. Ich wäre lächerlich unversöhnlich.

Jury lacht laut und ich verdrehe die Augen – die Schwestern fressen ihm alle aus der Hand. Aber dann höre ich die andere Stimme. Und es ist nicht eine der Krankenschwestern.

Es ist Mila.

Was hat sie hier nachts zu suchen?

Gänsehaut kriecht über meinen Rücken, während lodernder Zorn durch meine Adern brodelt. Ich schleiche mich an und lausche an der Tür. Ich höre ein Schmatzen, als ob sich zwei küssen. Mir wird schlecht.

»Nein, ohhh, tu das nicht«, höre ich da Jury stöhnen.

Ich reiße die Tür auf. »Was ist hier los?«

Die beiden drehen ihre Köpfe ruckartig zu mir und Mila springt hastig vom Bett auf. Sie sieht so aus wie immer, mit diesem süßen unschuldigen Rehblick wirkt sie völlig harmlos.

»Ally, was machst du hier mitten in der Nacht?«, fragt Jury und er klingt nicht sehr begeistert.

»Und was machst du hier, Mila?«

»Um ehrlich zu sein, versuche ich, über deinen Bruder an dich ranzukommen.«

»Hey!«, protestiert Jury.

Ich drehe mich wortlos zur Tür um.

Mila rennt hinter mir her und folgt mir so aufdringlich, dass ich trotz der Schmerzen im Bein in mein Zimmer renne und es gerade noch schaffe, die Tür hinter mir zu verrammeln.

Ich will dieser Lügnerin nie wieder in die Augen sehen.

42. Mila

Jetzt dreht sie auch noch demonstrativ den Schlüssel um!

»Ally, bitte gib mir eine Chance, nur diese eine Chance. Ich möchte dir so gern alles erklären.«

»Wozu?« Allys Stimme klingt sehr gedämpft durch die Tür.

»Es ist mir wichtig.«

»Mir nicht.«

»Na gut, dann rede ich eben durch die Tür mit dir. Du musst mir einfach zuhören.«

»Spar dir die Mühe, ich werde meine Kopfhörer aufsetzen.«

Ein Klappern und Rascheln ist zu hören, schließlich leises Fluchen. Ich schaue durchs Schlüsselloch, aber ich kann nichts sehen.

»Ally, es tut mir leid. Und ich weiß, dass du mich hasst, aber ich will versuchen, es dir zu erklären.«

»Ich hasse dich nicht«, zischt sie, »du bist mir einfach nur egal.«

»Ich weiß, wie sich Hass anfühlt. Du musst wissen, wir waren immer schon eine komische Familie. Ich habe gespürt, dass irgendetwas nicht in Ordnung ist, und dachte, ich bin diejenige, mit der etwas nicht stimmt. Landgraf war oft weg und meine Mutter hat es so hingestellt, als ob das meine Schuld wäre, hat mir immer wieder gesagt, dass er nie ein Kind gewollt hätte, genauso wie er nie heiraten wollte. Ich habe mir permanent Mühe gegeben, gut zu sein, in der Schule, im Sport, und ich habe mich aus allem Ärger herausgehalten – aber er war trotzdem ständig unterwegs und hat einfach das gemacht, worauf er Lust hatte.« Ich halte inne und lausche.

Nichts. Stille.

Aber ich werde das jetzt durchziehen.

»Als ich größer wurde, durfte ich immerhin mit ihm Höhlenklettern und ich habe mich wahnsinnig angestrengt, meinem Vater zu imponieren. Doch je älter ich wurde, desto seltener wollte er, dass ich mitkomme. Er hat es so hingedreht, dass es unfair gegenüber Mama wäre, weil sie dann allein zu Hause rumsitzen würde. Und ich hab ihm geglaubt, fand ihn unheimlich rücksichtsvoll – schließlich ist er eine Sportskanone, während meine Mutter ihre Freizeit am liebsten auf der Couch verbringt. Aber die Wahrheit war eine komplett andere. Die Klettergruppen wurden seine Ausrede, wenn er sich mit anderen Frauen treffen wollte. Nachdem ich das kapiert hatte, fand ich ihn zwar ziemlich widerlich, aber ich dachte, das wären eben Affären, wie alle Männer sie haben. Ich war unheimlich naiv und habe mir die Dinge schöngeredet.«

Ich halte inne, lausche erneut in die mitternächtliche Stille und weiß nicht, ob ich überhaupt weiterreden soll. Ich glaube nicht, dass Ally zuhört, und plötzlich fühle ich mich, als ob ich in diesem Riesenhaus ganz allein wäre.

»Ally?«

Stille. Soll ich zurück zu Jury gehen und aufgeben? Nein, solange es nur den kleinsten Hoffnungsschimmer gibt, dass sie auf der anderen Seite steht und mich anhört, muss ich versuchen, zu ihr durchzudringen.

»Vor zwei Jahren sollte ich ein Jackett von ihm in die Reinigung bringen. Dort haben sie seine Taschen ausgeleert und einen Fahrzeugschein gefunden, den sie mir gegeben haben. Aber es waren nicht die Papiere für unseren Käfer oder den Lieferwagen.« Ich muss schlucken, weil die Erinnerung an diese Entdeckung auf einmal wieder lebhaft vor mir steht.

»Also habe ich angefangen, ihm hinterherzuspionieren, und habe schließlich etwas herausgefunden, was mich vollkommen aus der Bahn geworfen hat. Landgraf hatte nicht bloß Affären, sondern auch noch eine andere Familie, und zwar in München, mit allem was dazugehört. Haus, Garten, Auto, Frau und Kind. Diese Frau hat er geheiratet, sie trägt seinen Namen und er hat mit ihr einen Sohn. Stell dir das vor, er lebt zwei Leben!«

Ich merke, dass meine Stimme sehr viel lauter geworden ist, und ich versuche, mich wieder etwas zu beruhigen. Mein Herz schlägt hart gegen den Brustkorb und ich zwinge mich mit aller Macht, die aufsteigende Wut zu unterdrücken.

»Er hat Mama und mich komplett verarscht. Deshalb hat er auch so wenig Geld gehabt und Mama immer angepumpt. Deshalb hat er auch das viele Geld von Jury genommen und den Wetterbericht ignoriert. Unglaublich, wie gut das geklappt hat. So viele Jahre lang hat er es geschafft, sein anderes Leben vor uns zu verstecken. Ich wusste nicht, was ich machen sollte. Immer wieder war ich kurz davor, es Mama zu verraten, vor allem wenn sie mir mit ihren Sprüchen über ihren viel beschäftigten Lebensgefährten kam. Aber es ging ihr schlecht, sie hatte Depressionen. Wenn du mich fragst, hängt das alles irgendwie zusammen. Oder was meinst du, Ally?«

Nichts, es ist gerade so, als wäre hinter der Tür das Ende des Universums.

»Zu der Zeit habe ich auch angefangen, mich zu ritzen. Ich weiß noch, das erste Mal hab ich es getan, nachdem ich ihn auf dem Spielplatz an der Münchner Freiheit mit seinem Söhnchen beobachtet habe. Er hat ihn in die Luft geworfen, mit ihm Fangen gespielt und ihn andauernd geknuddelt und in den Arm genommen. Irgendwann kam seine Frau und die wurde dann auch abgeküsst. Von wegen er wollte keine Kinder und nicht heiraten, alles Lüge. Nachdem ich wusste, dass er noch eine Familie hatte, konnte ich nie mehr Vater oder Papa zu ihm sagen. Für mich war er nur noch der Landgraf. Landgraf, der dreckige Lügner.« Meine Stimme klingt bitter, aber sie verhallt in der Stille.

»Ally? Bitte, Ally, ich will damit nicht sagen, dass das, was ich getan habe, gerechtfertigt war. Wirklich nicht. Jedenfalls . . .« Tränen steigen mir in die Augen und ich muss tief durchatmen, um weiterreden zu können.

»Dann kam Carolina. Sie musste in eine Gruppe von Landgraf, weil man bei ihr eine antisoziale Persönlichkeitsstörung diagnostiziert hatte. Sie war wahnsinnig schön und unheimlich cool. Als ich sie kennengelernt habe, durfte sie schon in eigener Regie Gruppen in der Angerlochhöhle führen. Wir mochten uns sofort. Und als sie meine Narben gesehen hat, hat sie mir geholfen. Sie wurde meine Freundin und ich habe ihr vertraut, wie noch niemals jemandem zuvor. Aber wie ich heute weiß, war auch sie nicht aufrichtig zu mir. Es ist, als ob Landgraf alle Menschen in seiner Nähe mit seinem Lügenherz infiziert.«

Ich kann nicht weiterreden. Allein die Erinnerung an das, was dann passiert ist, schnürt mir die Kehle zu.

»Jedenfalls habe ich ihr eines Tages von den zwei Familien erzählt, die mein Vater hat. Sie war total entsetzt und wollte mir nicht glauben, dachte, das wären Hirngespinste von mir. Schließlich habe ich ihr die andere Familie gezeigt. Und nachdem sie das Haus mit dem Klingelschild und ihn mit Frau und Kind gesehen hat, war sie vollkommen verändert. Wie betäubt. Ich habe mich gefreut, weil ich dachte, endlich versteht jemand, wie mir zumute ist.« Ein heiseres Lachen entfährt meiner Kehle. »Aber der wahre Grund war, dass sie eine Affäre mit Landgraf hatte. Und dann hat sie sich umgebracht, weil sie dieses Arschloch so geliebt hat.«

Heiße Tränen laufen mir über die Wangen. Es ist, als wäre ein Damm in mir gebrochen und alles wird an die Oberfläche gespült. Mit erstickter Stimme sage ich: »Verstehst du, Ally, sie wollte lieber sterben, als ohne ihn zu leben. Und ich war ihr Henker.«

43. Ally

Ihr Henker, so ein Unsinn!

Ich bin aus einem Impuls heraus an die Tür gegangen und hätte sie beinahe aufgemacht, aber dann hatte ich mich wieder unter Kontrolle. Und jetzt rede ich durch die Tür, die Worte kommen, ohne dass ich es will. Dabei wünschte ich, sie würde einfach weggehen und für immer aus meinem Leben verschwinden.

»Und was hat das alles mit mir zu tun?«, kommt es widerwillig aus meinem Mund. »Oder mit Jury?«

»Ich bin durchgedreht und habe jemanden für meine Rachepläne gesucht. Landgraf hat zu Hause oft von dir gesprochen. Er hat erzählt, wie begabt du wärst und dass du einen anderen Blick auf die Dinge hättest als deine Klassenkameraden. Und nachdem ich deine Homepage gefunden hatte, dachte ich, du wärst eine gute Wahl. Dein Schmuck sah für mich so aus, als ob du an Grenzen gehen würdest. Und als ich entdeckt habe, dass du alleine wohnst und keinen Freund hast, war ich sicher, dass ich dich für meine Pläne würde gewinnen können. Du . . . du warst so einsam.«

Gut, dass die Tür zwischen uns ist, sonst würde ich sie jetzt erwürgen. »Und Tom?«, frage ich widerwillig.

»Tom habe ich beim Höhlenklettern kennengelernt. Ich dachte, er würde mich lieben und mir bei meinen Racheplänen helfen, aber das wollte er nicht. Er wollte, dass ich mit meinem Vater rede.«

»Liebst du Tom?« Hey, warum frage ich das?

»Nein.«

Das kam prompt, aber dann sagt sie nichts mehr.

Ich lege mein Ohr an die Tür, bilde mir ein, dass ich ihren Atem hören kann.

»Weißt du«, wispert Mila nach einer Ewigkeit, »ich denke mittlerweile, Liebe ist nur so eine Art Geistererscheinung. Alle reden davon, aber man sieht sie nicht. Alle tun Dinge im Namen der Liebe, aber das Ergebnis sind Lügen und Leid, Tod und Zerstörung.«

Jetzt öffne ich doch die Tür, und weil sie nach innen aufgeht und Mila ihren Kopf offensichtlich dagegengelehnt hatte, steht sie nun direkt vor mir. Sie sieht verweint aus und ihre Augen wirken, als wären sie aus tausend Jahre altem Stein.

Ich weiß nicht, was ich sagen soll, denn aus ihrer Sicht hat sie recht. Aber, widerspricht eine Stimme in meinem Kopf, ihre Sicht ist ziemlich eingeschränkt.

»Ich glaube, Liebe ist keine Geistererscheinung«, fange ich an, »sondern vielleicht ist es so wie mit Dr. Jekyll und Mr Hyde.«

»Jekyll und Hyde.« Ihr Mund verzieht sich zu einem kleinen Lächeln. »Wie meinst du denn das?«

»Auch Liebe hat zwei Seiten: schreckliche und wunderbare, und es liegt an uns zu entscheiden, welche die Oberhand behalten darf.«

»Was heißt hier entscheiden? Ich habe mir diese ganze Scheiße doch nicht ausgesucht.«

»Natürlich nicht, aber jetzt kannst du entscheiden, wie du weitermachst, voller Hass und Rache und Selbstmitleid oder . . .«

»Oder was?«

»Du könntest damit anfangen, dir selbst zu verzeihen und dir eine Chance zu geben.«

»Und du, verzeihst du mir?« Aus den tausend Jahre alten

Steinen tropfen Tränen und jetzt ist genau das passiert, was ich nicht wollte. Ich wollte sie nie wiedersehen und nicht wieder schwach werden.

»Ich tu's auch«, sage ich und hoffe, dass ich das nicht irgendwann bereuen werde.

Sie streckt ihre Arme nach mir aus, zögert, schließlich gebe ich mir einen Ruck, gehe einen Schritt auf sie zu und dann liegen wir uns in den Armen und trösten uns gegenseitig.

44. Ally

Landgraf wurde wegen fahrlässiger Körperverletzung zu 360 Tagessätzen Strafe verurteilt und er darf keine Klettergruppen mehr leiten. Die Presse hat ihn total fertiggemacht als den irren sexsüchtigen Lehrer mit den zwei Leben.

Seine Münchner Frau hat die Scheidung eingereicht, Milas Mutter hat ihren Blumenladen geschlossen und ist zu einem Selbstfindungstrip nach Gomera abgereist. Mila hat erzählt, dass es ihr dort so gut geht wie seit Jahren nicht.

Die bayerische Handwerkskammer hat Landgraf aus der Jury »entlassen«, aber er unterrichtet noch und in den Augen meiner Klassenkameraden ist er jetzt noch interessanter. Der verfemte Held, Abenteurer und Einzelgänger.

Für mich ist er kein Held, sondern so etwas wie eine Schmarotzerpflanze, die ihren Wirt komplett aussaugt und dann zerstört zurücklässt. So viele Leben hat er kaputt gemacht. Und gerade als ich anfing, ihn zu bemitleiden, weil man ihm nicht einmal mehr zugestehen wollte, dass er ein wirklich guter Lehrer ist, da habe ich ihn nach der Schule in seinem Käfer mit einer Frau flirten sehen. Und einige Tage später wieder. Ich dachte erst, ich hätte eine Sehstörung, aber es war ganz eindeutig er, nur die Frau, mit der er da im Biergarten Händchen gehalten hat, das war schon wieder eine andere. Ich denke, er wird sich nie ändern.

Jury hat nach zwei Monaten immer noch Schmerzen und studiert neben Jura und Medizin jetzt auch Akupunktur bei einem chinesischen Großmeister, um sich selbst besser helfen zu können. Er trifft sich mit Mila, aber die beiden sind, soweit ich das beurteilen kann, wirklich nur Freunde.

Mila macht das Abi und wohnt nun ganz bei mir in der Nähe, sie will danach eine Weltreise machen und jobbt deshalb wie verrückt, um an Geld zu kommen.

Sie fände es toll, wenn ich mitkäme, aber ich kann nicht. Und es ist nicht die Angst vor Bazillen und Keimen in tropischen Ländern, nein, ich bin gerade einfach unfassbar glücklich. Zum einen hat Tom gestern zum ersten Mal bei mir übernachtet und zum anderen bekomme ich morgen Abend den renommierten Nachwuchspreis für junge Goldschmiedetalente der Stadt München. Drei Entwürfe haben den Ausschlag gegeben: die Erinnyie, die »Dr.-Jekyll-and-Mr-Hyde«-Ohrringe und meine Höhlenperlen – runde Kreationen aus Silber mit einem Überzug aus fleischfarbener und blauer Emaille.

Mila hat mich gefragt, ob Ferdi auch zu der Verleihung kommt.

Ferdi, welcher Ferdi?

Beatrix Gurian

Liebesfluch

Blue ist überglücklich – sie hat tatsächlich eine Stelle als Au-Pair-Mädchen bekommen! Kaum dass sie in Deutschland ist, taucht auch noch ein Junge auf, der ihr absoluter Traumtyp ist. Doch was als Traum anfängt, verwandelt sich schnell in einen grauenhaften Albtraum. Und das Schlimmste für Blue ist: Nicht nur ihr Leben ist in tödlicher Gefahr, sondern auch das der ihr anvertrauten Kinder.

Arena

Auch als E-Book erhältlich

272 Seiten • Arena-Taschenbuch
ISBN 978-3-401-50736-1
www.arena-verlag.de

Das Böse hat seine guten Seiten – Die Arena X-Thriller

Beatrix Gurian

Der süße Kuss der Lüge

Lus geliebte Nichte Ida ist spurlos vom Spielplatz verschwunden, als sie für einen Moment nicht aufgepasst hat. In Panik ruft sie ihren Freund Diego an, der bei der Polizei arbeitet – und findet sich im schlimmsten aller Albträume wieder. Denn der Mann, dem sie ihr Herz geschenkt hat, ist nicht der, für den Lu ihn hält. Ihr bleiben nur 24 Stunden, um zwischen Lüge und Wahrheit zu entscheiden, 24 Stunden, in denen sie ihr Leben aufs Spiel setzen muss. Sonst stirbt Ida.

Arena

Auch als E-Book erhältlich

360 Seiten • Klappenbroschur
ISBN 978-3-401-06712-4
www.arena-verlag.de

Beatrix Gurian

Glimmernächte

Durch die Heirat ihrer Mutter mit dem Grafen Frederik von Raben zieht Pippa in ein prächtiges Schloss nach Dänemark. Doch ihre neue Familie birgt ein Geheimnis, das immer mehr Besitz von Pippa ergreift. Seltsame Dinge geschehen und bald weiß sie nicht mehr, was real ist und was nicht. Bei einem Ball begegnet Pippa ihrem verwirrend attraktiven Stiefbruder Niels. Beide kommen sich schnell näher, doch auch Niels scheint nicht ganz ehrlich zu sein. Als Pippa klar wird, welche Mächte in Schloss Ravensholm lauern, muss sie alles aufs Spiel setzen, um die zu retten, die sie liebt ...

Arena

352 Seiten • Klappenbroschur
ISBN 978-3-401-51062-0
www.arena-verlag.de

Auch als E-Book erhältlich